Best Time

白 马 时 光

THE STORYTELLER'S SECRET

原 乡 秘 语

[印度] 塞贾尔·巴达尼 著
马学燕 译

百花洲文艺出版社

图书在版编目（CIP）数据

原乡秘语 /（印）塞贾尔·巴达尼著；马学燕译
. — 南昌：百花洲文艺出版社，2022.7
ISBN 978-7-5500-4723-5

Ⅰ. ①原… Ⅱ. ①塞… ②马… Ⅲ. ①长篇小说—印度—现代 Ⅳ. ① I351.45

中国版本图书馆 CIP 数据核字（2022）第 080443 号
江西省版权局著作权合同登记号：14-2022-0034

THE STORYTELLER'S SECRET
Text copyright © 2018 by Sejal Badani
This edition is made possible under a license arrangement originating with Amazon Publishing, www.apub.com, in collaboration with The Grayhawk Agency Ltd.
Simplified Chinese translation copyright © 2022 by Beijing White Horse Time Culture Development Co., Ltd.
All Rights Reserved.

原乡秘语
YUAN XIANG MI YU

〔印度〕塞贾尔·巴达尼 著 马学燕 译

出 版 人	章华荣
出 品 人	李国靖
特约监制	王俊艳
责任编辑	黄文尹
特约策划	梁晓慧 陈玉潇
特约编辑	陈玉潇
封面绘图	峰
封面设计	林柰 QQ:450611716
版式设计	彭 娟
版权支持	程 麒
出版发行	百花洲文艺出版社
社　　址	南昌市红谷滩区世贸路 898 号博能中心Ⅰ期 A 座 20 楼
邮　　编	330038
经　　销	全国新华书店
印　　刷	三河市金元印装有限公司
开　　本	880mm×1230mm 1/32
印　　张	11
字　　数	283 千字
版　　次	2022 年 7 月第 1 版
印　　次	2022 年 7 月第 1 次印刷
书　　号	ISBN 978-7-5500-4723-5
定　　价	46.80 元

赣版权登字：05-2022-86
版权所有，侵权必究
发行电话 0791-86895108　　　网　址 www.bhzwy.com
图书若有印装错误，影响阅读，可向承印厂联系调换。

致贝尼·克瑙尔

感谢你给予我的友谊、指引和帮助,

你对这部作品的深信不疑,

我将永志不忘。

在我心中,

你独一无二。

谢谢你,我的挚友。

序 幕

2000年夏

我的指间,
是一张超声波照片,
我紧紧地捏着它,
翻来覆去,爱不释手。
这是我那未出世的宝宝唯一的照片。
我多么希望,
纵使此刻我身体的每一个细胞都弥漫着恐惧,
我的子宫也永远是最安全的港湾。

每年有约20%的女性流产，其中，约80%发生在孕期的前十二周。三十岁以上的孕妇流产率为12%以上，年龄越高，流产概率越大。

不只这些，还有更多的数字，我早已烂熟于心。自从五年前，我和丈夫第一次尝试孕育新生命起，我就一直在研究这些数字。无数个日日夜夜，在图书馆里，在互联网上，我一遍遍地搜寻着，期盼能有那么一项新研究或一种新药物，能帮助我顺利怀孕，平安生子。然而，呈现在我眼前的永远是那个冰冷的事实：有多少个平安降生的婴儿，就有多少个无缘降临到人世间的小生命；有多少个幸福的母亲在逗弄臂弯里的婴儿，就有多少个女人在渺茫地渴盼着一个呱呱坠地的宝宝；有多少个家庭在尽享天伦，就有多少对夫妇永远不能为人父母。

我的指间，是一张超声波照片，我紧紧地捏着它，翻来覆去，爱不释手。这是我那未出世的宝宝唯一的照片。我默默凝视着TA，很久很久，直到把那模糊不清的小小身影，连同那些环绕着TA的黑白线条都深深地印在了心里。我甚至幻想着TA的模样，在脑海里为TA画了一幅彩色的肖像。我想象TA被清澈温暖的羊水包裹着，如入浴般舒适无比。我深信，每天上下班时，火车车轮在铁轨上发出的刺耳声已幻化成了美妙的交响乐，摇篮曲般伴着我的宝宝入眠。我多么希望，纵使此刻我身体的每一个细胞都弥漫着恐惧，我的子宫也永远是最安全的港湾。我的宝宝身处在那个幸福快乐的天地里，未来的每一天，都平安无虞。

"嘉雅。"我办公室的门打开了一条缝，实习生伊丽莎白的头探了进来，"帕特里克的电话。"她有点困惑地瞥了一眼我的电话机，两个提示灯还在不停地闪着。"我转给你了，可没人接。"

"对不起，我在写稿子，没留意。"我说。她扫了一眼我的显示器，屏幕上空空如也，但她没有戳穿我。原来，一直盯着照片黯然失神的我，竟对电话铃和敲门声浑然不觉。"我会接电话的。"等她关门出去以后，我拿起电话，"帕特里克？"

"嘿，宝贝。"

这是我听过无数次的声音，熟悉得如同出自我自己之口。我们大学时代便已相恋，步入婚姻也八载有余，我熟知他的每一个腔调和语气，深谙其中的情绪和含义。比如今天，他的问候匆忙而简短，电话线那端的他多半正盯着电脑屏幕，听筒夹在耳朵和脖子之间。已近傍晚，他的办公桌一角，定然放着今天的第五杯咖啡。在法学院就读时，他曾成功地戒掉了这个习惯。然而，自从他成为纽约最大公司的初级法律顾问，每日的咖啡就猛增到了六到八杯。

"今晚想吃外卖中餐吗？"电话背景中，我听到他在噼里啪啦地打字，随后是哗啦哗啦整理文件的声音，"要么，还吃汉堡和薯条？"他打趣道。

汉堡和薯条，我们这个星期已经吃过三次了。自从十四周前，我怀孕的那天起，我便只想吃汉堡。上一次怀孕最爱吃意大利菜，再之前的一次，我则因为孕吐不止，什么也吃不下。

"帕特里克。"我的手指有点僵硬地弯曲着，紧紧地握住那张照片，另一只手痛苦地把听筒按在耳朵上。"我……"我顿了顿，不知该如何开口。

他停下了打字的手,深吸一口气。"嘉雅?"我在他的声音里听到了心碎,这让我压抑得无法呼吸。无须多言,对于发生的事情,他已猜到了大半。"你给医生打过电话了吗?"

"还没有。"我低声说。

"是什么时候开始出血的?"他的声音已经恢复正常,正常得如同他在法庭上陈词一般,而我的声音却渐渐微弱,直到几乎听不见。这是属于我们的"舞蹈",我们在无奈中学会,别无选择。每一个舞步都让我更加脆弱,而他却变得愈加强大。

我从未想过会有今天这般境遇,但后来,我懂得了生活很少尽如人意,而帕特里克却是个例外。对他来说,一切都那么一帆风顺。他是一名天生的律师,即使面对的是疲惫的法官和多疑的陪审团,他也能精神振奋。他凭借英俊的外貌、深沉的嗓音和敏锐的才智,打赢了一个又一个官司,成为公司历史上最年轻的合伙人之一。这也正是他法学院毕业时的目标,如今得偿所愿。

而我则选择了新闻媒体。对于热爱写作又痴迷于事实和数字的我来说,新闻媒体无疑是最适合我的职业。但这让我的妈妈倍感失望,她曾问我为什么不学医呢。

"两小时前。"我回答。

我等待着他的回应,想知道他选择以什么身份来面对这件事,是一名律师、一个男人还是一位悲伤的父亲。

"我们在医生家碰面。"他语气急促。

此刻,他选择了律师的角色。在这个角色里,他能忘我地投入研究导致流产的医学细节,并逐渐接受现实,而这是我无法做到的。我羡慕他拥有这样的力量,渴望着自己也能像他一样坚强。但每一次,当我向那股力量拼命伸出手去,它却总会轻易挣脱,离我而去。

"一会儿见。"不等他再说什么,我便挂断了电话。我舍不得丢下照片,于是小心翼翼地塞进裤子口袋里。

我把手放在腹部,轻轻抚摩着,期待着能有一个征兆,告诉我一切都很好,不必急着去看医生,也不用担心她会带给我噩耗。我告诉自己,我的孩子很安全,此刻,TA还在我的子宫里休息,等待着降生的那一天。可是,我等了又等,不见任何迹象和征兆,哪怕是一丝一毫。我把椅子推到桌子下面,关掉电脑,按了一下电灯开关,房间立刻陷入一片黑暗,我走出门去。

~

我从麻醉中苏醒,努力睁开眼睛。帕特里克和产科医生在角落里低声交谈,我迅速眨了眨眼睛,想要集中注意力。我听到医生对帕特里克说:"她至少需要卧床休息一周,避免提举重物和剧烈运动。"

"我们什么时候可以再试一次?"我奋力挣脱压在身上的虚弱感,吃力地吐出一句话。两人都转过身来,吃惊地发现我醒了。"需要几个月?"

他们对视了一眼,告诉我他们已经讨论过这件事了。帕特里克走到我身边,抚摩着我的头发说:"亲爱的,现在我们最该关心的是你的身体。"

"求你了,告诉我,要等多久?"我听到自己的声音哽咽,断断续续,像破碎了的玻璃片。

从上次流产到这次怀孕,我们等了六个月。帕特里克想等得再久一点,但我失去了耐心,迫不及待地想做妈妈。每次怀孕前,我都要接受几个月的体外受精治疗,包括注射、吃药和详细追踪排卵时间表,这让随后的每一次流产都那么难以承受和无法理解。

"在刮宫手术过程中,你的子宫穿孔了。"医生的目光从手中的病历本上移开,投向我,"这很罕见,但也会发生。"

我整个人惊呆了，无助地望向帕特里克，此时他正盯着墙上的一个地方发呆。他紧紧地抓着我的手，这是他唯一流露出的悲痛。我的手躺在他的手中，毫无生气。

"你们把穿孔补好了吗？"悲伤涌向我的喉咙，令我几乎窒息。

"是的。"在向我宣告我的未来时，她的话简明扼要，平淡得不带一丝感情色彩，就好像我只是她的一个科研项目，"伤口很小，你会完全康复，没有并发症。"

"这意味着什么？"我问。

"你必须再等一年以上才能考虑怀孕，"她的语气不容置疑，这让我难以接受，"我们要通过复查来确定你是否完全康复，但一般来说，我们建议至少等待一年。"

"一定有别的办法。"绝望像套索般缠绕着我，越来越紧，直到我失去知觉。经历了三次流产的打击，以及强烈的情绪波动，我努力挣扎，却找不到救命稻草。"有没有什么药物可以加速康复？"

"嘉雅。"帕特里克用手拨弄了一下头发，深深地叹了口气，说，"我们以后再谈这个，好吗？"

不等我回答，帕特里克对医生耳语了几句，她点点头便走出去了。我望着她离开的背影，手指抓紧了床单。除此之外，我没有再流露过我的绝望和忧伤。

"你感觉怎么样？"当屋里只有我们两个人的时候，帕特里克放下床的护栏，坐在我旁边。

一阵突如其来的剧痛撕扯着我的腹部和骨盆。每次流产后，医生都会给我们解释胎儿未能保住的原因，却没有人能告诉我该如何应对。

"只不过是个简单的刮宫术。"我心算着从另一轮体外受精开始到实际怀孕所需的时间。绝望驱使着我立即行动起来。"我们应该换个医生看看，也许不用等一整年那么久。"

"亲爱的。"帕特里克停顿了一下,直到我把目光转向他,"我们现在应该把注意力集中在你的康复上,以后再考虑别的事。"

"我会去查一查,找到最好的医生。"我满脑子都在想这件事,几乎没听到他说了什么。制订计划有助于转移我的注意力,让我暂时忘掉刚刚发生的伤心事。"我爸爸应该认识一个人。"

"我不想再去看别的医生了。"他缓缓地说。

"为什么?"见他沉默不语,我从床上坐了起来。

"因为我不确定这还是不是我想要的。"

嘉 雅

三个月后

2000 年

走出候机楼大门后,
每走一步,便离印度的中心区更近,
我端详着周围的面孔,
我不认识任何人,
但我知道,
在这个我从未来过的地方,
我是每一个人的影子。

一

我五岁时,曾央求妈妈给我买条小狗。我不在乎它的品种和大小,我只想要一个属于我自己的小动物,把它紧紧抱在怀里,好好爱它。三天后,妈妈给了我一个惊喜——一只用皮带拴着的小狗!那简直太棒了!我与它形影不离,去哪里都带着它,连睡觉都要搂着它。几个月后的一天,小狗从后院跑了出去,再也没有找到。我坐在床上号啕大哭,在我伤心欲绝的那几个小时里,妈妈一直在我房间门口静静地看着我。后来,我哭累了,睡着了。直到第二天早上我才发现,她在夜里进来帮我盖好了毯子,而对我痛失爱犬一事,她始终只字未提。

~

我望着河水出神,看它一波一波地拍打着岩石。当一艘船向哈德逊河下游发出航行信号时,远处响起了号角。我用夹克裹紧了瘦弱的身体。怀孕以后增加的体重已经随胎儿一起离我而去,夺走了我渴望的温暖。空气中,有凛冽的寒意穿透羊毛外衣向我袭来,令我瑟瑟发抖。

我摘下太阳镜,抬头望向躲在云层后面的太阳。虽然刚到十月,气温却已经大幅下降，预示寒冬将至。无论寒冷还是下雪，我都毫不在意。它恰恰为我提供了一个借口，让我藏身于层层的外衣底下，远离外面的世界。虽然我没那么喜欢和别人在一起，但是，我也从未想到我的生活会是现在这样。

我把双手放在大腿下，靠在长凳上。我静静地坐着，在汽车的喇叭声和轮船的汽笛声中，那一直占据我内心的挥之不去的忧伤此刻恍若隐去，让我感到一丝轻松。

"对不起，我迟到了。"

我没有转身。"没关系。"我说，虽然我们都知道这不是真心话。一切都不如意，我不知道如果这样下去，事情会变成什么样子。"工作顺利吗？"

"很好。"

难道，这就是现在的我们——两个冷淡而敷衍的人吗？帕特里克在长椅上挨着我坐下来，风吹乱了他前额上的一缕棕色头发。他的脖子上还裹着两年前的冬天我给他买的围巾。给他买东西对我来说是自然而然的事。我熟知他最喜欢的鞋子品牌、领带设计和西装剪裁。在恋爱和婚姻里，我们之间有着无与伦比的默契。然而，再长时间的厮守也未教会我们，当悲伤来临，我们该如何面对彼此。

"好。"我的目光重新投向河水，想知道我一直在寻找的答案是否藏在水的深处，"那就好。"

他把手盖在我的手上，我们很自然地十指相扣。我警觉地望向他。自从三个月前的那次刮宫术以来，我们鲜有交流。

"你还记得大三的第一天吗？"他不等我回答，便自顾自地说下去，"你走进教室，头发用铅笔盘成一个髻。你穿着破洞牛仔裤，身上的运动衫上印着'跳伞运动，首次失败，无须再试'。"

"我喜欢那类破旧风的东西。"大学毕业，我们同居以后，我就把它扔了。袖子上破了个洞，一直延伸到肩膀。"再说，你又不喜欢跳伞。"

"我不该让你安排我们的第二次约会。"他的手指紧紧地握着我的手指。我情不自禁地回握着，贪恋他的触摸带来的温暖。"如果我早知道……"

"你会拒绝吗？"我惊讶地看着他的眼睛，等待着答案。虽然我知道，那天他很紧张，但他还是毫无异议地穿好跳伞服，上了飞机。

"如果当初我拒绝了，你还会继续跟我交往吗？"

"我的确喜欢跳伞。"大一的时候，我鼓起勇气，尝试我的第一跳。我是个循规蹈矩的姑娘，跳伞把我从平淡的日常生活中解脱出来。它成了我的"毒品"，我的天然快感之源。"如果你拒绝了，我会很难接受。"

"那我很庆幸我没有。"他回答。我点点头，理解他话中的含义——他并不后悔我们一起度过的所有时光。"你很久没跳伞了。"他提醒我。

是啊，很久了，自从我们第一次备孕起。第一次流产后，他想跟我好好谈谈，但即便再三恳求，我依然告诉他，没什么可说的。当时我只想着如何再次怀孕——我相信它定会治愈第一次流产造成的所有创伤，却不曾想到，从此以后，一次又一次的失败让我们渐行渐远。

"你应该再去跳一次，"他温柔地说，"你那么爱跳伞。"

"有时候只有爱是不够的，不是吗？"我们都知道，我说的不是跳伞。他松开了我的手指，尽管我很想伸出手来紧紧抓住它们，但我还是放开了。"你找到住的地方了吗？"

我们的分离是分阶段完成的。刮宫术之后，他就一直睡在客房。周末的时候，他开始和他的伙伴们一起去佛罗里达旅行或拜访他的家人。我很想知道，我们是不是要分手了。当他回答说他在寻找一套公寓时，我感觉灵魂深处那个早已羸弱不堪的我在无声地崩溃、瓦解。

"是的。"他的声音轻得几乎听不见，"离你两个街区远，有一个卧室。在找到长期住所之前，我暂时签了六个月的转租合同。"

我的内心渴望相信他不愿搬离我太远是因为余情未了，但我理智的大脑告诉我，他这样做不过是为了方便。我们现在的公寓离上班和所有我们喜欢去的地方都很近。不知道从今以后，在许多个周日的早上，我会不会在本地的餐馆见到他，或者瞥见他在咖啡店看报纸的身影，那里有着新鲜出炉的百吉饼，老板知道我们最喜欢的火候。帕特里克喜欢微微烤过的重奶油芝士口味，而我喜欢……

"嘉雅？"听他的语气，我就知道他已经叫了我好几声。

"对不起。"我揉了揉太阳穴，努力回到现实中来，"我刚刚有点心不在焉。"我转过脸，不让他看出我一直在隐瞒的事实——我常常会精神恍惚。"你刚才说什么？"

"你告诉你父母了吗？"他犹豫了一下才说，"我们的事。"

"嗯。"我揉揉脖子，缓解一下紧张感，才敢回过头来面对他，"我上周给他们打过电话了。"一艘船从我们面前缓缓驶过，我的脑海里回放着我刚刚说过的话。"爸爸问我最近怎么样，妈妈什么也没说。"

"嘉雅。"帕特里克想说些什么，但我摆摆手，打断了他。

"我周末要去父母家，我会跟他们解释的。"

"要我陪你一起去吗？"他认真地注视着我，"帮助他们消化这件事。"

帕特里克是我爸爸的乘龙快婿。虽然妈妈也很满意我们的结合，但是她一如既往地和每个人都保持着距离，帕特里克也不例外。

"没用的。"虽然他想要帮我减轻压力，但我们都知道，谁也改变不了我妈妈的回避态度，"她肯定还是不愿意谈论这件事。"

他嘴巴周围的线条绷紧了，我知道，他把真正想说的话又咽了回去。自从我们想要尝试怀孕的时候，我们之间就开始有了距离。当我对年复一年的试管婴儿治疗和生育问题失去耐心时，他变得沉默寡言。我们的每一次讨论都围绕着怎样成功怀孕。第一次，当我终于怀孕的时候，过去几个月的疏离感仿佛瞬间消失了。我们一起庆祝，幻想着我们家庭的新成员。十二周后，当我流产时，我崩溃了，他疏远了。我任由悲伤淹没了我全部的生活，没有给我们的婚姻和他留下任何空间。之后，同样的事情循环上演，我们又经历了两次流产。

他站起来，把围巾紧紧地裹在脖子上，挤走了我们之间仅存的最后一点氧气。"我周末会过来拿我剩下的东西。"

"我在家等你。"尽管他还留着钥匙，我还是点头示意，就像他是一位不速之客。我好想求他留下来，但我说出口的却是"那么，到时候见"。我口干舌燥，难以成言。满眶的泪水刺痛了我的眼睛，我却没有让它滚落下来。我看着他走开，直到他消失在我的视线里。之后，我面向前方，继续凝视着流淌的哈德逊河。直到夜幕降临，城市的灯光开始召唤晚归的人，我才站起身，踏上漫长的回家之路。

二

七岁的时候，我想学骑自行车。妈妈给我买了一辆带辅助轮的，但我把辅助轮拆掉了，我的脚勉强能踩到踏板。每天我都要骑自行车，每次都会摔下来。有一次摔得特别厉害，额头上缝了十针。此后，妈妈就把自行车没收了，锁在车库里。当我吵着要时，她说我要么放弃，要么等到我长大后再试。我没听她的话，偷偷把自行车骑了出去。第二天，我骑车从小山坡上冲下来，摔断了胳膊，嘴唇也磕破了。她立即把自行车送给了邻居。

我问她为什么要那样做，她回答说："嘉雅，如果有什么东西伤害了你，也许最好的选择就是远离它。"

~

我儿时的家在市郊，我站在门前，手指捏着钥匙，犹豫着是把它插进去,还是按门铃。最终,我把钥匙装进口袋,按了两次门铃。

"宝贝女儿。"爸爸打开门,立刻把我拉进去,给了我一个大大的拥抱。

"嘿,爸爸。"我的声音消失在他的衣服里,他的笑声从他身上回荡到我身上。房间里弥漫着洋葱和大蒜混合着香料的味道。

"妈妈一整天都在忙着做饭,是吗?"

"她只是需要一个借口。"他用一只手臂搂住我的肩膀,把我领到厨房。

"她把你最爱吃的都做了一遍。"他犹豫了一下,然后问道,"亲爱的,你还好吗?"

他对我的关心令我感动,我微笑着隐瞒了真相:"我很好,爸爸。"

在我童年的记忆里,爸爸一直都忙于工作。即便回到家,他也把抚养我和操持家务的责任都交给了妈妈。所以,妈妈一手确定了我们母女关系的基调,并把它不断加固,直到它变成如今的样子——两个用血缘关系联结在一起的陌生人。

妈妈从厨房里出来,穿着一条可笑的围裙,上面写着"大厨永远是正确的"。像爸爸一样,她把我拉过来,拥抱我,但是她的动作更像是蜻蜓点水,几乎连个完整的拥抱都算不上。

"来得正好,马上开饭了。"妈妈朝门厅瞥了一眼,然后又回头看着我,"你的包呢?我还以为你要留下来过周末呢。"

她把浅棕色的头发用发卡固定在脑后,深绿的眼睛和浅橄榄色的皮肤相映生辉。从小,我就对妈妈的天生丽质羡慕不已。在我们这个小社区里,人人都倾慕她的美貌。她却总是对别人的赞美不屑一顾,穿最朴素的衣服,很少化妆。

我举起我的超大坤包。"反正就一个晚上,这里装了几件衣服。"我急切地想转移话题,于是掀开炉子上的一个锅盖,吸了一口气,"闻起来真香。"

她沉默片刻,然后放低了声音,我不得不注意去听:"你现在需要和家人在一起。尤其是在帕特里克离开之后……"

"帕特里克没有离开我。"我的声音比我想的要刺耳,"我们需要分开,这是我们两个共同决定的。"

我没有说实话。这不是一个决定。而是因为,多年来,我一直沉溺在悲伤中,任他一步步远离我,直到他再也听不到我的哭泣。

"因为你不能生孩子?"我没想到妈妈会这样问我,她的双手绞在一起。

我的父母新婚时从印度来到这里。爸爸从医学院毕业,有了自己的事业后,生下了我这个独生女。小时候,每当我问爸爸为什么我没有兄弟姐妹时,他总是对我说:"你是上天给我们的福报,如果我们的福气超过我们应得的那份,对其他家庭就不公平了。"

但我很少觉得我是妈妈的福报。恰恰相反,我常常令她失望——五年级拼写比赛中,我在最后一轮失利时,我从她紧闭的双唇中看到了失望;在拉拉队选拔中,当我打破了平局,被淘汰下来时,我从她僵硬的表情中看到了失望;还有此刻,当她在思忖我怀孕失败的事情时,从她那缥缈的眼神中,我再次看到了失望。

"是的,因为流产的事。"听到我的回答,她的脸抽搐了一下,但仍然沉默不语。我压抑着想要痛哭的冲动,虽然渴望着得到安慰,但我知道那个人不会是她。

"莉娜。"爸爸轻轻拍拍我的背,同时向妈妈递了个眼色,"嘉雅才刚到,咱们坐下来吃饭吧,让她歇口气。"

他抓起盘子和汤匙,摆好三人用餐的桌子。妈妈和我则如雕像般静静站在原地看着他。他把饭菜端过来,然后拉出两把椅子。妈妈坐在桌子的上首位置,爸爸和我坐在她的两边。

"你感觉怎么样？"爸爸问道，他的语气总是那么像医生。

"挺好的。"我撒谎，"我的身体在慢慢康复。"

以前，我从来没有向他们倾诉过，现在，我也不想告诉他们真相——黑暗时刻仍然如影随形，刮宫术带来的痛苦每天都在提醒着我失去了什么。

"你以后住在哪里？"妈妈没有碰她盘子里的食物。她双手紧握在胸前，低着头的样子好像在默哀。

"帕特里克找了个地方搬出去住。"我决定只说事实，不谈感情，"转租六个月。一间卧室，在同一个社区。"

"你一个人住在公寓里？"她的目光瞟向爸爸，然后又回到我身上，接着宣布，"嘉雅，你搬过来，和我们一起住。"

一想到要把自己塞回儿时笼罩在妈妈否定目光下的那个空间里小心翼翼地生活，我的整个身体都僵硬了。

"我挺好的，妈妈。"我用这句话打发了她。

以我对她的了解，我想她会转移话题。我猜她并不是真的想让我待在这里，就像我不想回来一样。

"你并不好。"她说，这让我吃了一惊，"其他的事情你还可以自欺欺人，但你必须承认这一点——你现在过得并不好。"

黑影向我步步逼近。

"我不想谈这个，"我说，很想快点结束这个话题，"不想跟你谈。"几次怀孕失败累积起来的巨大失望，让我身心俱疲，无力应对她。

她站起来，把椅子规整地推好，一言不发地走出厨房，上了楼，回到自己的房间。在随之而来的寂静中，羞愧笼罩了我。

"对不起。"我的肚子饿得咕咕叫，但我没有理会。我深吸一口气，控制住随时可能爆发的情绪。我抬起头，看到爸爸难过的眼神。"我没想到她会讨论这件事。"

"你妈妈爱你。"

我不禁哑然失笑:"在妈妈看来,爱就是送我去学校和把我喂饱而已。"

虽然我嘴上这么说,心里却仍然感到内疚。虽然在情感上,妈妈跟我有些疏离,但每次她为我做的事情——精心准备我最爱吃的食物,仔细熨烫我的衣服,参加我的每一次学校活动,在人群中紧张地盯着我看——我确信这就是爱。妈妈会以各种有形的方式陪伴着我。不知何故,我们总是缺乏那种无形的心灵上的亲密。

"她现在不会来餐桌旁吃饭了。"

"你妈妈已经尽她所能了。"爸爸慢慢地说。

"我知道,爸爸。"我觉得最保险的做法是不再继续讨论,于是拿出一些特百惠密封盒,"我们可以把吃的放在冰箱里。"

"嘉雅。"等我转过脸来,爸爸才继续说道,"她现在很伤心。"一阵愤怒刺痛了我,我也很伤心,但爸爸总是先站在妈妈的一边。

"印度那边传来了一些消息,"他解释说,"她现在思绪混乱,不能正常思考。"

"印度?什么消息?"

妈妈从不愿说起她在印度的童年往事,我们也从未去过那里。小时候,我很好奇,常常问她关于祖国的问题,但每次她都会回答"向前看,嘉雅,别管过去"。爸爸的父母在我出生之前就过世了。他是家里的独子,印度没有什么让他牵挂的亲人了,所以他也不再回去。我依稀记得妈妈的哥哥们从英国和澳大利亚来过几次。

"爸爸?"我又问了一遍,此时,他正担心地望向楼梯的方向。

他示意我走进他那间有着樱桃木镶板的办公室,那是妈妈花了好几个小时装饰得尽善尽美的地方。檐口线脚是雕刻的橡木图案,深色的硬木地板上铺着埃及小地毯,一盏古色古香的台灯照亮了房间。

看到她喜欢装饰我父亲的办公室，我便求她帮我重新装修房间。十岁的我迫切地想要借由这种方式和妈妈亲近。妈妈研究了各种备选方案后，把十几张墙壁颜色卡片和杂志上的家具布局图放在我面前，告诉我自己做决定，然后就转身离开了。她的回避在我看来无疑是一种拒绝，我又伤心又失望，赌气地扔掉了那些她为我准备的东西，把房间漆成黑色，配上了配套的家具。虽然我把这种哥特风格维持了整整一年，但她从未说过一句反对的话。

爸爸从抽屉里拿出一封皱巴巴的信。他带着疲惫和一种出人意料的谨慎态度读着这封信。无论发生什么事，他总是精力充沛、充满活力，而妈妈总是既沉默又谨慎。他的轻松愉快与她的压抑沉重对比鲜明，但他却从未离开过她的身边。

"你妈妈没告诉我，就把它扔了，我在废纸篓里找到的。"他用颤抖的手把信递给我，"她哥哥联系她，想让她回家看看。她的父亲，你的外公迪帕克病了。"

亲爱的莉娜：

　　妹妹，我希望你在看到这封信时一切都好。我写信来是想告诉你，我们的爸爸病得很重。拉维，那个从我们儿时起就在我们家工作的仆人，担心爸爸在这个世界上活不了多久了，他说爸爸有些东西要给你。

　　我永远不会强求你回到那个曾给你带来那么多痛苦的地方，但是作为哥哥，我有责任把爸爸的病情告诉你。

　　几十年前，当我们离开印度时，萨米尔、杰伊和我已经向他道别过。不管你做什么决定，我们都会支持你、爱你。

　　　　　　　　　　　　　　　　　　　你的哥哥：帕雷什

不需要问,我便很肯定地说:"她不会去的。"

"嗯,她不去。"爸爸坐在椅子上的身体向后靠过去,压得皮面吱吱作响,"我怎么也说服不了她。"他用食指和拇指揉着眼睛,"但我看得出来,这个决定让她感到不安。我担心她会后悔一辈子。"

~

我躺在儿时的床上,看着月光穿过玻璃窗,照在天花板上,又从天花板上反射下来。每到整点,时钟就会发出一声细小的"嘀"声。凌晨三点,我疲惫不堪,很想睡觉,可是睡不着。我在床上翻来覆去。我抬高前臂,用力压枕头,直到枕头变平,然后再来一遍。若是失败了,我就把枕头扔到地上,睡在光秃秃的床单上。

听到楼下有声音,我猛地挺直了身子。我听到脚步声,然后是开冰箱的声音。想起爸爸喜欢吃夜宵,我穿上睡袍,走下楼梯。从厨房门下面射出来的一道光线指引着我走向那里。我推开摇晃的木门,却看见妈妈坐在餐桌旁,双手抱着头。我的突然出现把她吓了一跳,两个人一时都呆住了,就那样愣愣地看着对方。

"我以为是爸爸来找吃的。"我嘟囔着,不由自主地向后退了一步。

"我想喝杯牛奶,"妈妈说,但眼前并没有杯子,"你要吃点什么吗?"

不等我回答,她就站起来,迅速拿出一只平底锅,开始热牛奶。然后她打开一盒饼干,放在桌子上。

"你瘦了太多了,自从孩子……"她仿佛发觉自己说错了话,突然闭上了嘴,陷入沉默。

"我挺好的。"我眼睛盯着我们两个之间的空间,没什么底气地说。

"今天早上,我睡过头了。"她的两只手揉搓在一起,眼睛盯着地板,"这总是把我的睡眠时间搞得一团糟。"

就在牛奶溢出之前,她把锅从炉子上拿下来,把白色的液体倒进两个杯子里,放在桌子上的饼干旁边。见我仍然站在那里,她低声说:"你最好趁热喝。"

我坐了下来,直到我咬了一口饼干,她才又坐下。在照顾人方面,她堪称完美,关心我的所有需要,她就像是一个训练有素的仆人。在寂静中,我能听到自己咔嚓咔嚓的咀嚼声,以及吞下牛奶的咕咚声。她注视着我,关注着我的一举一动。

沉默了一会儿,我终于说:"爸爸跟我说了你爸爸的事。"我停顿了一下,接着说,"我希望你能说些什么。"

"那不重要。"她的脸绷紧了,身体有些畏缩。

"他是你的爸爸。"震惊之余,我试着去理解这个我知之甚少的女人,"当然重要。"

"别管了,嘉雅。"

她说话的口气和我小时候听过的一样,听上去没有任何讨论和争辩的余地。我的脊柱绷紧了,脖子后面的汗毛竖了起来。

"他快死了,你却拒绝回家看他,"她眯起眼睛,警告我注意自己的态度,但我太累了,根本不在乎,"为什么?"

"对于你不了解的事情,不要随意评判。"她说。

"那就告诉我吧。"

小时候,当听到别的孩子说起去看望他们的祖父母时,我总是很羡慕。我央求妈妈带我去看望我素昧平生的外公和她的继母。但无论我怎样恳求,妈妈总是一口回绝,然后就默不作声了。现在,我失去了自己的家庭和孩子,想要紧紧抓住这唯一的家庭。

"你为什么从来没提起过他?我们为什么不去看他呢?"

"这不是你该操心的事。"

"不,它是。"我感觉到一团黑影在我周围盘旋。我用力眨眼,保持注意力,但有那么几秒钟,一切都陷入了黑暗。我闭上眼睛,深呼吸。当我再次睁开眼时,她正盯着桌子,头低垂着。我用手搓了搓脸,以便找回状态。"他也是我的家人,"我提醒她,"你为什么那么恨他?"

"你不会明白的。"她平静地说着,语速缓慢而均匀,"请别再说了。"她起身,打算离开。

"从小到大,你从来没有耐心地回答过我的问题。"她的目光慢慢地迎向我,有点躲闪。"我们从来没有去看过你的哥哥们,现在,你连自己的爸爸都不理了?"我有一种想要伤害她的冲动,哪怕只是为了让自己从痛苦中抽离出来。

"你凭什么指责我?"她的身子向后躲闪了一下,就好像我打了她一巴掌。看着她满眼的泪水,我感到深深的内疚。

"妈妈。"我低声说道,但她扬了扬手,不让我说下去。

"我的继母让我承诺婚后绝不回印度。"她的下唇颤抖着,"我爸爸同意了。"

这个真相让我感到震惊,问道:"作为一个父亲,他怎么会那样做?"

"他知道,这是最好的选择。"她抬起一只瘦弱的手捂住脸,深深地吸了一口气,然后看向我。

"妈妈!"我很想弄清楚她爸爸为什么要她做出那样的承诺,但我知道得太少,想不出合理的解释。当她想要走开时,我拦住了她:"请告诉我为什么。"

长久以来,没有人告诉我答案。我不知道为什么我的身体容不下一个孩子,为什么我莫名其妙地失去了我爱的人。我一直不明白,为什么我那么需要母爱,妈妈却要一直跟我保持距离,就好像她害怕亲近我。

现在,我乞求得到一点真相。我的好奇心渴望知道一个父亲为什么会这样对待自己的孩子。作为女儿,我需要弄明白为什么我的妈妈会答应。但是,即使我怀着满腔的热望,它也会很快冷却。今天的事会证明,今天和以往的每一天都没有什么不同。在她摇着头说"不"之前,我就知道，她一定不会回答我。

"我答应了，因为这是我为自己的出生必须付出的代价。你只需要知道这些。"她向我道了"晚安"，声音充满疲惫。

三

我在客厅的沙发上坐了起来，揉了揉酸痛的脖子，发现自己刚才枕着扶手睡着了。时间缓缓流逝，黑夜与白天默默交替。上次我们吵架以后，我已经两天没跟妈妈说话了，我其实也不想说。

在我擦掉衬衫上的奶酪残渣时，我的脚碰到了一个空的无糖汽水罐，我把它捡起来，扔进垃圾桶。就在我开始回头清理其他垃圾的时候，突然感到双腿发软。我抓住吧台，以保持平衡。几秒钟内，眼前一片黑暗。那些我没能带到人世的孩子的画面充满了我的脑海。力量从我身上一点点消失，我靠在墙上的身体无力地向下滑去，直到跌坐在地板上。

这些症状发作得越来越频繁。每一次发作时，我都深陷在无边的悲伤中，对外面的世界无知无觉。对于这消失的几秒钟，我无法解释。当我回到现实中来的时候，感觉刚刚那一瞬，时间似乎是停止的，但其他人脸上的表情让我知道，时间只是在我这里停住了。

这让我忧心忡忡。于是，最近我去了医院，该检查的都检查了，医生说我很健康。我觉得他的结论很可笑，他说我只是悲伤过度，真不知道他是怎样诊断出来的。

上次怀孕持续的时间最长。我们没问医生胎儿的性别，怕会给怀孕带来厄运。但到了十二周的时候，我忍不住在下班后去了一家婴儿用品店，买了一些中性的衣服和玩具放到空荡荡的婴儿房里。然后，我又花了几周的时间，把房间装饰得完美无缺。

我深呼吸，直到迷雾散去。我把双臂环绕在腹前，下巴搁在膝盖上。

我凝视着面前的虚无，任由思绪自由飘移，直到我的大脑一片空白。我变成了一具空壳，里面的一切都消失了，包括所有关于胎儿或帕特里克的思虑和影像，包括那封信，包括我从未见过的外公，甚至还有童年时缄默不语的妈妈。

"嘉雅？"我猛地挺直身子，发现帕特里克站在厨房门口。他担心地皱起眉头，弯下身来，直到我们的视线齐平。我们公寓的钥匙挂在他的手指上。"你没事吧？"

"当然没事。"我不愿让他看到我脆弱无比的样子。我跳起来，与他擦身而过，走进客厅。"我不知道你来了。"

"我喊过你。"他伸出手来，想抓住我的手，但我不敢与他相握，躲开了。"你什么都没听到，是吗？"

我双手抓住沙发的靠背，默默地祈求力量回到我身上。我扫视了整个公寓，通过他的眼睛看到了一切。桌子上放着卷起来的报纸，旁边有一堆脏盘子。对于一个认为井然有序的生活才有意义的女人来说，这番景象绝不应该出现在她的家里。

"我尽量把你的东西都收拾出来了。"我花了好几个小时来分割我们共同生活的记忆。"如果我落下了什么，你就自己拿。"我很想一个人待着，于是说，"你打包行李吧，我去喝杯咖啡。"

"我想，我们可以谈谈。"在我们一起打造的家里，他就像一个外人。他一直等到我注意到他，才轻轻地说："最近，我经常和史黛丝在一起。"

我惊呆了，在脑海里重播着他的话，我想我一定是听错了。在背景中，我听到大厅对面人家的门开了又关上的声音、窗外出租车鸣笛的声音。每一个声音好像都被放大了，淹没了他的话。

"嘉雅？"

他离我只有几步远。我本能地后退，直到背碰到门为止。我望着他的脸,那张我熟悉无比的面孔,此刻却如此陌生。在迈出离开彼此的每一步时,我都不曾想过,他会走向别人,何况那个人还是我大学时就认识的朋友。我的胸中充满了愤怒,为他的背叛,也为自己的天真。我把目光移开,避免与他对视。经由他的眼睛,我看到了我的伤痛,但我立刻在心里骂自己太愚蠢。

"我不想让你从别人那里听到这件事。"面对我的沉默,他解释道,"我和她下班后一起去喝了一杯,正巧遇到了你们报社的几个记者,他们看到了我们在一起。"

在我脑后永远霸占着一席之地的那团黑影开始向前涌来,威胁我将失去更多时间。我不想让他看到我的脆弱,所以我拼命地努力,不让它吞噬我。

"难怪她不回我的电话。"我艰难地从喉咙里挤出这句话。我的心在痛,但我的身体却已麻木。"告诉你的朋友,你和她丈夫上床了,岂不是很尴尬。"

"不是你想的那样。"他有些退缩,用手捋了捋头发,这是他焦虑时的招牌动作。他的语气里有痛苦和歉意,但我只顾着生气,毫无察觉。"我们只是聊聊。"

"聊聊?"我困惑地问,"聊什么?"

他默不作声,我又追问道:"聊什么?"

"聊生活,聊我们的希望。"他表达清晰,就好像我是他想要说服的陪审团成员一样。

多年来的共同生活,让我敏锐地觉察到他没有说出的话,我心里一惊,问道:"你们是不是谈起过我们的……"我停顿了一下,没有继续说出"孩子"两个字。

"是的。"他知道我想说的是什么。

我呼吸困难,膝盖也有些发软。我们在一起时,我自始至终都没有和朋友们分享过这个话题,我觉得它太神圣,不能和其他人讨论。

"你爱她吗?"我感觉有一种酸酸的东西从胃里慢慢爬上来,涌进我的嘴里。

"不,"他平静地说,"当然不爱。"

"我了解史黛丝,她肯定希望自己的付出能得到回报。"我抓着身后的门把手来让自己站稳。对我来说,最安全的事就是离开,但我的脚却倔强地立在原地。"史黛丝渴望结婚。"我绞尽脑汁地搜寻种种细节。"有着白色尖桩篱笆的院子、两个孩子和一只宠物。她一直说,她要抓紧时间了。"就像我们在讨论自己的生活一样,我告诉他这件讽刺的事,"她也许能顺利生育,却一直找不到合适的人结婚。"

他神情落寞,自从流产以来,我第一次看到他的悲伤。我想知道,这是否就是大多数婚姻的最终结局——双方冷静地讨论谁将取代你的位置。

尽管我能告诉他的事情还有很多,比如史黛丝不善于处理亲密关系,她有些神经质,她大学时期的男友在她去纽约工作时提出分手……但我决定保密,以后他慢慢都会知道的。所谓亲密关系,往往都会落入这样的俗套,不是吗?最初,你只看到那美好的一面。后来,你会慢慢发现它的不堪。终有一日,它会无比真实完整地展露在你面前。

"为什么?"谈论这个话题对我来说无疑是一种折磨,但我需要知道,"如果你对她没有感觉,那么……"

他犹豫了一下,我以为他不会回答,但听到他说:"因为她会听我倾诉,她会跟我交流。"

痛苦撕裂了我。

我低下头去,但为时已晚,他已觉察,向我伸出手来:"嘉雅……"

但我走开了。

在我们相遇的那一刻,我仿佛走进了一个新世界。在我的人生中,我第一次懂得了什么是无条件的爱和接纳。帕特里克带给了我从未想象过的幸福。我曾坚信，我得到了童话般的爱情。但是，他终究不是那个身着闪亮盔甲的骑士，我也不是那个公主。我们只是两个普通人，我们的爱已经从阳光灿烂一步步走向阴云笼罩。

"你应该和一个能让你快乐的人在一起。"当我决定放开他时，我的心碎了。怀着对他全部的爱，我低声说："这是你应得的。"

我慌乱地去拧门锁，好不容易才打开门，逃了出去。我听到他在身后叫我的名字，但这已经不重要了，我不会再因为他的呼唤而奔向他所在的方向。

四

"求你了，你别去。"妈妈双手紧握，好像在祈祷。

去印度旅行的决定来得很快。在和帕特里克谈过后的几天里，我耳边一直回响着他的那句"她会跟我交流"。无论我走到哪里，都无法摆脱盘旋在脑海中的那句话。迷失太久，我开始相信，逃离或许可以解决一切问题。流产让我失去了自我。在我不顾一切地去渴望一个孩子的时候，其他一切都被抛到了一边——包括我自己。

当我去找老板请长假时，她在一个朋友的博客上给了我一个空间，让我写下自己休假中的体会。能继续写作让我很兴奋，于是我感激地接受了。

在确定行程之后，我回家告诉我的父母。妈妈含着眼泪，恳求我不要去。有那么一刻，我犹豫了，但最终，那无处可逃的悲伤折磨着我，让我无法答应她的请求。

"告诉我，好吗？你到底在怕什么？"我最后一次问道。

"我在请求你不要去。"她很坚决，不愿与我推心置腹，"这还不够吗?"

"我很抱歉。"我们都继续保守着自己的秘密。我没有告诉她,我已经迷失了自我,或者说我已成了无根之萍,随波逐流。去印度,我是为了逃避现实,希望能挽救自己的理智。"我必须得走,为了我自己。"

她低下了头。

在寂静中,我轻声说:"也为了你。"她猛地抬起头。我伸手抓住她的手,匆匆地握了一秒就走开了。

~

我坐在飞机上,把舅舅那封皱巴巴的信上的皱褶小心地抚平。在重温了一遍之后,把它塞回包里。我把手盖在我那无法生育的小腹上,向椭圆形的小窗口外面望去。飞机在印度中部机场的跑道上滑行。我把我的轻便夹克扔到牛仔裤和上衣上,然后抓起我的电脑包和背包。

我的旁边,一对疲惫的夫妇在努力让他们的小孩安静下来。当母亲把最小的孩子抱在怀里,抚平他的哭声时,我的心里充满了嫉妒。我对着衬衫的V领吸气,把我突如其来的恶心归咎于弥漫在飞机上的脏尿布和咖喱的味道。

终于下飞机了,我拖着脚步跟着人流慢慢向前走,经过往返穿行的空乘人员。一进入宽敞无比的候机楼中,令人窒息的闷热便包围了我。吸进肺里的空气都是潮乎乎的,我的衣服黏糊糊地贴在皮肤上。我不时地被冲向行李领取处或转机的旅客撞到,却没有听到一句道歉。头顶上,巨大的钢管在天花板上纵横交错,迷路的燕子飞来飞去。

宽广的大厅里人声鼎沸。再往前走一步,我看到几个乞丐睡在满是污垢的墙根边。烟味和汗味混合在一起,弥漫在空气中。疲惫不堪的旅客们匆匆走过满是灰尘、磨损不堪的地面,向他们的目的地走去。穿着橙色上衣和白色裤子的行李员推着装满行李箱的手推车。机场工作人员为了帮助旅客找到登机口,用对讲机不断重复着他们的名字。

我停下来，观察周围的环境。虽然我看过照片，但再多的信息也无法让我完全做好心理准备，去面对我父母的祖国的真实现状，以及它与我的祖国之间的反差。我不知道该怎么走，便东张西望地搜寻悬挂在天花板下的标志。此时，一群孩子围了上来。

"夫人，你买，你会喜欢。"他们用纤细的手指托起自己的货物，就像托着什么珍贵的财产。每个孩子都骨瘦如柴，衣衫褴褛。他们的脸上是一副恳求的表情，嘴上却一直在夸耀那些廉价的小饰品。

在纽约定居的我，早已对乞丐熟视无睹。和其他人一样，我虽然也心怀愧疚，但总是按照标准答案去做——摇摇头走开。我也从来没有遇到过乞讨的孩子。我看到孩子们在乞讨，有的甚至刚刚会走，十分反感。我环顾四周，观察其他人的反应，似乎没有人对此感到惊讶。那永远盘踞在我心中某个角落的痛苦，自动折叠了起来。

我拿出一叠钞票，听到自己说："好的，谢谢你。"

他们吃惊得瞪大了眼睛，接过钱就飞快地跑开了。我的目光一直跟随着他们，看着他们从一个乘客走到另一个乘客，直到消失在人群中。

我把塑料项链塞进钱包，按照指示标志走向行李认领处。走出候机楼大门后，每走一步，便离印度的中心区更近，我端详着周围的面孔，我不认识任何人，但我知道，在这个我从未来过的地方，我是每一个人的影子。

~

我拉着行李穿过出口，走向写着"交通"的牌子。抬头望去，天空灰蒙蒙的，笼罩着层层烟雾。太阳滑到了云层后面，但这丝毫不能缓解令人窒息的高温。一架大型喷气式飞机越过候机楼，向天空爬升。乍一看，此情此景与我去过的许多大城市没什么两样。汽车载着乘客缓缓前行，身穿亮橙色背心的警察吹着口哨指挥他们，以保持交通畅通。

我找到一个出租车站，排队等候。我的前面是闹哄哄的一家人，后面是一个来这里出公差的。当轮到我的时候，司机抓起我的行李，塞进黄包车那狭小的置物空间里。他年纪很轻，身材高大，一根香烟从他长长的胡子边上垂下来。

他问我要去哪里，我说出了记忆中那个村庄的名字。我外公仍然住在我妈妈长大的那所房子里。我妈妈在那里出生，但我以前却从未听人提起过。我爸爸把我要来这里的事告诉了帕雷什舅舅，从他那里拿到了详细地址。

司机驾车驶入迷宫般的车流中，我凝视着窗外，一刻也不想错过这个新世界。我像一个游客一样，兴奋地看着我们穿过现代化的建筑和机场的道路，看着沥青路变成砾石路，最后变成土路。人们行色匆匆，机场里的热闹景象蔓延到了邻近的街道。当我看到奶牛也混迹在人群中时，先是一愣，随即恍然大悟，笑着想，原来，它们也想得到自由漫步的空间。

"你们国家没有牛吗？"司机发现我一直盯着牛看，于是问道。

"没有到处溜达的牛，"我回答，"在这里很普遍吗？"虽然我知道，牛是神圣的，但我从未想过会看到它们大摇大摆地在街上走。

"没错。不止牛，猪、狗和任何其他想出来探索一番的动物也一样。"他从后视镜里捕捉到我的目光，"你是为了信仰才来这里吗？"

他的脖子上挂着一个金色十字架。

小时候，我们很少参加宗教活动。有一次，我问妈妈为什么，她破天荒地坦率地回答了我，说她很小的时候就不相信上帝了。

"不，不是为了信仰。"我回答。

"那你为什么来乡村呢？中央邦有很多城镇，你会更喜欢那里。"他说。

我们穿过市中心，来到一条两车道的公路上，公路两旁，田野被火热的太阳炙烤着。羊儿在远处吃草。瘦骨嶙峋的妇女腰间裹着纱丽，两腿之间打着结,头上顶着水桶。哭闹的婴儿低悬在她们的臀部,吊带是唯一能为他们遮挡正午烈日的东西。一辆小卡车疾驰而过,后面拉着一辆装满饲料的小车。

我观赏着周围的环境,这些我以往只能在电影中看到的场景令我目不转睛。我成长的环境与眼前的赤贫有着天壤之别。

"是为了妈妈,"我平静地说,随后说出了真相,"也为了我自己。"

之后,我便不再说话,凝视着窗外,陷入了沉思。

~

三刻钟后,我们经过几千米荒无人烟的不毛之地,来到一个村庄,村里到处都是破旧的房屋,散落在更小的房子中间。就像在机场一样,街道上熙熙攘攘。当司机在土路上行驶时,村民们挤在一起,看着我们到来。一个穿束腰外衣和裤子的小女孩害羞地向我挥挥手,然后就跑开了。

我们穿过一条土路。这里的房屋相隔较远,中间有足够的空地。在一大片土地的尽头,一处保存完好的水泥房前,司机停了下来。这是一栋白色的平房,油漆斑驳剥落。

几级混凝土台阶通向一个门廊,那里有一张吊床在干燥的空气中漫无目的地摇摆着。盆栽植物点缀着修剪整齐的草坪。隔壁的房子坐落在几十米远的地方。尘土飞扬的街道与现代住宅形成了鲜明的对比。

司机帮我卸下行李。接过我那慷慨的小费,他惊喜地瞪大了眼睛,感激地鞠了一躬。我看着他驾车离开,直到他变成远处的一个小点。我深深地吸了一口气,拿起我的行李,慢慢地爬上台阶,来到我妈妈小时候的家——她十八岁结婚前曾称为"家"的地方。我敲了敲门,但没有人回应。

"有人吗?"我先轻轻地叫了一声,继而提高了嗓门。远处几声狗叫打破了寂静,但我并没有看到狗的影子,难道是幻觉?我又敲了一下门,然后退后一步,开始怀疑自己千里迢迢来到这人生地不熟的远方是不是明智之举。

"谁在那里?"一个沙哑的声音从远处传来。

"你好。"现在我敢肯定这不是幻觉。我冲下台阶,朝着那个声音走去。

"阿米莎?"那个声音问道。

我走到台阶的尽头,在转弯的地方差点撞上一个老人。他的背微驼,顶着一头深灰色的头发,穿一件及膝的传统的棉质长衬衫,下面是配套的宽松裤子。他的脚裹在破旧的皮凉鞋里,一只混种的拉布拉多犬摇着尾巴站在他旁边。

"呐嘛斯嘚。"(Namaste:当印度人说"呐嘛斯嘚"时,他们双手合掌,两眼注视对方,弯腰欢迎礼拜对方,心中默念"我内在最珍贵的神性、佛性,向你内在至高无上的神性、佛性顶礼致敬"。这是在灵性的层面上向另一个生命表达敬意,而不仅仅是常规的问好和礼貌。——译者注)虽然我不太了解印度风俗,但我总知道双手合十、微微鞠躬。因为不知道他懂不懂英语,我就指着房子,慢慢地说:"我妈妈,莉娜,是在这所房子里长大的。"他眯起眼睛,呆呆地盯着我看。"我刚从美国来。我们收到一封信,说我的外公迪帕克病了。"

看到他激动得喘息不止,我没有继续说下去。他向我伸出手来,但在碰到我之前,又无力地落了下去。眼泪夺眶而出,滑过他苍老的脸庞。

"你来了。"他激动得不能自已,用生硬的英语低声说道。他的身体颤抖着,泪如泉涌。"你终于来了。"

我困惑地看了看门,又回头看了看他:"你是我的外公迪帕克吗?"

他摇摇头:"我是拉维,你祖父母家的仆人。"他停下来,深深地吸了一口气。看到他脸上的表情,我开始惶恐不安起来。"我很抱歉。"他接下来的话让我一时说不出话来。"你来得太晚了。两天前,我们已经把迪帕克的骨灰撒了。"

五

"人类会犯错。"拉维领着我走进妈妈儿时的家,把油灯一盏一盏点亮。"愚蠢,使人无法看清真相。但是,如果光明驱散了你灵魂的黑暗,明亮灿烂的光芒就能彰显真理。好似智慧的太阳喷薄而出,洒下万道晨光。"

"真美,我以前从没听到过。"虽然我很想问他外公去世的事,但我决定等到他想说的时候。

"是《梵歌》里面的,有人把它叫《诗集》。"他指着灯说,"庆祝和哀悼的时候用的。"

"我的舅舅们……他们来了吗?"我问,虽然我知道帕雷什的信上说他们不会来。

不等他开口,我就从他的脸上看到了答案。

"一个也没来。"

"我很抱歉。"在我听来,这个道歉听起来很空洞,"我妈妈——她说她来不了。"因为他是个陌生人,我不能把妈妈对我说的话贸然告诉他。

"你外公知道她不会来,但他还是抱着希望。我想,正是这希望让他挺过了那么多日子,直到他的身体接受了他的内心所不能接受的现实。"

他继续点灯,我在小房间里走来走去,小心翼翼地用手摸着那些古色古香的家具。房间的角落里放着一把雕刻精美的深色大理石椅子,旁边是一个镀金的骨灰缸。墙壁被漆成温暖的象牙色,地板上铺着昂贵的地毯。拉维的狗忠诚地跟在他后面,陪他把最后一盏灯点亮。

"它叫什么名字？"我问。

"我叫它'罗基'。它看上去挺喜欢这个名字，所以就这么定了。"他陪着我微笑，然后带我走向房间中央的拉贾斯坦邦秋千，秋千上装饰着宝石。"请坐。"

"谢谢。"我坐在柔软的天鹅绒垫子上，长途旅行让我筋疲力尽，"你英语说得很好。"

"我年轻的时候，英国人逼着我们学习他们的语言，当时看来是没什么用，但现在——"他向我示意——"我很感激。"

"他死的时候是什么样子？"我终于问道。

我不会为一个素昧平生的人哀悼，但想到我已经失去了那么多，再失去一个似乎太不公平。况且，现在他死了，我永远也无法找到我想要的答案了。

"很安详。"他揉了揉罗基的头顶，狗叫了几声，表示赞同，然后便安静下来。

"很抱歉，我没能及时赶到。"

"也许并不算太迟。"

我刚要问他这是什么意思，却见他从长椅上抓起一个更大的靠垫，放在地板上，然后坐到上面。见他坐在地板上，我却坐在沙发上，我感到羞愧，赶紧跳了起来。"不，请你坐这儿。"

"你的外婆，阿米莎，总是对我说：'拉维，当你靠近大地，你就能听到她的秘密。'然后她会大笑起来，爬上你现在坐的地方，说：'所以，告诉我，你发现了什么吧。'"他用手势示意我重新坐下，然后舒服地坐到自己的座位上。

"你认识我的外婆？"她是一个很少被提及的女人，年纪轻轻就去世了，所有关于她的话题就像一团乌云，令人有不祥之感。当我的舅舅们来访，每每提及她时，也总是压低声音，很少谈到具体细节。当看到妈妈的脸色不对,他们就会立刻转移话题。很快,人们就不再提起她。"我知道,她很多年前就去世了。"

"是的,尽管有时候我感觉仿佛就在昨天。"拉维从衬衫口袋里摸出一副眼镜,然后用衬衫下摆擦了擦镜片,"我孙子非说这玩意儿比我用了八十多年的眼睛还要好。"他把眼镜戴上,眨了眨眼,适应一下,"当我突然发现自己能看清楚时,才知道他说得对。"

"阿米莎她是怎样的一个人?"他刚才还叫过她,好像她还活着,而不是一个记忆。

"她外表和善,内心坚强。刚才我听到你的声音,还以为风儿送来了她的声音。"他闭上眼睛,"我确信她就站在我的身后。可是当我再次听到你叫门的时候,我就知道,我弄错了。"他睁开眼睛,冲我眨了眨眼,"我马上循着你的声音过去,担心你把喉咙喊哑了。"

"我只看过她的一张照片。"我承认。

我小时候就发现了那张照片。它在鞋盒里,被埋在旧收据和剪下来的优惠券下面。照片上,一名女子在远处寻找什么东西,她的眼睛躲避着刺眼的强光。当我向妈妈问起时,她一言不发地把它拿走,转身回了自己的房间。从此,我便再也没见过那张照片。

"你外婆认为,照片会掩盖一个人的真实面目,它只不过是一个假象。"他停顿了一下,接着说,"我敢肯定,如果她早知道,照片是她在这个世上留下的唯一能让人们记起她的东西,她就不会那么想了。"

罗基冲着积满灰尘的窗户外面一只飞过的小鸟咆哮起来,然后从敞开的门口冲了出去。

"你妈妈好吗?"

他似乎非常急切地想知道这个问题的答案,这让我无法理解。我不愿和一个不熟悉的人分享太多,于是给了他我认为他希望听到的答案:"她过得很好。"

拉维的脸上闪过喜悦之色："你外婆知道了会很高兴的。"

"你是她的朋友吗？"我好奇地问道。

"我是家里的仆人，但你外婆善良宽厚，把我当朋友。"他声音沙哑，就像一个饱受折磨的人。他移开视线，不愿与我对视。他不停地吞咽着，手指握拳。他的脸渐渐没有了血色，愁容满面。

"你没事吧？"我敢肯定，他隐瞒了什么，但当我审视他的目光时，他仿佛立刻戴上了一个面具。

"没事。"他轻声说。他调整好自己的情绪，恢复了正常的声音："这是她的众多天赋之一，她能看透一个人的生活境遇，并去真诚地接纳这个人。"他羞愧地低下头，身体紧绷着。"我是个达利特人。"（达利特人，又称"贱民"，印度传统种姓制度中地位最低、最弱势的人。——译者注）他说这话的口气就像是在要求判决减刑一样。

"你是贱民？"

他点了点头："在印度种姓制度下（种姓制度将人分为四个等级，即婆罗门、刹帝利、吠舍、首陀罗。第五种姓称为"不可接触者"阶层，又称"贱民"或"达利特"，在印度不算人民，不入四大种姓之列。——译者注），高种姓的人不把我们当人看，因为一点点小事被殴打或虐待对我们来说是家常便饭。"我调整呼吸，尽量保持平静，作为一名记者，我早已学会不动声色地倾听。"我的许多同胞是意外怀孕生下来的，常常还没熬到长大就夭折了。"

在历史课上，通过课本和照片，我了解到种姓制度是如何定义几代印度教徒的。每个人都根据出身被划分到一个预先确定的价值等级。贱民位于最底层，是最卑微的一个族群。

对于这样一个制度，我无法理解，义愤填膺。我先是问了老师，后来又问了爸爸。他给了我他能给出的唯一答案——历史一次又一次地证明，想要改变人们视之为真理的东西，困难无比。我从理论上论证了这个制度是不公平的。现在,听到拉维的话,我才羞愧地发现,自己当初是多么天真,并没有完全理解这种做法背后的真相。

"我很遗憾。"即便我这样说了,我也知道这句话是苍白无力的。

"不必遗憾,"他回答,这让我很惊讶,"正是因为我不受欢迎,被当作社会的负担,遭到摒弃,我才有机会遇见你的外婆。"一提到她,他的表情就柔和了下来,"为了这个,我情愿以贱民的身份活一百次。"他看到了我眼中的同情,便微笑起来,"你的外婆是一个超越了她那个时代的女人,这所房子的主人,她让我的家人也来工作。她是我们的救世主。"

他说起她时,带着崇敬和热情,而一提到我的外公,就变得冷淡起来。我注意到了这种反差,很想知道这背后的原因。我还没来得及让他详细解释,他就从垫子上站起身来,示意我跟他走。

"来,我带你去看看她的豪宅。"

拉维带我参观了房子的其余部分,自豪地说这些房子是最早一批用上电的——我一直认为的理所当然,原来也曾是一种奢侈。在美国,这所房子也不过相当于一座大别墅而已。每走一步,我都试着想象儿时的妈妈在大厅里玩耍、在厨房里吃饭、在房子里睡觉的画面。我不知道她结婚前夜在想些什么,她是否为离开儿时的家而感到忧伤。我努力去设想,却始终无法想象,当她的爸爸要求她在婚礼后永远不要回家时,她会是怎样的心情。

在最后一个房间里,拉维向我展示了床——其实就是一张薄弹簧床垫,眼下却显得十分奢侈。他递给我一串锈迹斑斑的钥匙,答应明天早上再回来。虽然我在邻镇订了旅馆,但我很高兴能住在妈妈儿时的家里,窥探她不愿分享的那部分故事。

我疲惫不堪地躺在床上,透过蚊帐注视着光秃秃的四壁。但是一想到妈妈,我就辗转反侧,直到深夜都无法入眠。我的目光锁定在黑暗中,等待着她童年的秘密显现出来。等了好久好久，我终于带着没有得到解答的疑问沉沉睡去。

晨光初现，我就听到公鸡的打鸣声。我从被子里伸出一只手，徒劳地摸索着闹钟，突然意识到，那声音来自一只活生生的动物。我恼怒地嘟囔着，用一个薄薄的枕头盖住头，但公鸡的叫声仍然不绝于耳。

一阵急促的敲门声过后，拉维走进了房间："你不喜欢我们动物的歌声吗？"

背景中，我听到那只公鸡还在锲而不舍地叫着——好像坚持要把死人叫醒才罢休。

拉维用托盘端着一个杯子和一盘食物："我在客厅里都能听到你的抗议。"他用脚为罗基把门打开，"我想问你穿好衣服了没有，又一想，反正我都快瞎了，应该没什么关系。"

"我太累了，没换睡衣。"我从蚊帐的开口处钻了出来，伸手去拿托盘。食物的香味扑鼻而来。"其实你不必给我带吃的来，不过这闻起来好极了，谢谢你。"

"你是她的外孙女。"拉维说，似乎这一条就足够了，"茶和加提亚（ghatiya，一种油炸的印度小吃）——一顿像样的早餐。"在一杯冒着泡沫的印度奶茶旁边，放着一个金黄的油炸面粉卷。

"我从来没有喝过这个。"我小心翼翼地啜了一口。新鲜生姜和羊奶的浓郁香气温暖了我的唇齿。"太好喝了！"我由衷地赞叹道，语调像唱出来的一样。

"你可以去向我们的山羊道谢。"看到我不解地挑起眉毛时，拉维笑了，"它在房子后面的地里，今天一大早，就给你送来了羊奶。"

我好奇地瞥了一眼那泡沫状的混合物，又喝了一口："我很想听你说说。"

"你外婆坚持认为每天的早晨都应该这样开始。"拉维把一只手放在和桌子相配的旧石椅上,"吃完早饭,我带你去洗澡的地方。跟山羊初次见面的时候,你一定不想吓到它吧。"他开玩笑说,"晚些时候,咱们聊聊。"

我看着他离开,然后吃了一小口食物。公鸡终于不叫了。在寂静中,我想象着与帕特里克说起到目前为止我的见闻。我们初次相遇时,我很安静、很矜持——这是我从妈妈那里学来的习惯。帕特里克帮我从封闭中走了出来。我说话时,他总是饶有兴趣地听着。我对他无所不谈,无论是好事还是坏事,直到最后,再没什么好事可说。在希望和伤痛的旋风中,我们被无情地抛来抛去。对他倾诉我的悲伤,就意味着和一个已经经历过伤痛的人一起揭开伤疤。我太脆弱,无法承受把他的悲伤叠加到我的悲伤之上,所以,不去诉说似乎是更安全的选择。

我沉浸在往事的回忆里——它提醒我,我的婚姻曾比环境更牢固。我走过的那些岁月就像电影的胶片,一幕幕在我的脑海里播放,直到他提起史黛丝的那一天。我沉浸在回忆里,伤痛如潮水般涌了回来。

我推开盘子,走到窗前,孩子们玩耍的声音从窗缝中飘了进来。我擦掉窗台上的灰尘,用力推插销,直到它松动为止。我打开窗户,看到孩子们在土地里踢一个瘪瘪的球。在他们周围是植被稀疏的土地和与这间房子相似的邻家。每当他们大笑时,玩闹的声音便变得清晰起来。

我迅速关上窗户,插上插销。我靠在墙上,深深地吸了一口气。尽管我很确定自己要来这里,但现在,我怀疑自己当初是怎么想的。我孤零零地待在这里,没有属于我的东西,也没有我关心的人。

~

"这就是你说的洗澡?"我盯着古老的浴室问道。

几块红土砖堆叠在一起,充当浴室的墙。屋顶是用阔叶树的树枝搭成的。这个户外浴室的中间有一个小排水沟。从一角到另一角,狭小的空间仅能勉强容纳一个人。

"这三桶水给你用。"拉维指着墙那头的两只水桶,"那两桶水是用来擦肥皂的,很烫,一定要小心。"他解释说,"第三桶水是温水,可以用来冲洗。"他递给我一小块肥皂,"这是檀香皂,对身体和头发有好处。"拉维刚要走,突然又停了下来,"差点忘了告诉你,壁虎的好奇心很重,你要防着点。"

"等等,你说什么?壁虎吗?"

"是的。"他遮住刺眼的阳光,抬头扫视浴室上方的那棵树,"我们这里的壁虎很多,当人洗澡时,它们就好像什么也不怕了。"看到我瞠目结舌的样子,他忍不住笑了,"有几只曾落到我这个老头子的脑袋上,还以为这里可以做窝呢。祝你洗得开心。"

我一边加快洗澡的速度,一边小心留意那些任性的爬行动物。我把肥皂抹在胳膊上,然后又抹在肚子上,描画着上次怀孕时留下的模糊的妊娠纹。我从来没有想过,一条铁轨断裂会导致整列火车的倾覆。现在,我觉得当初的自己很傻,傻到居然不相信这一点。

我没有洗头发,而是让温热的水流过头发,来帮助放松脖子上的肌肉。洗完澡后,我用薄毛巾把身体擦干,穿上花裙子,把湿漉漉的头发扎成马尾辫。

"我出发前,在邻村订了一家旅馆。"我悠闲地躺在系在门廊上的吊床上晃荡着,啜饮着拉维用鲜柠檬榨汁为我做的柠檬果子露,里面的冰块在高温下慢慢融化。

拉维用一把金属刀在一根小树枝的边缘切削,他用刀锋把木棍两端削成细密的刷毛。完成后,他把小木棍递给我,说:"刷牙用的。"

我把这根木棍拿在手中翻过来细看,它的长度和宽度同一根稻草差不多,而它末端的刷毛看起来像扫帚的一头。我不可能把这样一个东西放进嘴里。"谢谢,可我带牙刷了。"

当我想把它还给他时,他拒绝了。"这个更好用,你用用就知道了。"

当我再次把它递过去时,他说:"这是我这个快瞎的老头子专门为你做的。"

我不想伤害他的感情,就把它放在我旁边。他的嘴角上扬,微微一笑,我才发现自己被捉弄了。

"怎样叫黄包车最好?"我问道,希望能在下午之前赶到旅馆。

"没有必要。"他拿起另一根树枝,又开始削了起来,"这里是你的家。"

"我不想给你添麻烦。"

"这里曾是她的家,现在,只要你愿意,这儿就是你的家。"拉维哽咽着低声说。当他面对我开始说话时,我身后的什么东西吸引了他的目光。我转身去看,但身后除了墙,什么也没有。

"拉维?"见拉维嘴角低垂,眼睛里充满了悲伤,我不禁提醒道,"你还好吗?"

"有时候,我确信我看到了她。"他平静地说,"她站在门廊上,取笑我没有认真做家务。当然,很多都是她的杂务,但她总是忙着写作。她讲故事的时候,眼睛里有一种独特的光芒,浑身上下充满了活力。"他举起手来演示,"她总是一边讲故事,一边夸张地做着手势,就算你再忙也忍不住想去听。"他摇了摇头,似乎又将自己拉回到现实中,"你远道而来,却只能听我这个老头子瞎唠叨。"

"她喜欢讲故事?"顷刻间,我找到了我与她之间的联结,这是我与妈妈之间从未有过的。我一直想知道我对文字的热爱源于何处。

"是的。"他的手指蜷曲成拳头,"她那么年轻,死亡似乎离她很远。她会一连写上几个小时,甚至几天。在她的故事中,她找到了幸福。"他的大拇指在另一只手的手掌上揉搓着。他闭上眼睛,摇了摇头:"抱歉,我老了,好像更喜欢过去的日子,而不是现在。"

"你还保存着她写的东西吗?"我想起把我带到这里来的那封信,

"我舅舅在信上说,外公有东西要给我妈妈,是那些故事吗?"

我屏住呼吸,期待他给我肯定的答复,期待着他告诉我,他能给我一些那个我永远没有机会认识的女人的东西。但他还是摇了摇头,我只能努力掩盖住自己那深深的失望。

"都没了。"他松开手中的小刀。小刀先是落到他的脚上,又咔嗒咔嗒地掉到下一个台阶上。这个声音把罗基引得叫了起来。"她把它们都送人了。从那以后,她发誓再也不写东西了。"

"为什么?"

"那是她珍贵的财产,也是她所能给予的一切。"他说话像谜一样,也不做任何解释。

"那你知道我外公想给我妈妈什么吗?"

"是的。"他的脸阴沉下来,温暖的神色变成了冷漠。"我知道。但你必须先听我讲一个故事,我才能告诉你。"

"一个故事?"

"在你外婆去世前的几个月里,她对我详细地复述了一遍。这是关于她、你外公和你妈妈的故事。"他深深地叹了一口气,眼里充满了痛苦,"我一直保守着这个故事的秘密,直到现在。"

"为什么是现在?"我问道,他的话让我感到迷惑不解。

"因为你外公已经过世了。"他犹豫了一下,斟酌着用词。他佝偻的身体向后靠去,让他和我之间保持一定距离。

"他让我妈妈承诺,永远不回印度。"我透露道,同时观察着他的反应。拉维震惊得瞪大了眼睛,然后绝望地低下了头。"她说,这是她为自己的出生所付出的代价。"

"我不知道。"拉维神色冷漠,愤怒地抿紧了嘴唇,"虽然她最好永远不要回到曾伤害过她的地方,但他不该这样强迫她。"

"她受到了怎样的伤害?"我平静地问道。

他话语中的痛苦让我警觉。我的直觉提醒我应该要跑掉,拒绝他的提议,让我母亲的秘密不会泄露。但是内心深处那个支离破碎的我,渴望着一些东西来赶走无尽的痛苦,渴望着了解真相。

"这个故事能回答你所有的问题,"他慢慢地说,"但你必须留下来听。"

我记得我那个家里如今还剩下什么——土崩瓦解的生活和记忆的碎片。

"我会留下来。"

他松了一口气:"好。这是她和你妈妈的家,你有权住在这里。"

拉维站起来,示意我跟着他。我们慢慢地走过几间泥浆房,这些房子混在几间类似于我外婆家的平房之间。脚下的路从土路变成了沥青路。所到之处,有大片的绿地,也有棕色的贫瘠土地。被晒得干枯的叶子在干燥的空气中静静地挂在树上。被鸟儿咬得千疮百孔的果子挂在较低的树枝上。我们经过一个废弃的风车以后,来到小镇上较为现代化的区域,这里有商店和开放的市场,里面挤满了顾客。

拉维一路都沉默着,只对忠诚地跟在他脚边的罗基低语了几句。我在后面磨磨蹭蹭地走着,终于能听到我妈妈的故事,我既期盼,又有些紧张和焦虑,这两种情绪在内心矛盾地交织着。为了缓解紧张,我把注意力转移到村庄的景色和声音上,而对于我这个陌生人的出现,村民们纷纷报以注目礼。

拉维带领我们走向远处一座废弃的低层褐砂石建筑。旁边是一间有着相似设计风格的小屋。他用钥匙打开一扇门,示意我跟着他。一进到里面,他就盯着我的脸看,想知道我是什么反应。

刚跨进门槛,我便停下脚步,环视四周。

"这是个花园?"我被这眼前的美景惊呆了,徜徉在一排排香气扑鼻的各色鲜花之间。我弯下身子,去闻一朵白花,花的中心是黑色的,周围有一圈黄色的光环。"真是美得惊心动魄!"

"我记得它叫'白桤木'。"拉维说,"你的外婆耐心地教过我。这么多年过去了,我害怕会忘掉。"

我指着那排白桤木旁边的一簇花,说:"初开的红桂花。"

"你认识你的花。"拉维一边说,一边吸着粉红色花朵散发出的浓烈香气。

"妈妈喜欢园艺,有时我会给她帮忙。"偶尔,妈妈会允许我进去。我们静静地并肩工作,种植和修剪植物和灌木。"真是太美了。"我指着那排花草,有些才刚刚发芽。无法想象,我们穿过的那个尘土飞扬的村庄里,竟会容下这样一个美丽无比的花园。

"这是你外婆在另一个时代的作品,"拉维说,"来。"

他把我带到山毛榉树下的一条长凳上。大树枝叶繁茂,为我们遮挡炎炎烈日。

"坐下,我给你讲讲她的故事。"

阿米莎

英国统治印度期间

20世纪30—40年代

虽然阿米莎只有二十岁出头,
但她已承载了太多的责任。
有时,她感觉自己像一个抚养着小孩子的大孩子,
有时,她又觉得自己是一个从未找到自己位置的老女人。
但那些扎着马尾辫的女孩子却不一样,
她们规规矩矩地坐在座位上,
天真无邪,
满怀希望。

六

阿米莎望着脖子上挂着铃铛的奶牛队伍,咯咯地笑着。她的妈妈给每头奶牛都挂了一只铃铛,奶牛的尾巴上缠绕着白色的卡兰达花藤蔓。十头牛是商定的嫁妆,阿米莎的父母为他们的女儿挑选了最好的。

"奶牛也会随音乐起舞。"阿米莎对着繁星点点的夜空唱着,她的喜悦感染了所有人。她在沙米亚娜凉亭前随着鼓声优雅地摇摆着。月光反射在五彩缤纷的拼布棉床单上,结婚帐篷的双层屋顶闪闪发光。阿米莎和迪帕克在巴里纱帘子里绕着火盆转了七圈之后,火渐渐熄灭,只余点点微光和几块余烬。

阿米莎看到自己的新婚丈夫在望着她,便给了他一个灿烂的微笑。迪帕克站在离她不远的地方,也对她报以微笑。但他很快就露出了羞愧的表情,因为他的母亲查拉大声责骂他:"这样公然盯着你的新娘,太不得体。"

聚会一直持续到深夜,然后延续到大街上。女人们穿着精致的婚礼纱丽,而男人们则穿着时髦的纱丽、克米兹(纱丽是一种宽松的长裤,裤管上部宽大，下部狭窄，腰上部系有束带。裤子或宽松，或紧窄。克米兹是一种长衬衣或长衫，肚脐以下的摆缝为开放式，以便穿着者能行动自如。——译者注），刺绣的丝绸衬衫垂到他们的膝盖上，下面是修身的裤子。饱餐了咖喱蔬菜后，他们伴着旅行的吉普赛人的歌声欢快地起舞。

当星光渐暗，天色微明，阿米莎的兄弟和父母已经收拾行装，准备踏上返家的漫长旅行。他们启程时，会与阿米莎作最后的道别，在这之前，他们还称她为自己的孩子，虽然她只有十五岁，但现在，已经被当作成熟的女人来看待了。一想到自己要被孤零零地留下来，她就会陷入深深的惶恐中。客人们把睡着的孩子从地上抱起来，放到敞篷车里。男人们牵着两头牛，车上拉着木箱，女人们也从后面跟上来。他们要花半天时间才能到家，但这就是他们应该做的。按照传统，他们已经成功地把一个女儿交送给了另一个家庭。

"妈妈。"阿米莎奔向妈妈张开的双臂，投入她的怀抱。她把脸埋在妈妈的肩膀上泣不成声，瘦小的身躯颤抖着。

当阿米莎的爸爸把手放在她的肩膀上时，她转过身来拥抱他。

"从今以后，这儿就是你的家。要让你的丈夫幸福，还有你的新家庭。"他哽咽着说。

不知要过几个月，甚至几年，她才有可能再见到他们。虽然他们住的地方离这里只有两个城镇那么远，但往返旅途劳顿，成行不易。

阿米莎痛哭不止，查拉搂着她的肩膀，向她的父母点点头，示意他们该走了。经过结婚仪式，他们的女儿已经是别人家的人了。从今以后，她将与迪帕克和他的大家庭一起住在他们的家里。从那一天起，阿米莎将视查拉为母亲，她的生活将不再属于她自己。

~

"你真美。"迪帕克关上身后卧室的门。

透过那扇薄薄的门,阿米莎听到查拉在吩咐仆人把床单和枕头放在临时搭起的床上。迪帕克的两个妹妹和父母会睡在客厅旁边的小开间里。作为唯一的儿子,迪帕克可以睡在卧室里。阿米莎鼓起勇气,抬起戴着宝石首饰的头,迎向迪帕克的目光。他们站在距离对方十几厘米的地方,细细打量着彼此。订婚是双方父母一手包办的,今天是他们初次见面。他抬起一根手指,摸了摸垂在她额头正中的珍珠钻石吊坠。

当天清晨,阿米莎的妈妈和堂姐们小心翼翼地把一根金链子戴在她的头上,她的秀发顷刻间光彩照人。她们给她戴上金光闪闪的耳环,脖子上挂上两条长长的项链。阿米莎的婶婶在她的手上和手腕上套上几十个配套的细金手镯。

"好好珍惜,"婶婶说,"这些是你娘家人送给你的礼物。"

"华衣美饰会让任何一个女人变得美丽。"阿米莎谦虚地说。

"而美丽的女人会让任何一件衣饰焕发光彩。"迪帕克学着她的腔调答道。

当他的手指滑过她玫瑰色纱丽的下摆时,阿米莎仔细端详着他。他十九岁,比她年长四岁,但他那紧张不安的神情却还像个学生一样。他相貌英俊,但更重要的是,阿米莎从他的眼睛里看到了善良,这让她很感恩。

迪帕克从桌上拿起一个天鹅绒首饰盒递给她。她把它慢慢地打开,显露在她面前的是一条项链——镶着黑玛瑙宝石的传统金项链。按照传统,这条项链是丈夫在新婚之夜送给妻子的礼物,它象征着他们将终生相守。

"太贵重了。"虽然它设计简单,但她立刻意识到了它的价值。纯净的金色光彩夺目,高质量的宝石熠熠生辉。在村里其他女人的脖子上,阿米莎从未见过如此珍贵的项链。她把项链紧紧地握在手里,默默地承诺永远都不会把它摘下来。

"我特地去城里的一家商店买的。"迪帕克把她的头发拨开,把项链戴在她的脖子上,"我真希望能有更好的东西来配你这样一个独一无二的女人。"他腼腆地看了她一眼,说,"我从来没有见过女人在婚礼上为她的丈夫翩翩起舞,你是与众不同的。"

阿米莎结结巴巴地解释说:"我喜欢跳舞。我无意冒犯。"

"我丝毫没有感到被冒犯。"

"从前有一只鸟儿,它想独自飞翔——远离鸟群。"阿米莎轻声说道,迪帕克开始取下她的每一件首饰,只留下那条项链。她想与她的新婚丈夫分享她此刻的感受——她的恐惧和担忧,以及她对父母为她选择的这桩婚事的喜悦,而她知道的最好沟通方式便是讲故事。

"它为什么要这样做呢?"迪帕克停下来,看着她的眼睛。

"它担心,如果追随着鸟群,它将永远找不到自己的位置。"她的目光移开了,想象着鸟儿的飞行路线,"它独自飞了好几千米、好几天。当它到达目的地时,它觉得自己是如此的勇敢,如此的独特。但是当它环顾四周,它意识到所有的鸟在几天前就已到达了同一个地方。"迪帕克开始摘下她戴在手指上的戒指。当他的手指滑过阿米莎的手指时,她感到一阵从未有过的悸动。"最终,它并没有什么不同,我也一样。"

"那只鸟是个傻瓜。"迪帕克的话让她感到意外。

"可这只鸟希望能找到自己的位置。"她开始说,但迪帕克打断了她的话。

"从一开始,这只鸟的路就已经注定了。它想要与众不同纯粹是浪费时间。"

他的评论使她刚刚被唤醒的兴奋冷却下来,渐渐趋于平静。阿米莎暗暗责怪自己。她的脑海里回响起妈妈曾警告过她的话:不要把自己写的小说讲给别人听。在寂静中,迪帕克继续脱着她的衣服。他慢慢地解开纱丽,脱到只剩下衬裙和衬衫。他闻了闻纱丽上的玫瑰香水和熏香的味道，然后轻轻地把它放在地板上。

"谢谢你。"阿米莎把这个故事从脑海里赶走，注意力转向他。

"为什么？"他不解地扬起眉毛。

"感谢你轻柔地待它。"刚刚，他对她的故事不屑一顾，这让她感到失望，但她此刻想要忘掉它，专心与他沟通感情。她指着纱丽，向他坦承自己的忧惧："这件纱丽是我从家里带来的唯一留在身边的东西了。"

"现在，这里才是你的家。"迪帕克回答，声音有点生硬。他似乎注意到她对他的语气感到惊讶，便带着歉意，轻轻抚摩她的脸颊。

"我很高兴嫁给你。我希望你也这样想。"

"我确实这样想。"

他的坦承让她吃了一惊，她的声音变得柔和起来："希望你对我像对我的纪念品一样温柔。"尽管她的母亲和堂姐们对她详细解释过新婚之夜将要发生的事情，她仍然忐忑不安。她从来没有与一个男人亲密接触过，她担心自己会让他扫兴。

"我有点害怕。"迪帕克把她的身体拉近，吻了吻她的头顶。

"你是我的第一次。"阿米莎感觉到他的身体在紧张地发抖，也看出了他的渴望。这是她的第一次，她知道，这也是他的第一次。

他的紧张让她感到温暖，说："应该感到害怕的是我。"

"我怕弄痛你。"他把前额靠在她的额头上，用手抚摩着她的头发。

阿米莎轻轻吞咽了一下，希望借此放松下来。父母们会为女儿寻觅最相配的伴侣，他们通过男方父母在社区中的地位和口碑来判断这个男孩。婚事一旦定下来，他们只能寄希望于女婿品性良好，会善待他们的女儿。

阿米莎开始解开他的衬衫扣子，迪帕克退了回来，把扣子全部解开，脱掉外衣。她还半裸着，便向他伸出手来。他吃惊地把她抱在怀里，几步走到床边。

"这是新的。"他自豪地说,"专门为我们结婚买的。"

他弯下腰,把她放下来,两肘支在床上,面对着她。他试探着把嘴唇印在她的唇上。阿米莎按照她母亲和婶婶们的指示张开了双唇。他慢慢地撩起她的裙子,闭上了眼睛。她不知所措地看着他,直到最后也闭上了双眼。当他进入时,她转过脸去,接受他成为她新的家人。

结束后,迪帕克趴着睡着了。阿米莎等到他睡熟了,打起呼噜,才慢慢地从床上爬起来。她静静地穿好衣服,然后四下寻找,直到找到一张纸和一支铅笔。在屋子远处的角落里,她坐下来,开始写作。

有一刻,阿米莎意识到迪帕克醒来,看到她在纸上奋笔疾书。

她抬起头,他们的目光相遇了。她从那双眼睛里看到了一闪而过的困惑。迪帕克没有和他的新婚妻子说一句话,就在渐渐暗淡的月光下重新入睡了。阿米莎继续写着,借由她唯一知道的方式获得慰藉——写下从她心灵深处倾泻而出的文字。

~

阿米莎渐渐醒来,发现查拉站在床边俯视着她。她的目光瞟向床上她旁边的空位。

"该做家务了。"查拉宣布,"快穿好衣服,撤下床单,准备洗。"

"好的,妈妈。"阿米莎把床单塞进编织篮里,把篮子顶在头上稳定住。

在去前廊的路上,她路过迪帕克和他的父亲,他们盘腿坐在地板上吃早餐。尽管迪帕克看了她一眼,却依然什么也没说。

"床单上不能留下血迹。"查拉命令道。

她的高档纱丽从她沉重的身躯上垂下来。她的手指熟练地把头发重新扎成一个紧紧的发髻。之后,她把两只粗壮的胳膊交叉,抱在她丰满的胸前,身上那些昂贵的珠宝首饰随着她的动作叮当作响。她额头上的大红点装饰着眉毛之间的整个空间。

"这些床单是给全家用的，不是给你和我儿子专用的。"

"我明白，妈妈。"阿米莎在她的语调中刻意加入了一种虚假的顺从。

查拉的眼睛眯了起来："你能住在这所房子里真是幸运，媳妇。出于同情，我们屈尊迎娶了你当我们的儿媳。"

迪帕克家拥有一间磨坊，为村里的人们提供粮食。他们的房子主要是用混凝土建造的，而不是阿米莎家那种泥砖房。在他们订婚的那天晚上，阿米莎的母亲对她说，她太幸运了，定然是得到了诸神的眷顾。

"妈妈，你儿子和你一样好。"阿米莎对查拉说。虽然婆媳之间很难成为朋友，但她希望她们之间至少能保持起码的尊重。"我很幸运，昨天晚上，他也对我表示了极大的同情。两次。"

查拉向她逼近了一步："你竟敢这样对我说话？"

阿米莎惊得咬到了舌头，嘴里流出血来，泛起黄铜般的味道。

"我很抱歉。"她妈妈警告过她不要顶嘴。

阿米莎冲下台阶，向河边走去。

阿米莎蹲在河边，用一块涂满肥皂的石头擦洗床单。当漂洗的水变清了，她便收拾好床单，朝家走去。这是她第一次穿过村庄，于是选了一条绕远的路，好让自己可以悠闲地享受路上的时光。她停下来看孩子们玩耍，看女人们聚在一起聊天，看其他村民挎着装满蔬菜和新衣服的篮子从市场回来。

阿米莎远远地看着一群英国军官穿过城镇广场。她从父亲那里听说过附近村子里有个英国拉杰（拉杰：1947年前英国对印度的统治者。——译者注）的办公室。在她自己的村子里，阿米莎曾目睹军官们动辄殴打印度人，哪怕他们只是犯了一点小错。当军官们走近时，她低下头，等着他们过去。然后，她提着篮子，气喘吁吁地朝家跑去。

"先别急，新媳妇。"查拉站在门廊最高的台阶上，拦住了阿米莎。她让她站在被烈日烤得热烘烘的空气中，听她详细吩咐她要做的新家务。

"你要为家人做饭,去河边洗衣服,打扫房间。"查拉朝房子瞥了一眼,"迪帕克会去磨坊工作,你要是偶尔能见到他,就算是幸运的了。"

"是,妈妈。"在她新家的等级制度中,阿米莎知道自己的地位低微。她首先要顺从长辈,其次要顺从丈夫。"谢谢您。"

阿米莎走过查拉,走向后门廊,把床单挂在那里晾干,之后便开始打扫。那天晚上,她躺在床上,难以入眠。几小时后,迪帕克也走进了房间,他一句话也没说就睡着了。阿米莎听着他的鼾声,透过窗户向外望,夜空已渐渐转成白昼。

七

阿米莎靠在前门廊的墙上奋笔疾书,写一段猫鼬和青蛙的对话。她的扫帚闲置在脚边。青蛙争辩说,自己的肉并不好吃,入不得猫鼬这种高等动物的口。阿米莎把垂到脸上的松散鬓发拨开,准备开始写猫鼬如何反驳。就在这时,她远远看见查拉和她的朋友从神庙回来了。阿米莎迅速把小本子藏起来,往脸上泼了一捧水,使自己看起来满头大汗的样子。然后,抓起扫帚开始打扫。

"阿米莎,我们要在家里吃冰冻果子露。"查拉用一把有着手绘日落图案的丝质扇子给自己扇风,"快点。我们可不希望客人热昏过去。"

查拉从她身边经过时,把那把精致的扇子扔给她,让她收起来。

阿米莎走进厨房,倒了两杯杧果汁,并把一些甜食扔到盘子里。

客厅里,两个女人坐在长椅上。

阿米莎端给她们,就转身离开了。"我要把门廊打扫完。"

"你们这种名门望族的媳妇没有贴身仆人伺候吗?"查拉的朋友仔细看了看那些甜食后,选了哈瓦——用煮熟的胡萝卜和加糖的牛奶混合坚果碎做成的甜食。

看到水从阿米莎的额头滴下来,她厌恶地咂舌。

"仆人?"阿米莎停了下来,盯着查拉,"妈妈,阿姨在说什么?"

"我还没腾出时间去找个合适的。"查拉专心地享受着饮料,没理睬阿米莎,"阿米莎休息的时候,我不得不忙着做家务。"

查拉的朋友美美地喝了一口果汁,然后直接对阿米莎说:"你已经在这里住了一个多月了,早该有自己的仆人了。"

由于每月只需花费几分钱就能雇用一名仆人,所以大多数家庭都雇用三四名仆人。阿米莎父母的家里雇了两个人,而她的新家只有一个仆人,阿米莎整日累得筋疲力尽。

她捕捉住查拉的目光,紧盯着她:"我相信你肯定是打算告诉我的,是不是?"

"是的,当然。"无奈之下,查拉只好同意了。

如果她拒绝帮助阿米莎,别人会认为她公然虐待儿媳。如果查拉和阿米莎发生冲突,社区里的女人们会更同情阿米莎,而站在她的一边。邻居们常常喜欢卷入彼此的生活,以此来打发无聊的日子。"你可以找一个你喜欢的,或者我来给你雇一个。"她显然希望尽快结束这个话题,最后说道,"如果你想自己选,就花点心思,你的仆人会知道你所有的秘密。"

阿米莎向磨坊走去,手中轻轻摇晃着装满食物的篮子。去磨坊给迪帕克和她的公公送午餐是她一天中最开心的事。除了在河边洗衣服,她只有送饭的时候才能暂时离开那个家。

她用纱丽的边缘擦去额头上的汗。气温已经达到历史最高水平,目前还看不到任何缓解的迹象。在磨坊里,她看见经理穿着浆过的棕色棉布上衣和裤子,正在对一个年轻人说着什么。阿米莎靠在墙上等着,她开始在脑子里构思另一个故事。突然,她听见经理吼了起来。

"拉维,我还得告诉你多少次?"经理用一把尺子威胁着那个男孩,

"滚出去,别让我把你扔出去。"

"求求您,先生。"那个瘦骨嶙峋、皮肤黝黑的小伙子毫不畏缩地站在原地。"我晚上可以扫地,洗厕所。什么活儿我都愿意干,先生。我必须挣一枚硬币。"拉维跪倒在地,双手合十。

"赚一枚硬币?"经理朝男孩的脸上啐了一口唾沫,"贱民还想在磨坊里工作?"他的笑声在墙壁间回荡,让阿米莎不寒而栗,"你们这些肮脏的下等人根本就一文不值。"

阿米莎猜想,这个男孩虽然只有十二三岁的样子,但他的眼神中却有着不属于他这个年龄的渴望和绝望,他的恐惧弥漫了整个房间。她想转过身去,但他在屈辱面前毫不退缩的样子吸引了她的注意。

"您说得对,先生。"拉维顺从地点头,"我可以在工厂关门后打扫厕所,这样我就不会妨碍任何人。我只要一点点钱就可以,求求您了,先生。"

"马上滚开。"经理推了拉维一下,他摔倒在地,却立刻从地上爬起来,重新跪了下来。"让你在这里工作是对我们加工的粮食的侮辱。"阿米莎看向经理,在那张脸上,她没有找到一丝同情。"在我打你之前,赶紧走。"

阿米莎朝他们走了一步,想引起经理的注意。当他看到她时,他的暴跳如雷转眼变成毕恭毕敬。他谄笑着接过她递过来的篮子:"我马上把这个交给老爷。"

"谢谢。"

当拉维走出房门时,她用眼角的余光看着他那落魄的身影。

"那是谁?"她问道。

"一个贱民。"经理恶狠狠地说,"听不懂人话的家伙。"他厌恶地摇了摇头,"每个星期他都来求我给他活儿干。"

他闻了闻午餐,说:"闻起来真香。迪帕克先生会很高兴的。"

他离开阿米莎送东西去了。

阿米莎冲到外面。她用手遮在眼睛上面,挡住耀眼的阳光,搜寻着那个年轻人。她发现了他在远处的落寞身影,便一边喊着他的名字,一边朝他跑去。

拉维停住脚步,好奇地盯着她看。当她终于走到他跟前时,他双手合十,恭敬地鞠了一躬。

"夫人有什么吩咐?"他用对已婚妇女的敬称问道。

阿米莎双手撑在大腿上,低下头,歇息片刻。她大口大口地喘气,在干燥的空气中努力吸取氧气。

"您没事吧,夫人?"他比她高,弯下膝盖,仰起头看她的脸。在等她回答的间隙,他看了一眼工厂,又看了看她,似乎在估量距离:"没有多远,夫人。"

阿米莎眯起眼睛瞪了他一眼,他吓得后退了一步。

"你穿上这些衣服跑跑试试,"她低声说,"这就像是为了取暖而随身揣着一只羊。"她喘息着问,"你为什么那么想在磨坊里工作?"

他似乎被她的问题弄糊涂了,但还是回答了:"在哪儿干活儿我都愿意,夫人。不只是磨坊,哪里都不要我。"

阿米莎记得查拉命令她找一个她可以信任的仆人。因为拉维不在她的村里住,所以他不会想着先效忠于查拉。她咬着嘴唇,手心开始冒汗,心怦怦直跳。虽然这个计划还在酝酿阶段,但是她已经开始担心这会让查拉大发雷霆。

"在哪儿工作你都愿意吗?"

"您是谁?"他沮丧地问。

他不停地环顾四周。阿米莎知道他害怕挨打。她以前见过一个贱民对一个高种姓的女人说话时,也是这副战战兢兢的样子。

"我是磨坊主的儿媳。"阿米莎很快回答说。她的语气中不带一丝高傲，因为在她的心目中，社会地位是无足轻重的。

看着他吃惊地瞪大了眼睛，她补充道："为我工作吧。"

她怕自己再稍稍迟疑一下，就会失去勇气。

"您这样开玩笑太残忍了。"拉维转过身去，勉强掩饰着他的厌恶。

"我没有开玩笑，你应该认真考虑一下。"这个男人敢于追求世俗不允许他得到的东西，这种勇气在她内心深处引起了共鸣，让这样的人做自己的同伴再合适不过了，"干还是不干，快点决定吧，这样，我还能去别处找看。"

"我是一个贱民。"拉维赤脚踢着地上的泥土，羞愧地看向别处，"您必须知道这一点。"

"我是一个女人。"现实生活对她来说，仿佛一直是个挥之不去的阴影。她望了一眼太阳："现在，我们的角色定下来了。"

"您是磨坊主的女儿，"拉维争辩说，"而我的父母和兄弟姐妹都是无业游民，注定一辈子乞讨为生。"他停下来，压抑住愤懑，又咕哝道，"不管我怎么努力都没办法改变现实。"

"是儿媳。"阿米莎纠正道，"我们的环境决定了我们该怎样生活。"当他们的目光相遇时，她直视着他，"我婆婆对我跟对仆人差不多。"

"你家能接受我当仆人吗？"拉维似乎承认了自己辩不过她。

由于不愿意承认事实，阿米莎转移了话题："我要给你讲一个英俊歌手的故事。"

"我情愿您不要讲。"拉维回答。

她没理会他的话。

"这位歌手想加入一个歌唱团，这个团里人人歌喉动听、外表靓丽。当歌唱团把他拒之门外时，他向上天抗议这种不公平。"讲故事的时候，阿米莎的手生动地挥舞着，"一个老人提议用一支笛子换取年轻人的面包。'它会带给你想要的东西。'老人说。年轻人高兴地同意了，相信自己很快就能加入歌唱团。临走前,老人警告说:'如果你拒绝音乐,你将失去一切。'"

"夫人,虽然你的故事很有趣,但有什么特别的意义吗?"拉维向四周比画着,"今天还有很多好地方在等着把我赶出去呢。"

阿米莎向他挑了挑眉毛,还是继续讲了下去:"年轻人在歌舞团前面吹笛子,但他们都没有注意到。不久,山那边传来了歌声。那声音悠扬动听,与笛声配合得如同天籁之音,每个人都驻足倾听。从树林里走出来一个女人,她长着一张山精的脸和一个巨人的身体。"

拉维被故事吸引住了,开始聚精会神地听着。

"她的歌喉正是上天赐予她的美好。然而,年轻人认为自己比她优秀,拒绝了与她一起表演的邀请。于是,老人警告他的话应验了,他失去了创作音乐的能力,陷入了深深的沮丧之中。"

"傻瓜。"拉维说。

"绝望之下,他求得了那个女人的原谅。后来,他们两人的组合比歌唱团还要受欢迎。"

故事讲完,她自信地笑了。

拉维耸了耸肩,困惑地看着她:"这个故事有什么寓意吗?"

"我们不应该互相评头论足。"阿米莎大声说,为他居然不理解而感到吃惊,"我们做个约定,我不评判你,你也不准评判我。"

"夫人……"拉维开口说,但阿米莎打断了他的话。

"我需要一个仆人。"她预料到他会说什么,于是说,"如果眼前正好有你这么一个人,而你又愿意努力工作,我若是再去找一个所谓更合适的人,岂不是犯傻。"她向他眨眨眼,"况且,这件事还能让经理弄清楚他自己的地位,对吗?"

阿米莎看到他在绝望和恐惧之间徘徊。他仔细地打量了她一番,最后点头,表示同意。"您是一个陌生人,但您给予我的却比任何人都多。"

他跪在她脚边,感激地双手合十,"谢谢您,夫人。我保证用一生的时间来报答您给我的这份礼物。"

阿米莎向后跳去,示意他站起来:"我会付钱给你,但我不是你的主人。我们年龄相仿,所以应该说你和我一起工作。妈妈说,你会保守我的秘密,但我没有秘密,我更感兴趣的是你能听我讲故事。好吗?"

他迷惑不解,茫然地点点头:"好的。"

她松了一口气:"太好了。另外,不要再向我跪拜。有很多大人物喜欢别人这样做,但我跟他们不一样。"

~

阿米莎在分隔厨房和用餐区的隔断墙处偷偷张望,见查拉正盛出混合着扁豆汤的白米饭递给迪帕克和他的父亲。阿米莎咬着指甲,默默地思考着如何提出这个话题。

"阿米莎。"仆人在继续做饭,查拉的大嗓门盖过了锅碗瓢盆的哗啦声,"把馕饼拿来。"

阿米莎真希望能继续躲着。聘用拉维后,她对自己的决定一直忧心忡忡。

"阿米莎,你聋了吗?"查拉喊道。

"来了,妈妈。"

阿米莎又飞快地瞥了一眼,看到查拉给迪帕克和他的父亲端上煮熟的秋葵。这是他们每天的例行流程——查拉端上食物,阿米莎端上热腾腾的馕饼,因为馕饼是在小火炉上一个个烤出来的。阿米莎从仆人手中接过不锈钢盘子,匆匆点了点头,表示感谢。她深吸一口气,鼓起勇气。

"我找了一个仆人。"开口时,阿米莎的眼睛一直盯着墙壁,"他明天开始工作。"

"一个仆人?"迪帕克停了下来,看了她一眼。

他在家时,他们很少说话。有些夜晚,为了传宗接代,他会默默地靠近她，但事后很快就睡着了。起初，阿米莎还希望与他能有更多的交流，但不久以后，就接受了现实——他们的关系与大多数的婚姻无异，不能奢求更多。

"是的。"阿米莎与他四目相对，在他的凝视里，获得了她需要的信心，"妈妈说，我应该有一个仆人。"

"他是谁？"查拉继续端饭菜，并没有太在意她的话。

"他叫拉维，他曾去磨坊找工作。"阿米莎很快地说，"那里没有适合他的工作，所以我给了他这份工作。"

"拉维？"查拉瞥了丈夫一眼，"你认识他吗？"

迪帕克的父亲没有立即回答妻子的问题，而是端详起阿米莎，他眯着眼睛，若有所思。阿米莎感觉到他的审视，将目光移开了。按照传统，他们在家里很少直接对话，他们之间的任何事情都由迪帕克或查拉来传递。

"一个贱民。"他最后说。

阿米莎听到了查拉大声的喘息声，几秒钟后，她看到装满食物的钢盘朝她的头砸过来。她本能地一闪身，盘子撞到墙上，食物撒得到处都是。

"你竟敢把一个贱民带到我家里来？"查拉尖叫道。

"我想，他可以在后面工作。"阿米莎结结巴巴地说。她绝望地想要找一个说得过去的理由。"他不会进屋的。"

"你是个白痴。"查拉挥手拒绝了她，"我为家里有你而感到羞耻。你和我儿子的婚姻可以到此为止了。"

阿米莎惊呆了，跟跟跄跄地向后退去。她用手捂着嘴，却忍不住痛哭失声。她拼命地想，却怎么也想不到可以挽救困局的话语。她无计可施，只能绝望地立在那里，等待自己的未来崩塌。

"阿米莎，你为什么要雇他？"迪帕克问道，目光集中在阿米莎身上。

阿米莎心慌意乱,小心翼翼地回答说:"他家很穷,需要钱,他到处找工作。看来我们帮不了他什么忙。"

"你知道他的地位吗?"迪帕克问道。

"他告诉过我。"阿米莎惊慌失措,摆弄着上衣的下摆,"我想,做点善事对我们也没什么害处。"

小时候,当这些贱民挨家挨户乞讨食物时,阿米莎从不用石头砸他们。这是许多孩子最喜欢的消遣,但似乎太残酷了。

"圣雄甘地说,他们是神的子民。"

"你什么时候居然有空读甘地的话?"查拉问道,"这就是你干活儿总是拖拖拉拉的原因吗?"

"妈妈。"迪帕克举起一只手,示意大家安静。他瞥了父亲一眼,从他的眼神中看到了支持。在宣布他的决定之前,他停顿了一下。"他不可以接触食物。"

"没问题。"阿米莎立即同意了,她屏住呼吸,等待他的裁决。

上一次,迪帕克表达他对她的感情还是在新婚之夜。此后,阿米莎有几次试图跟他交流感情,但他都打着盹儿,睡着了。

"他只能帮你干活儿,并要与所有人保持距离。"迪帕克继续说道。

"当然。"阿米莎结结巴巴地说。

"那么,这段婚姻不会结束。"迪帕克决定。

阿米莎如释重负,双腿发软。

说完,迪帕克转向查拉说:"您叫阿米莎找个仆人,她就找了。我保证他的待遇不会比我们的其他仆人好。"他盯着阿米莎,警告说,"我们会尊重这个决定,但从今以后,你做决定前,要先考虑清楚。"

"是。"阿米莎感动得热泪盈眶。幸亏有迪帕克,她才得以保全,她愿意答应任何事情。她立即向他保证:"我会的。"

查拉怒不可遏，冲出门去，对仆人大叫，要他在她回来之前把房间打扫干净。阿米莎垂下睫毛，凝视着她的丈夫。在他们的婚姻生活中，她第一次被真情打动。当她回到厨房时，她默默地向上苍祈祷，感谢上苍为她选择这个男人。

八

阿米莎心烦意乱地坐在昂贵的公羊头椅上。这把椅子是迪帕克几个月前买来做文书工作用的。这件奢华的家具及其配套的书桌都是用骨头精制的，每一个面都绘有精致的孔雀羽毛图案。生意蒸蒸日上，迪帕克自豪地向阿米莎和查拉展示了这套家具。

她把最后两个词画掉，换了个同义词。这首诗的最后一行是最难写的。她已经酝酿了好几个星期的时间，想把她脑子里的雄辩之词落在纸上。这首诗描述了豪雨过后洪水滔滔的壮观景象。最终，她对自己的创作很满意，放下了纸笔。无论是写新故事还是新诗，常常会遭遇这样的时刻：创作的灵感不合时宜地闪现在她的脑海里，折磨着她，直到她把它变成文字。

"夫人。"一阵急促的敲门声过后，拉维低着头走了进来，"您的婆婆马上就到。"

自从拉维开始为他们工作，查拉又雇了一个仆人。仆人们欺负拉维，对他呼来喝去。拉维毫无怨言地照做了。显然，他为自己有一份踏实的工作而心满意足。查拉起初拒绝和拉维说话，现在甚至无视他的存在。在他被雇用后的几个星期里，她一直有意回避阿米莎，还报复性地增加了阿米莎的工作量。

阿米莎从椅子上跳了起来，用手掌托着她的大肚子："对不起，小不点儿。"她对她第一个未出生的孩子说。"拉维，我还没开始做晚饭呢，她会把我的头发剃光的。"

拉维被她突然的动作吓了一跳:"我虽然不了解女人的身体,但我猜,这孩子今天肯定不想去跑步。"

阿米莎用手抚摩着腹部。起初,她每天都作呕,她希望自己怀孕了。当她停经的时候,查拉断定她的确怀孕了。除了最初的疲劳外,孕期并不难熬。令阿米莎感到惊奇的是,怀孕带来的惊喜激发了她更强烈的写作欲望。她文思泉涌,却苦于没有足够的创作时间。

"你多虑了,我的朋友。"她轻轻地拍了拍自己的肚子,"这孩子很结实。我关心的是妈妈的健康,你见过她在事情做得不合心意的时候大发雷霆的样子。"她扬起眉毛,喃喃自语道,"在她这个年纪,这容易导致心力衰竭。"

"做好了。"他说。

"什么?"她盯着他,不明白他在说什么。

拉维解释说:"我们提前做完了清洁工作,所以我就做了晚饭。"

拉维开始帮她承担更多的家务。在她怀孕初期,阿米莎常常发现,他抢先洗好了她该去洗的衣服。在她坐着打瞌睡的时候,他常常熬夜打扫房间。最近,当查拉去朋友家吃饭时,他就偷偷去厨房,帮忙做饭。阿米莎想起了她答应过迪帕克的话,感到一阵焦虑。但拉维的厨艺比她好,就连最初排斥他的那些仆人如今也欢迎他来帮忙。

"另一个仆人也来帮忙,我们确保像你一样,把一半的馕饼烤煳了,这样,她就不会发觉了。"他没有再说什么,只是咧嘴一笑。

"花椰菜和咖喱土豆呢?"阿米莎重复着查拉确定的菜单。

"做好了,盐放多了,香料放少了,就像你一样……"他的话被阿米莎的大笑声打断了。于是他就站在那里,微笑着。

"谢谢,谢谢你。"她说,"我分身乏术,时间过得太快了。"阿米莎想给他一个拥抱,但她知道,最好不要这样做。小时候,她经常因为拥抱客人和亲戚而被妈妈骂,她挨够了训斥才吸取了教训。于是,她只是捏了捏拉维瘦骨嶙峋的肩膀。"你,我的朋友,又一次救了我的命。"

阿米莎把纸对折起来。她从床底下拉出一个金属盒子,把那张纸放在一堆其他诗歌和故事上面。她小心地关上盒子,把它滑回看不见的地方。

"写的什么?"拉维打开门,跟着她进了厨房。

"大雨之后壮观的洪水。"她悄声说,以免被人听到。拉维是唯一知道她写作的人。

"洪水无情。"拉维实事求是地说。

"是的,拉维。"她深深地叹了口气,这是他在身边时她常有的习惯,"但它们也会清除残骸,迎接新生。"

"嗯。"拉维思考了一番她的话,"写完了吗?"

"我很满意,不过,最好藏起来。"她用自己的肩膀轻轻地碰了碰他的肩膀。"免得万一有人读了我的那些胡言乱语,牵连到你这个贴身仆人,让你尴尬。"他们透过窗户,看到查拉正在爬上台阶。"现在,我们去伺候'母老虎'吧。我是说'妈妈'。"

九

阿米莎身穿传统的白色丧服,准备迎接下一位吊唁者。忽然听到她的三儿子"哇"地哭了起来,那哭声响彻整座房子。两周前,刚刚分娩的她,对婴儿的哭声反应敏感,饱胀的乳房立即渗出了乳汁。迪帕克没有注意到儿子的哭声,继续跟客人们说话。

查拉在睡梦中平静地死去,阿米莎真诚地为她的去世感到悲痛。多年来,她们之间的关系时好时坏。阿米莎每生下一个儿子,查拉就对她更加和善。

"你已经证明了你的价值。"查拉在她的第三个儿子出生后,高兴地对她说。阿米莎疲惫地躺在床上,看着婆婆抱着新生儿。"你为我家生了三个孙子,我们当初许你嫁入我们家,看来是值得的。"查拉抱着宝宝摇晃着,产婆把一块湿布放在阿米莎的头上。"你真有福气——儿子永远不会离开你。"

"女儿也一样珍贵。"阿米莎虚弱地说。

"别傻了。"查拉用鼻子逗弄着婴儿,对他咕哝着,"女儿永远都不会真正属于你。"

查拉的两个女儿结婚时,阿米莎一直站在她的身边。阿米莎想起自己结婚那天的情景,推己及人,她把胳膊搭在查拉的肩膀上,满怀同情地安慰她。后来,查拉忍不住抱着阿米莎抽泣起来,两人仿佛跨过了一个无形的门槛,在悲伤中紧紧地靠在一起。

查拉常说,女儿的爱转瞬即逝。一个女孩从出生那天起,和家人在一起的每一天,都是在为离开家、成为别人家的一员做准备。在母亲看来,女儿就是另一个版本的自己——在她住过的每一个家里,她都是个外人。只有把儿子抚养成人并结婚后,母亲才能最终在这个世界上确立自己的地位。因为此时,新娘接替她的位置成了外人,而她自己,终于熬成了家里的一员。

阿米莎将思绪从回忆中抽离出来,看着客人们开始启程,长途步行前往火葬场。阿米莎和她的新生儿不能参加这个仪式,因为婆罗门教认为,死亡会使婴儿受到惊吓,让TA渴望重返天堂。

最后一个人离开后,阿米莎冲到后面的房间,见她的小儿子已经哭着睡着了。很快,迪帕克也来了。阿米莎握住他的手,把它放在新生婴儿的头上。他们的两个大儿子严肃地站在他们旁边。

"一个生命逝去了,"阿米莎说,为丈夫伤心,"但新的生命来临了。她的肉体被焚烧殆尽,而她的灵魂却永世长存。她将永远与你和她的女儿们在一起。"她用一只手臂搂住她的另外两个男孩,"愿你的儿子们给予你力量。"

迪帕克伸出手,把她紧紧地抱在怀里。阿米莎有些吃惊,她用双臂环绕住他的腰,享受着被他环抱的感觉,这让她感到放松。在阿米莎的记忆中,这是他第一次拥抱她。虽然他们已结婚多年,但她感觉他仍然像个陌生人。他们的交流常常仅限于家里发生的事情,孩子们是他们脆弱关系中的纽带。

很快,迪帕克该走了,阿米莎立刻放开了他。她默不作声地看着他叫来两个大儿子。

他们来到父亲迪帕克的身边,他一直在门廊上等着他们,带领他们跟在送葬者的队伍后面,走向火葬场。

阿米莎独自站在光秃秃的院墙内,无声地向她的婆婆告别。多年来,这个代理母亲一直支配着她的人生。阿米莎对着宇宙的保护神毗湿奴(Vishnu)的雕像祈祷,感谢他让她拥有三个儿子,令她的人生更有意义。她的内心有了更多渴望,渴望一个可以分享喜怒哀乐的亲人,于是她默默地祈祷能生个女儿。

~

吃晚饭时,迪帕克盘腿坐在两个男孩中间的地板上。阿米莎拉着连接帕雷什的简易吊床的绳子摇晃着,哄他入睡。查拉离世已经六个月了。在那段时间里,迪帕克的父亲也追随妻子去了另一个世界。如今,迪帕克只负责赚钱,而阿米莎负责家里的事务。

虽然他们最近给房子装了电线,能够用到有限的电,但还是在火上做饭。当拉维端着一个堆满了温热的小麦面包的盘子走出厨房时,阿米莎说:"拉维,你和其他人也都趁热吃吧。"

查拉死后,阿米莎提拔拉维为仆人领班。现在,他管理着其他仆人,给他们分配工作任务。比娜是拉维的表妹,也是他们新进的仆人。由于天生兔唇,她乞讨和结婚都不顺。拉维问阿米莎是否可以雇用她时,阿米莎给了她一份全职工作。迪帕克扩建了房子,所以需要更多人来打扫。

"我决定扩大业务。"迪帕克在吃饭时宣布,"我和印多尔的一个农民谈过了。"

当听到他提起要去一小时路程外的小镇工作时,阿米莎吃惊地瞥了他一眼。

迪帕克看到了她的反应,说:"离家有点远,但他的想法很有创意,也很愿意合作。"

一直以来,迪帕克对所有人都很保守,包括她。阿米莎猜想这也许是因为他是家里唯一的儿子,也是最大的孩子。他从一出生就清楚自己有责任继承父业。他从不考虑读大学或除了自家磨坊以外的任何机会。这是他的家、他的祖业,阿米莎知道他会把它发扬光大。所以,此刻他眼里兴奋的光芒令她猝不及防。

"那拉杰那边呢?"她问道。在印多尔,英国人的影响更大。在敲定这笔商业交易之前,迪帕克需要得到他们的批准。

"一切都安排好了。"迪帕克迅速回答。

"看来,你已经全都想好了。"

她想着来回印多尔的艰辛旅程。一路荒芜贫瘠,人烟稀少,强盗在深夜袭击手推车的报道层出不穷。如果她不想让迪帕克在夜间赶路,他就只能在城里过夜,第二天再回来。当他不在的时候,阿米莎不得不承担起母亲和父亲的双重责任。他的决定无疑会加重她的负担。

"这对我们家有好处。"迪帕克瞥了孩子们一眼,"对他们的将来也有好处。"讨论结束后,迪帕克在阿米莎的注视下,默默地吃完了饭。

十

"拉维!"阿米莎在门廊的台阶上寻他。"拉维!"她又喊了一声,加大了音量,语气也更坚决了。

"这个镇上和邻镇的所有叫'拉维'的马上都赶到了。"拉维手里提着一篮子衣服,转过拐角,"到时候,您打算怎么跟他们交代?"

"我就说,我喊的时候,我的拉维没应声,所以应该由他向你们各位道歉。"她抓过篮子,领着他上了台阶,"你一定想不到发生了什么事情。"

"如果你不告诉我,我还真想不到。"他重新拿起篮子,开始整理衣服。

"你听说过英国学校的事吗?"村外的新建筑花了好几个月才完工。出于好奇,阿米莎几乎每天都去那里,看着大楼拔地而起,她以前从未见过那样的建筑。"今天,我无意中听到一位英国老师对一位父亲说,欢迎大家来。"阿米莎帮拉维把衣服挂好晾干,"他们想培养我们。就在这里,在我们的小村庄里,他们会教英语写作。"

迪帕克已经出门好几个月了。在那段时间里,阿米莎开始认真阅读当地报纸上有关那场毁灭世界的战争的报道。令她惊讶的是,占领她国家的拉杰的同胞竟然和美国并肩作战,保护世界不受一个名叫"希特勒"的人的侵犯。她读到了战争带来的悲痛和贫困,了解到盟军为几次胜利付出了巨大的代价。

在晚宴上,当男人们讨论着有很多个团和营的印度士兵与当权的英国军官作战时,阿米莎听得聚精会神。男人们不赞同让印度士兵参战的决定。尽管迪帕克的许多朋友毫不含糊地支持英国统治,但也有很多人对英国人无视印度人的权利和主张而义愤填膺。

然而,无论是战争还是印度城市中为争取自由而爆发的起义,都没有影响到她家人的生活。他们所在的村子属于某个邦,通过一个名为印度中央区的附属联盟与英国合作,由一个叫维克拉姆的地方政府官员管理。维克拉姆是该地区最富有的印度人之一,他与拉杰关系密切。

"维克拉姆先生支持建这所学校。"阿米莎认为这是他向帝国示好的方式,"也许,他希望这能让我们了解他们的生活方式。"

"谁会去?"拉维问道。

当看到阿米莎指着她自己时,他毫不掩饰自己的惊讶:"您吗?"

"他们不会介意教一个想要学习的成年女人吧?"她看到拉维的反应,突然觉得自己很傻,没有考虑到这一点,"你觉得,我能行吗?"

村里的很多富裕家庭会送女儿上小学,而在城里,一些女孩能上大学。然而,阿米莎在小学毕业后就终止学业,帮忙做家务了。

她强烈地渴望学习,于是每当家人都睡着后,她便偷偷地拿出哥哥们的课本,在烛光下读书。渐渐地,她又开始写故事,利用夜晚和做家务的间隙写作。直到有一天,哥哥们带回家的书上全是她看不懂的英文,阿米莎彻底绝望了。不管她怎么努力,都无法读懂那些字母,也无法理解那些单词。

"夫人,正是因为您,我这个贱民才能在富人家里工作,这么难的事情您都能办到,还有什么是您做不成的呢?"他放下手上正在叠的衣服,问道,"但为什么要学英语呢,夫人?您以前从来没有提过。"

"报纸开始用英文印刷了,我不会……我试着自学,但学不会。"虽然感到羞愧,但她没有在失望中止步,而是努力向前看,"想象一下,如果我的儿子们看到他们的妈妈会用英语写作,会是一副怎样的表情。"想到这里,她兴奋地说,"我可以辅导他们学习。"她默默地向众神祈求,希望他们能满足她的愿望。"说不定,有一天,他们还会想要读读我用英语写的那些无聊的故事呢。"

有时,阿米莎的创作欲会让她应接不暇。每当一个故事创作完成,都会给她带来一种成就感。重温自己的作品时,常常会惊讶那居然出自自己之手。当所有的故事都有了结局,她确信自己也该封笔了。但不久以后,新的创作灵感又涌现在她的脑海里。无论是一个有探索精神的男人,还是一个婴儿的出生,都是她创作新故事的源泉。而当她的人生中终于有时间去写作的时候,这个创作的旅程却走到了尽头。

"那就去做吧。"拉维说。

阿米莎吃了一惊,盯着他看。

"你不想告诉我会有多少困难在等着我吗?给我罗列出所有不该这样做的理由?"阿米莎开玩笑说,"你该不是发烧了吧?"

"我很清醒,夫人。"他向她保证,"把您刚才对我说的话告诉强大的拉杰。我想,老师不会那么狠心把你赶走。"

~

阿米莎先把虎油稍稍加热,然后按摩到迪帕克的脚上。月光透过卧室的窗户照射进来。孩子们和父亲打了一场枕头大战后终于睡着了。由于迪帕克出门在外,孩子们已经七天没有见到爸爸了,所以特别兴奋。看到孩子们上床睡觉后,阿米莎和迪帕克一起进了卧室。

迪帕克说:"我们今年会赚很多钱。你可以告诉婆罗门们,我们会在排灯节(排灯节是印度教的重要节日。为了迎接排灯节,印度的家家户户都会点亮蜡烛或油灯,因为它们象征着光明、繁荣和幸福。——译者注)为众神准备一顿大餐。"听到他发出舒服的呻吟声,她便加大了为他按摩足底的力度。

在庆祝新年期间,村里最富有的家庭们会向街头乞丐捐赠食物。阿米莎和迪帕克与其他富裕家庭一样,为贫困潦倒的人们捐赠了几百顿饭钱。在此之前,会举行一个复杂的仪式,祭司在仪式上对食物赐福,然后为捐赠者祈求来年的好运气。

"拉克希米(Lakshmi)赐福于你。"阿米莎说,她指的是财富和繁荣之神,"你的好运是我们家的福气。"

阿米莎努力掩饰着自己的紧张。对于该怎样对他说她想去学校学习的事情,她在心里已经排练了无数遍,但是现在,真正面对他的时候,她却犹豫了。

她怯生生地说:"我想和你谈谈我的写作。"

在他们的婚姻生活中,这是阿米莎第二次告诉他她写作的事。她犹犹豫豫地对他讲着文字对她有多么重要,但他打断了她的话,告诉她,她是个好女人,是个了不起的母亲,便结束了这场讨论。

"这事不急。"他把脚从她腿上挪开,让她平躺在床上。她刚一张口,他便轻轻地吻了上去。他用灵巧的手指解开她的上衣和胸衣,然后把她的衬裙推到腰部以上。

"求你了。"阿米莎知道自己有着强大的生育能力。村里的其他妇女常常抱怨她们花了很长时间才怀孕,而对阿米莎来说,怀孕总是来得很容易。"我不想……"她一边试图找到合适的词语来表达自己的想法,一边竭力克制着揪心的焦虑。

"什么?"迪帕克停下来,低头盯着她。

她满脑子只想着去学校。虽然好像就在昨天,她还那么想要一个女儿。但是现在,有了去学校的机会,她想再等等。

她吞咽了一下,说:"我的身体还没有准备好再要一个孩子。"

"三个儿子让你忙得不可开交吧?"迪帕克在黑暗中对她咧嘴一笑。

不等她回答,他继续爱抚她。当他与她合二为一时,阿米莎把脸转过去,开始祈祷——如今,这是唯一的选择。她希望她的身体停止运转,祈求她的身体不要接纳他的种子。当他身体的一部分在她的身体里移动时,她透过窗户,望向夜空,默默地向上天祈求,把等待投胎的孩子的灵魂送到另一个女人那里去。

"去找一个欢迎你降临的妈妈吧!"她默默地对孩子说。

当迪帕克在她身上晃动时,她闭上了眼睛。新学校的画面在她眼前闪现,然后便渐渐消失了。她真傻,竟然相信那是可能的。当她感到他一触即发时,她无奈地接受了那只能是一个梦。在释放前的几秒钟,迪帕克从她身体里抽了出来,利用棉布的皱褶达到了高潮。他的手抓紧床单,发出一声满足的叹息。

"为什么?"阿米莎吃惊地问。她从他身下翻身起来,把脏床单放在一个角落里,整理好衣服。

他回答说:"你已经给我生了三个儿子,当你准备好再生一个的时候,告诉我。我看看我还能不能生。"

他把双臂交叉,放在枕头下,闭上了眼睛。几分钟后,便睡熟了。

十一

第二天早上,阿米莎先送迪帕克去火车站,然后向学校走去。她站在前面,听着印度教男子一边唱歌,一边为学校完成最后的装修工作。

"阿米莎。"村里的一个朋友苏嘉塔走到阿米莎身边。她的手里拎着好几个袋子,装满了从市场上买来的农产品。

阿米莎给了她一个温暖的拥抱。她们刚刚在一起度过了一个周末,阿米莎帮助苏嘉塔照顾她生病的公公。

"他怎么样了?"

"好点了,"苏嘉塔回答,"再次感谢你来帮忙。"

阿米莎摆摆手,表示不用谢。

"他在好转,真是太好了。"

苏嘉塔匆匆瞥了学校一眼,说:"英国人来教我们,是希望我们变成他们的样子?"

阿米莎扮了个鬼脸。她不想与她争论,便委婉地说:"也许,这是他们回馈社会的方式。"从其他村民那里,阿米莎听说,班级很快就满了。"在这里上学的孩子可以去英国上大学,有机会得到更大的发展。"

"我丈夫说,白人希望用一只手改变我们的信仰,同时用另一只手打败我们。"苏嘉塔复述了反对学校的人的共同观点,"你没上当吧?"

"没有。"阿米莎也亲眼见过英国官员用棍棒惩罚违反规定的印度人,"我没受骗。"

她用眼角的余光看到一名英国军官正向学校操场上的工人走去。他说了些什么,引得对方哈哈大笑。然后,他退后一步,继续监督收尾工作。

苏嘉塔离开后,阿米莎独自站在那里,试图鼓起勇气,进入学校,打听入学情况。拉维十分赞同她的想法。而现在,她开始怀疑自己的想法是不现实的,即使有适合她的课程,迪帕克可能也不会同意。

"要是我不知情的话,还以为你在这里监工呢。"

阿米莎吃惊地转过身来,看见那个高大的英国军官此刻正站在她身边。出于本能,她向后退了两步,鞠躬致意:"呐嘛斯嗲。"

"呐嘛斯嗲。"他的右臂裹着石膏,无法双手合十,只微微鞠了一躬。

"你受伤了。"阿米莎脱口而出,"打仗的时候伤的吗?"她忽然意识到,自己太唐突,不由得皱起眉头,垂下了眼睛,"我很抱歉。我不应该……"

"没关系。"他等她抬起头来看他,才举起石膏,"我很想说,我是在战争中光荣负伤的,可惜,其实是从树上摔下来跌伤的。"他沮丧地承认,"当时,我和我的同伴们在玩降落伞。"

"可我们村里没有多少棵树。"为了不引起注意,阿米莎压低了声音。

他显然对能继续与她交谈感到高兴,悄悄地说:"那是在伦敦城外。"他做了个鬼脸,接着说,"直到现在,我的同伴们还在拿这件事说笑呢。"

阿米莎环视了一下空荡荡的街道,她很满意没有人看到他们的互动，就回答了他之前的问题："我不是监工。"

他大声地笑了起来："那太好了，否则我就要失业了。"

"这是你的楼吗？"阿米莎暗自纳闷，他为什么要花时间和一个印度女人说话，"你在这里教课？"

"严格说来，这是陛下的，我只是个卑微的仆人。"他学着她，向四周偷偷地瞥了一眼。他关心她的名声，这个举动让阿米莎感到温暖。"我是学校的校长。我不教书，但是我们的老师都很好。你有孩子吗？"

"嗯，三个男孩。"她的目光又转向那座建筑物。这所学校是用砖砌成的，地基是石头的。工人们爬上屋顶，正在安置最后几块瓦片。"我不是来为他们打听的。"

"不是吗？"

"我是……"阿米莎犹豫着，不敢自称为"作家"，但她从学字母的时候就开始写作了。"我写东西。"她向天空望了一眼，用力咽了下。她记得迪帕克对她写作的反应，以及对她作品的不屑一顾。"都是些无聊的内容，微不足道。"她偷偷地看了他一眼，却诧异地发现，在他的脸上，丝毫没有她想象中的嘲笑，而是一副很感兴趣的表情。"但我用印地语写作，所以……"

"你想学英语。"他补全了她想说的话。

"是的。"她兴高采烈地迎着他的目光。他是第一个不用她多解释就能理解她的人。"我试过自学，但是学不会这门语言。"

阿米莎突然感到有些难为情，她把纱丽的边缘披在肩膀上。那天早上，她仔细梳过头发，让头发像波浪一样披在肩上。她没有在她橄榄色的皮肤上化浓妆，只戴了一副金色的小耳环就出门了。

"那么，我一定会为你预留一个位置，"他说，"在英语课上。"

"什么？"阿米莎不敢相信这件事如此轻而易举，本该先填表和付款，"我是个成年人了。"

"国王和王后支持任何想学习的人。"

拉杰常用这一套来为他们占领印度辩护——他们是来拯救穷人和受压迫者。然而,在那一刻,阿米莎并不在乎他们对印度的染指和借口,她只关注摆在她眼前的这个机会。

"谢谢你。"阿米莎呼出一口气,惊讶地发现自己竟一直屏住呼吸。这意想不到的喜悦让她内心充满了幸福,她开心地笑了起来。他强忍笑意,对她挑了挑眉毛。阿米莎没有退缩,她觉得自己比以往任何时候都要勇敢,她说:"我连你叫什么都不知道呢。"

"斯蒂芬。"他停顿了一下,接着说,"我是中尉。"

"你来印度很久了吗?"虽然她知道该回家了,但还是忍不住要问,她还想聊一会儿。

他望向别处,回答说:"差不多六个月。"

阿米莎开始同情他,想告诉他,如果离开孩子们这么久,她可受不了。

他突然问道:"你叫什么名字?"

"阿米莎。"

"就这样?"他提示,"姓什么呢?"

她不知道自己为什么要隐瞒,低声说道:"我们现在就做阿米莎和斯蒂芬吧。"像所有的妇女和儿童一样,阿米莎的中间名和姓都改成了她丈夫的。

他似乎考虑了一下她的回答,然后就同意了。

"好,阿米莎和斯蒂芬。你住在村里吗?"

"是的。"在与他对话的过程中,她暂时忘记了自己的生活和责任。虽然这里离家只有几分钟的路程,但站在学校前面谈论学习,她觉得自己仿佛被带到了另一个世界。"我丈夫——他的家族,"阿米莎纠正说,"拥有镇上的磨坊。"

他认同地睁大了眼睛:"你们家为村里加工粮食。"显然这令他感到钦佩,说,"维克拉姆对你家的生意和你丈夫的评价很高。"

"他人真好。"他的话清楚地提醒了她的地位。

她朝家的方向瞥了一眼,说:"我该走了。"

"当然。"虽然他们已经相距一米多远,他还是往后退了两步,"第一天上课见。"

"好的。"她不知道如何回答,但还是点头,表示同意,"上课见。"

他匆匆点了点头就走了。当他走进学校的时候,她看见他转过身来,望了她一眼,但当时她在专心想着学校和未来的事情,并未在意。

十二

"就一本。"阿米莎和她的次子商量着,想要他把手里的本子给她。她翻过装着用品的抽屉,看还有没有其他本子,却发现里面没有任何学习用品。"懂得分享是美德。"

"嗯。"杰伊咬着下唇,六岁的他在权衡自己的选择,"这是我的。"

"还是我从市场上给你买的。"阿米莎又伸手去拿那个本子。

"因为你希望我在学校表现好点。"他敏捷地从她身边跑开,把它藏在背后。

"在学校里,老师应该教过你要尊重妈妈,不服从就是不尊重。"她夸张地摆着手,向他走了两步。

"他们确实教了尊重,所以我才考了最好的成绩回来给你看。"她走近时,他躲到了长椅后面,她抓住他,并开始胳肢他时,他假装害怕地尖叫起来。

"四块巧克力换一个本子。"他边笑边说。

"两块。"阿米莎回答道,对他的讨价还价感到既好笑又佩服。阿米莎经常在孩子们的午餐袋里放一块牛奶巧克力。杰伊比他哥哥更爱吃甜食,总求她多给些。"不然,你的牙齿会变成巧克力色。"

他同意了,把本子递给了她。

她吻了吻他的前额,站了起来:"谢谢你,儿子。"

"你用它干什么?"他开始调整背心上的扣子。他和萨米尔穿着同样的校服——棕色短裤,外加一件系扣领衬衫和一件背心。萨米尔离开学校更早些,和朋友们结伴而行。"这只不过是上学用的一个本子。"

"因为……"阿米莎想让她的儿子们知道,女人和男人是平等的。然而,他们很少在学校看到比自己大的女孩。"我工作的时候需要用。"

"什么工作,妈妈?"他不再摆弄衣服,认真地盯着她。

"杰伊。"阿米莎跪坐在地上,握住他的小手,"女人和男人是一样的。"她努力组织语言来帮助他理解,"你有两条胳膊和两条腿,我也一样。"她摇了摇四肢,逗得他哈哈大笑,"你有两只眼睛,一个鼻子和一张嘴,我也一样。"她张大嘴巴,发出夸张的"啊"的声音,直到他用手捂住她的嘴。"你有一颗心,我也有一颗心。"她吻了吻自己的手指,然后把它们轻轻按在他的衬衫上胸骨的位置。"你有脑袋,我也有脑袋。"她说着,轻轻地把前额贴在他的额头上。"我们是一样的。"她停顿了一下,想看看他是否理解了。

"所以你能做任何事?和爸爸一样?"他天真地问道。

"我认为,是这样的。"她抚平了他小脸上困惑的皱纹,"我想试试看我能不能做到。"

"你为什么不能?"

"我不知道。"她把下巴放在他的头上,抚摸着他粗糙的黑发。他的脸是她的缩小版,虽然他的眼睛像迪帕克。她马上就想到一个故事,可以帮助孩子更快地理解这个问题。"从前,有个小女孩,她想和男孩子们一起打球,但是他们不让她参加。"她确保他在全神贯注地听,才继续讲下去,"所以她回家把长发剪掉了。"

"她为什么要那么做?"

"这样,她就可以假装是个男孩。然后她参加了比赛,并为他们赢得了比赛。"

杰伊站起身,抓起一个球,拍起来。

"他们发现了吗?"他任由球弹开,盯着她看。

"是的。"阿米莎说,"他们以后再也不允许她参加了。在另一场比赛中,这支球队打得很吃力,这时,他们才意识到,应该改变规则。"

"但是,妈妈,女孩们还是不能参加运动。"杰伊说,他的小脑袋瓜全糊涂了。

"是的,她们不能,但是如果不允许她们去做,我们就永远也不会知道她们能做什么。"她轻轻敲了敲他的鼻子,放松一下心情,"我很幸运有三个聪明的儿子。"她把他背包的带子搭在他的小肩膀上,"也许,你们中的一个会帮助我们改变这个世界。你觉得呢?"

"我想,我还是最喜欢当我妈妈的你。"他亲了亲她的双颊,然后紧紧地拥抱了她。阿米莎一直抱着他,直到他扭动身体,想要逃开。他的一只手放在书包上,另一只手抢走了他给她的那个本子。

"我还是不想给你我的本子。"他嬉笑着跑出了门。

阿米莎望着他的背影,猜想这是不是一个征兆,预示着她去不了学校。这时,后门开了,拉维走了进来。

"您的包,夫人。"拉维递给她一个新书包——和男孩们的书包很像,"如果不赶快走,您会迟到的。"

"什么?"阿米莎呆住了,盯着包看。那天早上,拉维很早就出门了,告诉她,他必须去一趟市场。阿米莎以为他要去买菜。"书包?"

"去学校用的。"他把书包拉开,示意她往里面看。

"有笔记本和铅笔。我花了一卢比,让木匠尽快把它们削好。"他举起两块橡皮。"这是改错的时候用的,你免不了要犯错。"他把包的内侧翻过来,给她看缝线。"这不是质量最好的,但用来装学习用品完全没问题。"当他终于抬起头时,发现她正在擦眼泪,"出什么事了?是宝宝吗?"

"没事,帕雷什很好。"她竭力使自己平静下来,低声说道,"谢谢你。"

"我做错什么事了吗?"他问道,仔细地研究她的神色。

"我觉得,这是不可能的。"阿米莎说,她的心里充满了失落。见他疑惑地看着她,她便向他保证:"我很好。"她觉得自己很傻,便笑着掩饰自己的反应,"一切都很好。"

"那么,该走了。"他说,示意她马上出门。

"孩子们怎么办?"她的生活中只有孩子和家。她想起了和杰伊的谈话,不知道自己是否有权利追求更多。

"别担心,"他向她保证,"我会去学校接他们,他们会像每天一样把屋里弄得乱七八糟的。比娜会给他们准备好晚饭。"看她还在犹豫,他耸了耸肩,"您说得对,孩子们不应该看到他们的母亲尝试做这类事,说不定会给他们留下一辈子的阴影。"他拿起一个装满脏衣服的篮子递给她,"走吧,小河在等着我们洗这一大堆衣服呢。"

阿米莎沉思片刻,说:"拉维,我还没找到机会和迪帕克谈这件事。"他已经好几个星期没回家了。"他可能不愿意。"

"那您就等着吧。"他对此毫不在意,就好像根本无关紧要,"他还有多久能回来?几天还是几个星期?"

他的话起到了预期效果。

"我能这样做吗?"阿米莎盯着他,没想到自己会那么重视他的意见。

"我认为,你必须这么做。"拉维直截了当地说,"如果你不去的话,你会有什么感觉？"

她把篮子递回去，抓起书包。

"我这就去，你看，我真的去了。"

她跨过门槛，迎着阳光奔跑起来。

~

阿米莎欢快地跑向学校，书包轻轻地拍打着她合身的纱丽。昨夜那场雨让街道上布满了水坑。一群小猪在村舍门外的垃圾中找到了食物，高兴地叫了起来。

她向一些当地的妇女招手，但保持着足够的距离，以免她们来与她攀谈。当她走近学校时，看见斯蒂芬正等在前门。随之他们的目光相遇，她放慢了脚步。他礼貌地点了点头，但阿米莎分明从他的微笑中看到了一丝宽慰。

"我还担心你不来了呢。"斯蒂芬为她开了门。

"我很抱歉。"她认为自己耽误了他的时间，便开始解释，"我儿子杰伊在上学的路上，我没有学习用的本子，嗯，他是个小淘气，不愿与人分享，但我的朋友拉维，他想得很周到，而且他从市场上……"

"你没有迟到。"斯蒂芬向她保证。他目不转睛地望着她，问道："你准备好上课了吗？"

"准备好了。"为了能让他相信，阿米莎努力让自己的话听起来有说服力。

"太好了。"斯蒂芬示意阿米莎跟着他，"我带你去。"

"你的绷带已经取下了。"当他们并肩走过狭窄的大厅时，阿米莎低声说道。她与他保持一定的距离，避免碰到他的手臂。"你的胳膊好了吗？"

"完好如初。"他卷起袖子，弯了弯胳膊肘。他苍白的皮肤又皱又干。"看上去还是像缠住我的那棵树上的一根树枝。"他笑了起来，然后停下脚步,盯着她的眼睛,"我不知道你会不会来,现在你来了,我很高兴。"

阿米莎犹豫着不知该怎样回答,否认事实就是撒谎,但承认就像认输一样。

"我差点就不来了。"她扫视着墙上各色各样的彩图,和她的儿子们画的东西很像,"我担心,如果我随心所欲,会影响我履行自己的责任。"

"但其实并不会?"他把一只手伸进卡其裤的口袋里,摇摇晃晃地走了回来。他认真地看着她,把垂到脸上的几缕头发从眼睛上拨开。

"我很荣幸身边有人支持我。"她想起拉维。但一想到迪帕克,又担忧起来,她决定先不去想他。"否则我不可能在这里。"

"那么,你很幸运。人性中,真正的善良很难得,如果你发现了它,就应该好好珍惜。"

"是的。"阿米莎仔细看了看他的脸,上面写满了真诚,"我完全同意。"

"那么,我们就找到了第一个共同点。"

他继续向前走,阿米莎跟在后面。她注意到他调整了步幅——好像他明白她穿着纱丽无法大步走。他们拐过走廊,来到一间开着门的教室前,空气中飘荡着消毒剂和粉笔的味道。

"我们到了。"

阿米莎看了看里面的学生。虽然大部分是年轻的男孩子,但也有几个十几岁的女孩分散落座。她不禁又犹豫起来。

"他们都还是孩子。"她低声说。

"他们是青少年,"斯蒂芬回答,"我查看了所有的课程列表,这个班最适合你。"

"我比他们大太多了。"

虽然阿米莎只有二十岁出头，但她已承载了太多的责任。有时，她感觉自己像一个抚养着小孩子的大孩子，有时，她又觉得自己是一个从未找到自己位置的老女人。但那些扎着马尾辫的女孩子却不一样，她们规规矩矩地坐在座位上，天真无邪，满怀希望。

"不。"斯蒂芬想要反驳，但阿米莎打断了他。

"我不能这么做。"她说出的每个字都充满了遗憾。她最后一次朝教室里瞥了一眼，强烈的失望感在心头盘旋。所有孩子都穿着西式制服，除了肤色，他们看上去与英国人无异。而她穿着纱丽，她的年龄快能当他们的母亲了。"我像是一个想在儿童游乐场接受教育的女人。"规则不同，她没有办法赢得比赛。她沮丧地摇了摇头："我不知道我是怎么想的。"

"你想学习。"斯蒂芬回答。

阿米莎几乎没有听到他的话。她转过身去，离开教室，刚刚的踌躇满志顷刻间荡然无存。

"我该走了。"

她不知道自己要去哪里，于是快步穿过走廊，寻找出口标志。

斯蒂芬跟着她转过拐角，朝大楼后面的另一扇门走去。

"阿米莎，等等。"他紧跟着她，大声喊道。

她装作没有听到他的呼喊，打开门想要尽快逃离这个地方，但眼前突然出现的景象让她猛地停住了脚步。一排鲜花盛开在郁郁葱葱的灌木丛中，高大的树木遮天蔽日。瀑布从沉默的岩石上流淌而下，中央的小池塘波光粼粼。午餐桌恰到好处地摆放在高灌木的边缘，为就餐的人提供了一处隐蔽之所。人行道在花草树木之间蜿蜒穿行，令漫步其上的人沉浸在花园的绚丽之中。

"这是一个花园？"花园中的美让她有些目不暇接，"这是一道五彩缤纷的彩虹。"花儿在微风中摇曳，让阿米莎想起了希望和梦想，以及她无法拥有的一切。

"是的。"他对周围的景色视而不见,只关注着她,"阿米莎……"

"你随时可以欣赏这无尽的美丽,真是上天的恩赐。"阿米莎轻声说。

在他们的小村庄,人们极少会考虑种植一个花园这等"闲事"。她深深地吸了一口气,那是一股干燥的、混合着尘土味的空气。

"我从没见过这样的美景。"她陷入沉默,她的喉咙颤抖着,欲言又止。

"别走,"斯蒂芬说,"我们可以想想办法。"

"这所学校不是为我这样的人开的。"阿米莎低声说,希望他能理解。她对他微微一笑:"我真傻,竟然以为它适合我。"

"当然适合你。"他朝她迈了一小步,"它适合任何想学习的人。"

"你为什么这么坚持?"痛苦让她提高了音量,"你为什么在乎?"

她又吸了一口气,竭力控制住自己的情绪。然而,她无法平息自己的失望,她满怀希望地来到这里,现在却不得不面对自己的愚蠢。

"因为你想学习,这个愿望很宝贵。"他抓起一根低垂的树枝,把它折成了两节。他放低了声音:"年龄并不重要。"

"当然重要。"她反驳道,这是她唯一反驳过的男人,"如果我接受了,那就太不明智了。"

她准备从他身边走过去,但他的话让她停住了脚步。

"我看见你一次又一次地来到学校。"他的手紧紧地抓住折断的树枝,"你让我想起了我的兄弟。"

阿米莎惊讶地抬起头来。她从来没有注意到他,以为没有人看到她在学校前徘徊。

"你兄弟?"她困惑地问,"为什么?"

"你站在这栋楼的前面,看着墙拔地而起。"斯蒂芬说,"即使我在远处也能看到你心中的那份渴望。"他凝视着远方,说,"曾经,他也有很多追求，并且相信其他人也能够实现他们的梦想。他那番高谈阔论快把我逼疯了。"他笑了起来，似乎想要借此减轻回忆带来的痛苦。

"曾经？"阿米莎问道，注意到他的用词。

"他在战争中牺牲了。"一瞬间，他的脸上仿佛戴上了一个面具，掩盖了内心的情绪。"我以为，我能帮助你，为了他。"

"节哀顺变。"阿米莎说，觉得自己和他之间有一种奇怪的联结，"谢谢你来劝我。"她把注意力集中在盛开的花朵上，"但恐怕，有些事情是不可能的。"

她很快擦掉了滚落在面颊的一颗泪珠，希望他没有看到，但这只是徒劳。

十三

阿米莎慢慢地走回家，书包沉重地拍打着她的大腿。她强忍住眼泪，知道掉眼泪永远解决不了问题。她渐渐明白，生活会接二连三地让你失望，却连个道歉或解释都不会给你。她想，也许这本是她的错，她奢求太多，所以必然会失败。她走进房间，却见杰伊正在拉维的怀里抽泣。她吓了一跳，冲过去把杰伊抱到大腿上，赫然发现他的手掌上有一道红肿的伤痕。

"这是怎么回事？"她问道。

"我把你给我讲的故事告诉了老师，"他说，阿米莎擦去他小脸上的泪水，"他说，这个故事不得体，就用尺子抽打我的手，还让我提前回家。"他眼泪汪汪地看着她，"这个故事为什么不得体，妈妈？"

一阵强烈的内疚感袭上了阿米莎的心头。

"我不知道，儿子。"她把他抱得紧紧的。她刚刚为自己忍住的眼泪，此刻却为了她的孩子汹涌而下。她轻轻摇晃着他，直到他平静下来，开始在她怀里打盹儿。

"你想睡觉吗？"

"我可以先吃块巧克力吗？"小孩子已经忘了受伤的事，哭红的眼睛闪着期盼的光。

"可以。"不忍拒绝他，阿米莎说，"吃一块巧克力，然后睡一会儿。"

她看着比娜把他领进厨房，心都碎了。当他走到听不见自己说话的地方时，她对拉维说："都怪我，我不该给他讲那个故事。"

"不是您的错。"拉维的手上稳稳地端着一碗姜黄膏，那是他用来给杰伊止痛的，"那只不过是个故事。"

"如果你这么想，那你就是个傻瓜。"她的内心有着深深的挫败感，儿子的遭遇令她神经紧张，"我们两个都是傻瓜。"

杰伊的笑声从厨房里飘出来，但这并没有给她伤痛的心带来一丝安慰。

"您怎么回来了，夫人？"拉维盯着阿米莎的书包，"我们以为，您还有好几个小时才回来。"

见阿米莎沉默不语，他又问："发生了什么事？"

"就像我说的，拉维，我们都是傻瓜。"

阿米莎把书包扔进抽屉，没再多说一个字，跟着儿子进了厨房。

~

这个月的第一轮满月从云层后面探出头来。传说，在这一天向神灵祈祷最为灵验。在确定帕雷什和拉维在一起，两个大男孩和朋友们在一起玩后，阿米莎动身前往村里的神庙。自从杰伊受到惩罚后，她每晚都睡不安宁。那条红肿的伤痕似乎一直在她的眼前晃动着，嘲笑着她。直到她意识到该去做什么时，她的心才稍稍平静下来。

当她走近神庙时，一小群人正在离开。婆罗门们刚刚完成了为月圆之夜准备的晚祷。空气中弥漫着玫瑰花和椰子汁的浓香。阿米莎脱下鞋子,爬上了开放式庙宇的大理石台阶。

"阿米莎。"祭司穿着橙色的腰布(一种裹身体的布),赤裸的上身披着一条白色的披巾,停下正在做的工作来迎接她。"你有段时间没来了。"

"是的。"她想,最好不要告诉他她缺席的真正原因——她更喜欢在家里摆放的神龛前祈祷,而不是在神庙里。"我本可以编个理由,但又怕你觉得它不够充分,所以……"看到祭司对她的幽默无动于衷,她便把笑容收了回去。

"你若不敬拜神,神怎能保佑你呢?"他一脸严肃,显而易见,他需要一个老老实实的解释,不带任何油嘴滑舌。

阿米莎没有回答,递上满满一盘水果和坚果作为供品。然后,她向挂在天花板上的钟伸出手去,用钟锤敲击这个混合金属制成的大钟内壁,一共敲了三次,大钟的每一声代表为一个儿子祈福。敲罢,她静静地听着洪亮的钟声响彻整个房间。据说,钟声持续的时间很长,足可以驱除杂念、净化身心。

阿米莎跪在古老的湿婆神铜像前。

"求您护佑我的儿子们。"她虔诚地低下头,轻声说,"您把他们赐给了我,但请永远不要忘记,他们首先是您的孩子,受您的庇佑。"

她把一捧玫瑰花瓣撒在毁灭与创造之神的雕像上。

然后,阿米莎又来到帕尔瓦蒂女神的铜像前,她是湿婆的妻子,也是宇宙能量女神。当她还是个孩子的时候,她常常缠着妈妈一遍一遍地讲帕尔瓦蒂的故事。

"帕尔瓦蒂爬上冈底斯山之巅,那是湿婆打坐冥想之地。"她的妈妈开始讲,"她想要向着他那至高无上的存在顶礼膜拜。"阿米莎目不转睛地听着,从不打断,虽然这个故事她早已倒背如流。"他被她的坚定信念和苦行的天性打动,与她结为夫妻,于是,他们共同守护我们。"

"我有个请求。"她对雕像说。女神那不惧一切艰难险阻勇往直前的精神激发了阿米莎的创作灵感。"我辜负了我的家人。"阿米莎环顾神庙，确保只有她一个人，"我的软弱伤害了他们。"她深吸一口气，鼓起勇气，"我曾有过非分之想。"

她那破灭的希望与杰伊的遭遇交织在一起，缠绕着她。她总是喜欢讲故事，那一直是她生活的一部分。而她的挫败正是源于她以为故事是无害的，如今她终于幡然醒悟。

"求您帮我摆脱这份痴迷。"她恳求自己能像其他人一样，"我应该更加尽责。"她压低了声音，"谢谢您赐予我的一切。我请求您止于此，让我不去贪恋更多。"

她低下头，默默掩藏了真实的自我，掩藏了对人生的更多热望。

十四

阿米莎去过神庙后不久，杰伊似乎已经完全忘记了在学校里发生过的那件事。然而，对阿米莎来说，那件事一直在提醒她什么是不该做的。她开始绕过学校，走村里的另一条路回家，并接受了这个现实——她渴望学习英语的事永远不会实现。

"讲个故事吧，夫人？"比娜坐在地板上，揉着面，准备做萨摩萨饼（萨摩萨饼是一道以小面包、土豆、肉等为主要食材制作的美食。——译者注）。

"有段日子没讲了。"拉维抬了抬眼，他正在给土豆削皮，稍后，他会加入一碗豌豆和香料。

"它们好像已经离我而去了。"阿米莎撒了个谎。实际上，尽管她尽力不去想，那些故事仍然继续折磨着她。她只希望她的祈祷能很快得到回应。"也许这样最好。"

"真的吗?"拉维的眼神告诉她,他不相信她的话,"故事就像天空中的太阳一样消失了?"

"太阳不会消失,拉维。"阿米莎开始解释,"我们绕着它旋转。"她正要把从一本书中学到的细节讲清楚,却看到他在意味深长地微笑,他知道那些故事并没有消失。"其实,是的,"她改口说,"它们像太阳一样消失了。这个金句你应该逢人就说一遍,他们定会对你的才华肃然起敬。"

拉维还没来得及回答,便听见有人敲门。

"您今天有客人吗?"拉维一边问,一边向厨房的隔断墙望了一眼。两个大一点的男孩在上学,迪帕克出了城。屋子里一片寂静。

"没有。"阿米莎回答道。

此时,敲门声又响了起来。

"可能是邻居过来喝杯酸奶。"她迅速用毛巾擦了擦手,爱抚地摸了摸专心玩着小钢碗的帕雷什的脑袋,然后向客厅走去。

到了门口,阿米莎迅速打开门锁,把门拉开。身着全套英国军装的斯蒂芬站在她家的门廊上,双手合十,微微鞠了一躬。

"呐嘛斯嘚。"

"呐嘛斯嘚。"阿米莎回礼道,对他的造访深感意外。

她飞快地向他身后瞥了一眼,确信附近没有村民。下午三点左右,一个拉杰成员出现在她家的门阶上,这很容易招来闲话。

"你来这儿干什么?"她压低声音问道。

"我可以进来吗?"斯蒂芬朝身后瞥了一眼,顺着她的视线望去。

"当然可以,抱歉。"

她退后一步,把他领了进来。

"请坐。"她说。她指了指客厅中央那把新秋千,上面盖着红色的布罩。"想喝点什么?茶还是酸奶?"

"不用了。"斯蒂芬用脚跟摇动秋千。他比迪帕克还高，客厅对他来说显得有些局促。他扫视了一下房间，迅速地把一切尽收眼底。"其实，我只待一会儿。你丈夫在家吗？"

"他出差去了。"阿米莎突然对他的来访感到紧张，努力缓解自己的焦虑，"你来这里是因为我在学校里对你说的话有些失礼吗？"如果他想要一个正式的道歉，她会欣然答应，不应该把迪帕克牵扯进来。"我当时脑子很乱。起初很兴奋，后来又很失望。对不起，我那天说话太轻率鲁莽。"

她把双手绞在一起，不知道该怎样组织语言。

"不是的，阿米莎。"他很快回答，似乎对她想要道歉感到不安，"那天，你没有失礼。"

"那你为什么来这里？"因为紧张而揪紧的胃部慢慢放松，随之而来的是一股酸酸的味道。他的出现让她感到不安。在他们的村子里，阿米莎曾看到许多英国士兵在巡视本地区时从家门口经过，但斯蒂芬是唯一一个走进她家里的人。

他说："我想邀请你来我们学校。"

"哦。"阿米莎吃了一惊，一时陷入沉默。上次见面后，她以为再也见不到这个军官了。"你想得很周到，但这行不通。"她不愿再次燃起希望，害怕又是一场空，"我认命了。"

"听我说。"他说，"这不是一件容易的事，所以至少请听我把话说完。"

他那样亲切和大胆，让阿米莎感到意外，于是她耐心地听下去。

"每周抽出几天时间，给你的班级上一堂课。教他们写作、写故事或写诗。"他停顿了一下，与她对视，"我会教你英语，当作你的工作报酬。"

他很快说完这些话，便静静地等她回答。

阿米莎惊呆了，不敢相信自己的耳朵。

"我不是老师。"她说，这是她想到的第一个问题。

他似乎微微放松了些，对她笑了笑。"每个人都既是学生，又是老师。"当他用手梳理头发时，阿米莎突然觉得他不像个发号施令的人，而是一个拼命想让自己显得更老成的年轻人。"这是我在大学里学到的。"

"你连我写些什么都还不知道呢。"阿米莎在地上走来走去。

"那么，我会坐在教室里，和其他人一起学习。"他咧开嘴，一个大大的笑容在脸上绽开来，一直延伸到眼睛里。

"为什么？"她想要弄明白他为什么这样做，但毫无头绪，"你没有理由这么做。"

"因为，"他对答如流，好像事先排练过似的，"我不想放弃，我希望你也不要放弃。"一丝阴郁掠过他的脸，但他很快就把它掩盖住了，这让阿米莎怀疑他是不是又想起了他的兄弟。"你想学习，而我想帮助你。"

"你会教我？"

厨房里，帕雷什开始呜咽起来，比娜在安慰他。

她向他走去，说："拉杰的一员？"

"是的，我会教你。"

他的声音有些迫切，她想知道这是为什么。"这对你很重要吗？"

"我在这里只待一段时间。"他朝窗口走去。阿米莎不知道，看到他们那遍地垃圾的街道和荒芜的村庄，他会作何感想。他直起弓着的肩膀，再次面对她。"帮助你学习可能是我在印度做的唯一有价值的事情。"

"我可能会让你失望。"阿米莎咕哝着。多年来的习惯让她不由自主地说："谣传女人的大脑很小。"这个说法广为流传，虽然阿米莎并不相信，但她想知道他信不信。"我们很少用脑。"

"那就让我来帮你进化吧，"他说着，眼中闪过一丝戏谑，"事实上，拉杰驻扎在这里正是为了让本地变得更加文明和现代化。"他打量着她,似乎知道她进退两难。"我可以读一下你写的东西吗?"

她紧张地瞥了一眼她藏故事的卧室:"都是用印地语写的。"

"那么,我正好可以顺便考察一下,你有没有做教师的资格。"他开玩笑地说。

她快步走到房间里,拿出一首诗递给他,然后就在他身后紧张地走来走去。他会时不时地指向一个单词,她便大声读出来。他看完后,微笑地望着她,她的心怦怦地跳了起来。

"写得太棒了!"他说。

阿米莎咬着嘴唇,免得自己开心得欢呼起来。

"我去了神庙。"希望在她心中升起,但她仍在努力压抑,"我祈求神灵收回我写作的欲望。"她看到他的脸上掠过困惑的神色,便想对他解释清楚,"我的儿子因为我给他讲的一个故事而受到老师严厉的惩罚,我的轻率行为伤害了他。"

"很遗憾发生这件事。"斯蒂芬说。阿米莎知道他是发自内心的,但他接下来的话却让她无法继续再找借口:"但是,如果你放弃这个施展才华的机会,那只能怪你自己。"

他的话触动了她内心深处,这是第一次有人说她有才华。她觉得这是一种莫大的讽刺:她的写作是她能对一个社会所做的最大贡献,而这个社会却对此不屑一顾。正因为知道这一点,她才去跪在女神面前,祈求她收回她的天赋。然而,一想到又可以写作,她的心就兴奋得雀跃起来。

也许,写作对她而言不该是一种不得不忍受的折磨,而是值得珍惜和保护的才华。她的故事是她唯一的通行证,可以带她去往从未涉足之地。没有它们,她的心将永远被困在这个村子里。

"我是个傻瓜。"她承认。

"只有当你说'不'的时候才是。"斯蒂芬说,似乎看穿了她的心思。

阿米莎继续踱步,时而停下来,盯着地板或墙壁沉思片刻。除了那个显而易见的答案,她在思索是否还有别的选择,但最终一无所获。

于是,她最后说:"好的。"

"好的?"他重复了一遍,好像需要她确认似的。

她点点头,没有和迪帕克商量就答应了。

"我教他们,你教我。"阿米莎先是微笑,继而大笑起来,快乐溢于言表,"不过,我警告你,如果因为我误人子弟,那些无辜孩子的父母举着点燃的火把来声讨我,我会让他们直接去找你,看你往哪儿跑。"她开玩笑地说。

"那我只能指望你把他们教好。"他说,显然松了一口气。

"我从没想过会再次见到你。"过了一会儿,阿米莎说。

"你应该能想到。"他轻声说,然后看了看表,"那咱们课上见?"

"课上见。"她脸上带着无法抑制的灿烂笑容,送他走到门口。短短几分钟,他就给了她任何人都不曾给过她的东西。"谢谢你。"她喘着气说,觉得应该再说些什么,却又一时语塞。

他停了下来,端详着她的神色。

"不用谢。"他轻轻地说,然后随手关上了门。

阿米莎靠在门上,她感觉到他在另一边,一动不动。一阵沉默后,她终于听到他的脚步声远去了。

拉维撞见阿米莎靠在门上,疑惑地挑了挑眉毛。

"你在帮忙让门一直关着吗?"

"我要去学校教书了。"阿米莎兴高采烈,攥紧了双手,"而且,一个叫斯蒂芬的英国官员会教我英语。"

拉维笑着转身朝厨房走去。

"看来,太阳还是又出来了。"

十五

阿米莎脱下拖鞋,跪在摆放在她家远角的神龛前。神龛后面摆放着湿婆和帕尔瓦蒂的微型金属雕像,他们的儿子迦尼萨的雕像端坐在他们中间。

她深深地吸了一口气,点燃了熔化的酥油中央的小棉芯。

"迪帕克今天回家。"阿米莎用火焰点燃了两根香,放在一个钢盘上。她按照传统,顺时针旋转盘子以示尊重。"指引我,帕尔瓦蒂,请赋予我勇气、力量和尊严。今天,我要问迪帕克去学校教书的事。"

阿米莎在脑海里把斯蒂芬来访的场景重播了一遍。就在她给拉维讲这件事时,仍然感到难以置信。

"求您原谅,我不该求您收回我的故事。"此刻她说,"请您允许我按自己的心意去做,不要因此而伤害到依赖我的家人。"

阿米莎环视房间,到处都是孩子们留下的痕迹。前门处,两个大男孩的鞋子东一只、西一只地乱放着。杰伊的画贴满了厨房的墙壁。帕雷什的玩具扔得到处都是。阿米莎的决心动摇了,她说道:"请允许我成为您保存故事的容器,把它们交给我吧,我保证再也不让它们蒙羞。"

阿米莎向窗外瞥了一眼,村妇们和她们的孩子相伴走在一起。仆人们正扛着衣服到河边去洗。即使她请求改变自己的生活,别人的生活依然在一成不变地继续着。

"为了我,求您指引迪帕克同意此事,让他理解我。"她摇响手里的小钟,直到钟声淹没了她的恐惧。

~

"生意很好。"迪帕克在前门入口处脱掉鞋子,坐在地板上,准备吃晚饭。他一边等着阿米莎往他的盘子里面盛满饭菜,一边喝了一口脱脂牛奶。"我的合伙人的头脑很灵活。"迪帕克兴高采烈地说。

"你选择跟他合作是明智的。"

迪帕克的生意越做越大，这让阿米莎很高兴，即使这意味着他常常不在家。老实说，她几乎意识不到他不在。在城里时，他经常在磨坊工作到很晚，然后和其他男人一起穿过村庄回家。在家里，他的空闲时间都和孩子们混在一起。只有在睡觉的时候，他们才单独在一起，但阿米莎早已接受，她的婚姻和其他人的没有什么不同。

阿米莎静静地看着迪帕克吃完饭，递给他一杯温水和一条洗手用的毛巾，还有一杯健胃消食的葫芦巴籽。同时，她把残羹冷炙收在一起，把脏盘子堆起来。早上，比娜会把这些剩菜剩饭喂给四处游荡的奶牛。

"如果你有时间，我想和你谈谈。"

"我睡觉前还有几分钟，告诉我，你想说什么？"

阿米莎看了孩子们一眼，他们睡得正香。帕雷什在自己的床上睡得很舒服，而杰伊则依偎在哥哥怀里取暖。

"英语学校。"阿米莎默默祈祷，祈求老天保佑，"市场附近的那家。"

"维克拉姆跟我说起过。"迪帕克现在跟维克拉姆在一起的时间更多了。他们的身价更高，地位也提高了。迪帕克经常应邀去抽手卷香烟，喝新鲜的柠檬汁。他用前臂支着身体向后靠去，薄棉衬衫紧贴着他瘦弱的身体。"我想，学校已经建成了。"

"是的。"阿米莎绞着双手，"我路过那里，他们教英语写作。"

她停顿了一下，不知道该怎样说下去。她试着想象他的反应，但她对丈夫不够了解，猜不出来。

"你想让孩子们去学习吗？"他没有表现出明显的不快，阿米莎看到了一线希望。

"不是的。"她快速地说，"他们在现在的学校里过得很开心，要是转学，他们一定会想念朋友们和那些熟悉的面孔。"她打算不提杰伊手上的伤痕，那件事已经让阿米莎自责过了。"他们不会喜欢转学的。"

斯蒂芬的声音又在脑海中响起,那一天他说的那些话让她相信自己能做到。现在她要积聚力量,奋勇向前。"其实,是我自己想去。"

"你想上学?"迪帕克惊讶地问道。

"学校校长给我提供了一份当老师的工作。"阿米莎柔声说,希望他不必知道全部细节就会同意。

"阿米莎,你去工作?"他问道。

"不是为了钱。"阿米莎看出了他的困惑。因为从未跟迪帕克提起过自己的心愿,她现在不知该从何谈起。"他们会教我用英语写作,当作我的工作报酬。"

"你学那个有什么用?"他摇了摇头,站起身来,掸去衬衫上残留的面包屑。

"可我很想学这个。"她无计可施,只能央求道,"你不在的时候,我可以辅导孩子们学习。"她绝望地说,"他们放学后,已经开始被留校补课了。"

迪帕克听到这个消息感到有些意外,他点点头说:"抱歉,我没有注意这件事。我去打听一下,请个家庭教师。"

他认为谈话已经结束,正欲离开厨房,却听到阿米莎大喊道:"你要我做什么都可以,我真的很想去学校。"

她靠着墙站着,双手紧握在身前。她知道这事对他没有意义。和其他女人一样,她首先要孝顺父亲,然后要伺候丈夫,最后还要照顾孩子,他们成功与否决定了她的地位。

"你总是想标新立异。"迪帕克停住脚步,但仍然背对着她。

"什么?"阿米莎的手开始颤抖。她把手指埋进纱丽的衣褶里,掩盖自己的慌乱。

迪帕克说:"我们结婚那天,你甚至在音乐结束后还在跳舞。你向我伸出手来,好像你在欢迎我到你家来,而不是你嫁进我家。"

"那时我太年轻。"阿米莎说,不明白他为什么要提起这件事。对她来说,他们的婚礼已恍如隔世。"那天晚上你看起来很开心。"

但阿米莎知道,站在她面前的这个男人已经不再是她初嫁时的那个大男孩了。时间和传统将他们两人塑造成了今天的样子——以孩子为纽带联结起来的两个独立的个体。

"后来,又把拉维带到我们家里来。"迪帕克说,就好像没听见她说什么。他冷笑一声,令阿米莎感到一丝寒意。"我第一天就告诉过你,绝不能让他碰我们的食物。但你我都心知肚明,我们现在吃的饭菜都是他做的。"

"他和我们没有什么不同。"阿米莎说,"贱民和我们一样降生于世,最终也会和我们一样归于上帝。"这是他们第一次讨论这个问题,尽管阿米莎没什么信心,但还是愿意与他交换观点。"他想靠自己的努力谋生,这没有错。"

"是。你想去学习也没错,对吗?"

"圣雄甘地谈到过女性的智慧,"阿米莎争辩说,"他说我们并不软弱,我们也不应该被当作弱者。"他的演讲印在每一份报纸上,广为人知。"有很多报道说,有女性加入了他反对英国统治的斗争。"

"你是想引用他的话来证明上英国学校是正确的吗?"他简短的语调清楚地表明了他的想法。她还没来得及回答,他就说:"我妈妈警告过我要提防你,她说你有一个被禁锢的灵魂,定会不顾一切地追求自由,无论这会伤害到谁。"

"你妈妈不了解我。"他吐出的每一个字都使她痛苦不堪,"她说这样的话是不公平的。"阿米莎意识到自己的处境——她毫无胜算。不管她说什么,他都用她的话来反驳她。"自从你追求自己的事业梦想以来,你一直很快乐。我也渴望能有同样的感觉。"阿米莎开始离开厨房,"我不想伤害任何人。"

"孩子们怎么办?"

突如其来的转机让阿米莎的身体僵住了,此刻,她仍然背对着他。"比娜和拉维会照看帕雷什,萨米尔和杰伊白天在学校,而且一周我只去几个小时。"

"我妻子在上学,镇上的人会怎么说?"

她转过身来面对着他。他们都知道,一则闲话就可能让邻居们疏远他们。这不仅会影响他们的社会地位,连生计也会受到牵连。迪帕克对自己当前的生活很满意,希望她也能满足现状:孩子们身体健康,生意繁荣兴旺。

阿米莎的心无助地纠结在一起。这不公平。为什么她追求自己的愿望会威胁到他们的生活,而他这样做就没关系?她还没来得及说话,他的脸上就浮现出一副悲哀的听天由命的神情。

"去吧。但一定别忘了你的责任。"

尽管她看得出,他对她的这种非分之想感到失望,但她还是如释重负。

"谢谢。"她双手交叉在一起,向他微笑。

迪帕克没有回应,准备离开。

她吞咽了一下,问道:"为什么答应我?"

"我出门在外的时候,家里的事情都是你在承担。"他停顿了一下,然后说,"我很感激。"

他从孩子们的身边走过,走到远处角落闪烁的油灯前。他轻轻一吹,火焰便熄灭了,房间陷入黑暗。他走进卧室,随手关上了门。

阿米莎默默地走出了厨房。她轻轻地把杰伊挪到离他哥哥更近的地方,这样,她就可以躺在帕雷什临时搭建的床旁。一缕缕月光穿过玻璃透射进来,黑暗中有了一点微光。在儿子们均匀的呼吸声中,阿米莎想象着自己的未来。她谦卑而感激地进入了梦乡,满心欢喜地度过了漫漫长夜。

十六

阿米莎早早地来到学校,她靠在墙边,看着穿制服的学生们走过。一个男孩看了她一眼,她立刻给了他一个热切的微笑。老师们按年龄把孩子们领进不同的教室。

她走进学校,找了一会儿,终于找到了标有"校长"字样的门,下面写着"罗伯茨小姐"。她敲了敲门,等着一个声音叫她进去。进去后,只见一个严厉的女人坐在一张棕色的小桌子后面,茫然地盯着她。

"我叫阿米莎。"她突然有些不知所措,问道,"斯蒂芬中尉在吗?"

"沿着走廊向前走三个门,他和一名学生家长在一起。"女人绕过桌子,站在阿米莎面前,双臂交叉。虽然这位老师穿的是西式长裙和衬衫,但阿米莎注意到她的右手腕上戴着一个村里妇女都喜欢的金色手镯。"这么说,你是来教孩子们的?"

"中尉请我来的。"阿米莎不知道她怎么得罪了这个女人。

"你有'教师资格证'吗?"

"没有。"突然间,阿米莎觉得自己暴露了短处,她把书包抱紧,贴在肚子上。"我没有。"

"那你为什么能在这里教书?"她把穿着靴子的一只脚跨在另一只脚上,"你能做些什么呢?我们可是一所有名望的小学。"

她唯一的回答是,斯蒂芬让她这么做的,但是那个女人已经知道了。阿米莎猜想,她轻蔑的表情代表了许多英国人对印度人的态度。

阿米莎挺直了身子,集中起有限的力量,但与那个高大的英国女人相比,她仍然觉得自己有些弱势。

"我来这里教书,是因为有人请我来。"她想起了自己写的故事以及它们对她的意义。"至于我要教什么,我还不确定。"她承认。在和那个女人对质时,她觉得自己仿佛年轻气盛了许多。"无论他们年轻的心里在想什么,我都会让他们写出来。如果这些故事能把他们带到梦想的地方,我会鼓励他们踏上这段寻梦之旅。"

阿米莎冲着这个固执的女人笑了一下:"我还会建议,当他们在故事中漫游时,要尊重他们遇到的人及其秉持的价值观。我们不应该对他们的生活方式指手画脚,而是要想想我们从中能学到什么。"

那个老师惊讶地瞪大眼睛看着她,她没有理会,最后说:"永远不要忘记,当你尊重别人的时候,别人才会尊重你。"

~

阿米莎站在讲台后面,看着孩子们慢吞吞地坐到座位上。每个学生都穿了一件浅蓝色有领衬衫。女孩们搭配一条褐色的裙子,男孩们则穿短裤。坐好后,他们挺直腰板,从书包里拿出纸和削尖的铅笔。阿米莎迅速数了数——五个女生,十二个男生。

阿米莎手里拿着白色粉笔,向他们表示欢迎。

"早上好。"有人低声回答。

阿米莎用印地语在黑板上写自己的名字。教室里一片安静,只听到粉笔在黑板上划动的沙沙声。

"我叫阿米莎。"

"夫人,"前排的一个男孩指着她的名字问,"这是印地语课吗?"

"不是的。"阿米莎意识到自己的错误,迅速用手擦掉了自己的名字,手上粘上了白色的粉笔灰,"我们以后会说英语,但最初的几次书面作业要用印地语写。"她羞于承认自己还不会用英语写作,于是很快换了话题,"我很高兴能教你们。"她扫视了一下全班,猜测孩子们的年龄在十三岁至十五岁之间。

"我有三个孩子。"她告诉他们。

"他们也在这儿上学吗?"一个坐在后面的女孩怯生生地问道。

"不,他们在另一所学校。"阿米莎拉了拉自己的椅子,以便离学生们更近些。"我非常爱我的儿子们。不过,作为他们的妈妈,我学到了一些东西。"她开始展开这个话题,"在生活中,当我想要教他们该怎样做的时候,他们常常置之不理。'别去追那些小猪宝宝,你会摔在泥里的。'我说,可他们还是满身是泥地回来了。'别吃那么多糖果,会生病的。'但当他们疼得直哼哼时,却不会说:'妈妈,我真后悔吃了那么多糖果!'"

孩子们都笑了起来,阿米莎紧张的心情也放松了下来。

"我意识到我的教育方式不对。所以我跟我的两个大儿子坐下来谈了谈,坦白了一些事情。"学生们不由得把身子前倾,好像在等待她揭晓一个秘密。"'在有你们之前,我从来没有做过母亲。'我告诉他们,'我正在学着做你们的妈妈,就像你们学着做我的儿子一样。'"

"你真是那样说的?"另一名女学生问道。

孩子们在积极回应,这让阿米莎很兴奋,她点点头:"是的。他们感到惊讶。我想,他们本以为我天生就是一个母亲。"

看到他们在笑,她也笑了。

"所以,我跟他们做了个约定,让他们帮助我成为一个更好的妈妈,我也会帮助他们成为好儿子。"阿米莎站起身,开始在一排排课桌之间走动,"我也跟你们每个人做同样的约定。我以前从来没有当过老师,如果你们能帮助我成为一名好老师,我将尽我最大的努力,帮助你们写出更好的故事。"

全班同学都七嘴八舌地表示同意。她高兴地说:"太好了。谢谢你们!"准备好了,她便开始上课。

她问:"故事是从哪里来的?"

"从我们的大脑里来。"一个学生喊道。

"来自我们听到过的故事。"另一个说。

"从梦里来。"那是一个女孩的声音。

阿米莎循着声音寻找那个提到梦的学生，发现有个年轻女孩坐在后面。她的皮肤是深棕色的，黑色的头发分开，扎成两个紧实的辫子。

"孩子，你叫什么名字？"

"妮玛。"

"妮玛，你能详细说说你的答案吗？"

男孩们发出了表示不满的抱怨声，阿米莎看了他们一眼，以示警告，他们便安静了下来。

妮玛想了一下，回答说："我们会梦见我们不了解的事情，然后把这些梦写成故事。"

"你既然不了解，那你怎么写下来呢？"一个大男孩向她挑战。

阿米莎还没来得及说话，妮玛就回答说："梦想可能是通往未知世界的唯一窗口。"她摆弄着纸，"或许也是通往另一种生活的窗口。"

阿米莎赞许地点点头："如果没有了自己的梦想，也许你就只能活在别人的梦想里吧？"为了调动全班同学都参与讨论，她问道，"你们中有多少人喜欢读故事书？"

教室里所有的人都举起了手，不过阿米莎看到两个男孩听到这个问题后做了个鬼脸。

"太好了。下一个问题——你们中有多少人喜欢写故事？"

一半的学生举起了手。

"很好。"

前一天晚上，阿米莎考虑了几种教学方案后，最终决定选择下面这个故事："一个男人正在盖房子。尽管他的朋友警告他房子设计得不安全，可他不听。后来地震了，房子倒塌了，他和房子附近树上的一只鸟被困在了一起。"

阿米莎仔细观察学生们的脸，可以看出他们很感兴趣，这让她很高兴。

"只有一个小孔可以呼吸。这个人必须决定谁能得到氧气。"她停顿了一下，确保他们仍把注意力集中在她身上，"接下来会发生什么呢？请写下来。"

"但是，正确答案是什么呢？"一个坐在后面的男孩喊道。

"没有正确答案。"妮玛不等阿米莎回答，就抢着答了，"主要看你选择怎样做，还有，为什么你这样选择。"

"很好。"阿米莎在女孩的书桌前停了下来。她的脸擦得干干净净，鼻子上镶着一颗小钻石，耳朵上戴着两颗相配的钻石耳钉。"你知道你的名字的意思是'自由'吗？"阿米莎轻声问道。

看到女孩点头，阿米莎说："这个名字真美好。"

"谢谢您，夫人。"妮玛低着头回答，神情沮丧。

阿米莎觉察到她的情绪，就换了话题："我问谁写过故事的时候，你举手了，对吗？"

女孩点点头。

"你写了多少故事？"

"有几个。"

"我很想读一读。"在走向另一张桌子之前，阿米莎说，"谢谢你来上课。"

~

"看来，你今天干得不错。"斯蒂芬说。他和阿米莎一起走过走廊。他们不约而同地从后门走进花园。上课时间还有几个小时，所以他们有了自己的空间。"孩子们下课时，脸上都带着笑。"

"那也许是因为终于下课了。"阿米莎开玩笑地说。其实，学生们在课堂上表现得兴致勃勃并与她积极互动，令她很感动。

一到外面，阿米莎就注意到，上次还含苞待放的那些花儿如今开得正盛。她用手指轻触一朵白色和金色相间的花瓣，欣赏它的美。斯蒂芬伸手把它摘了下来，凑上去闻了一下，又递给她："你闻闻。"

阿米莎把它举到鼻子边，但什么也没有闻到——一点味道也没有。她不想显得傻乎乎的，就礼貌地点点头："不错。"

"真的吗？"他从她手里拿过花，又嗅了嗅，"可我什么也闻不到。"看着她惊奇地睁大了眼睛，他笑了起来。

"你早知道没有气味吧？"他笑得像个恶作剧得逞的孩子，看到他天真的样子，她也忍不住笑了。她心情愉快地问："我们可以开始上课了吗？"

"现在？"他打量着她问道。

她坦白说："我上午一直看着孩子们学习，自己也迫不及待，想要开始学了。"

"去那边怎么样？"斯蒂芬领着她来到靠近花园的一张长凳旁，这里被树木和一排花丛遮蔽着。

"花香会减轻无知带给我的痛苦。"阿米莎说着，坐了下来。

昨夜，她几乎整夜没合眼。为初次教课而焦虑，又为终于有机会学习而兴奋。她怎么也想不明白，为什么像斯蒂芬这样的人愿意花时间来教她。清晨，天蒙蒙亮，公鸡就叫了起来，而此时，阿米莎已经醒了。

"你不该那样说自己。"斯蒂芬坐在凳子上，与她保持一定距离，显得彬彬有礼。

"那就好好教我吧，让我没理由再自卑。"

斯蒂芬拿出一张小纸片，一边在上面写出字母表的大写字母，一边读了出来。阿米莎仔细听着。她会说英语，所以掌握字母的发音很容易。

"该你了。"

她犹豫地拿起本子和笔，盯着他的手写体。她钦佩他写字时的自信。他是一名中尉，效力于世界上最先进的军队之一，而此刻他却在这里，浪费时间教她字母表。

"你为什么要这样做？"她问道。

"三心二意可不行。"他敲了敲钢笔，催促她开始写。

"现在正打仗。"阿米莎有些紧张，开始一笔一画地写字母 A。她的眼睛在他写的字母和自己写的之间来回扫视。她经常看杰伊练习写字母。她模仿儿子的动作，先画了一条直线，然后又画了一条平行的直线。发现自己写错了，立即把它画掉重新写。这次她把笔放在顶端，写出了字母 A。

"我没有关注。"他漫不经心地说，专注于她的笔迹。

"那我更应该告诉你。"阿米莎感觉到他在看她的手的动作。她想写得准确无误以后，再迅速学习别的字母。"他们可能需要你去为你们的国王战斗。"

"他难道不是你们的国王吗？"斯蒂芬抬起眼睛看着她。

阿米莎斟酌了一下自己想说的话，她从来没有和男人讨论过这类问题，她担心自己的话听起来很傻。"我想，他是个好人。但印度不该由他来统治的，印度人也不是任人操纵的傀儡。"

"对于我们正在做的事情，我是指英国人，你就是这样看的吗？"

阿米莎听过甘地关于"非暴力不合作"的演讲。她没有回答他的问题，而是问道："你认为，任何国家都有权统治另一个国家吗？"

话一出口，她就后悔了。斯蒂芬是一名英国军官，他花时间教她，是在向她传递别人从未有过的善意。

"我太唐突了。"她尴尬地说，"我在这里，向一位中尉学习，却敢说这样冒犯的话，请原谅。"

"别这样，"他声音急迫地说，"请你不要这样。"

阿米莎刚要张口，却见他从座位上站了起来，她不解地注视着他。

"当我们在一起学习的时候，不要压抑你的想法。"他的话语中夹杂着沮丧，"如果你这样谨言慎行，那我们还怎么一起共事呢？"

她意识到这对他有多么重要，就试图解释："这样说话是不对的，我们应该尊重你们。"

　　"难道尊重不应该是靠自己去赢得的吗？"他直白地问道。

　　阿米莎一时无言以对，便默默地望着环绕在他们周围的花朵。她的人生中第一次感到诧异，为什么她从来没有问过自己同样的问题。

嘉 雅

在整个谈话过程中,
妈妈的告白一直在我脑海中回响。
多年来,我一直渴望听到这句话。
而此刻,
当她终于说出口时,
我却没有回应。

十七

太阳早已落山,空气中有一丝凉意。拉维俯下身去抚摩罗基的下巴,他苍老的脊柱咔咔作响。这条狗耐心地等待着,从上午到下午,再到黄昏。我一直坐在拉维对面的长椅上,被这个故事深深迷住了。

当我来到印度的时候,我希望能见到我的外公,了解我妈妈的一些事情,任何事情都可以。我从未想过会听到这样一个故事,主人公是一个在我成长过程中很少耳闻的女人。在我母亲年轻的时候,她的故事总是以她的死开头,又以她的死结束,其他的一切都被认为是无关紧要的。

"我要是认识她就好了。"妈妈总是循规蹈矩,想把每件事都做对,而阿米莎却勇于打破界限,找到自己的位置。如果妈妈是由外婆养大的,不知道她会长成怎样的一个人。"我妈妈知道这些吗?"

山毛榉树下,天光越来越暗。拉维擦去脸颊上的一滴眼泪。"不知道。"他低声说,"我说过,我答应过你外婆,我会把她的故事讲出来,但是我直到现在才有机会。"

他咳嗽起来,艰难地喘息着。

"你没事吧？"我问。

"这是阿米莎的故事。"他凝视着远方，虚弱的双手紧握在一起，"我多希望此刻她也在这里，回忆起我这个老头子已经忘记的细节。"

"后来又发生了什么？"我不想把他累垮，但我太想知道了。

"我老了，孩子。"他双手合在一起按摩着，"我浑身上下每一块肉都在喊累。如果我不休息休息脑子，我的身体可能会抗议，彻底倒下。"他抬起头，对我疲惫地笑了一下，"到那时候，你要是想听完这个故事，就不得不把饭送到我的病床边了。"他闭上眼睛，靠在长凳上。

"我从来没有听过我外婆的故事。"我轻声说。我和妈妈关系疏离，所以我从来没有感觉到我与她出生的那个遥远国度有什么关系。虽然印度是我的故土，但它没有给我留下任何记忆，也没有唤起我的渴望。"我妈妈从来没有提起过她。"

"你妈妈知道的只是别人愿意告诉她的那部分，她以为，那就是她的故事。"

"她知道还有另一个故事吗？"我想试着用他告诉我的这些信息揭开谜底。

他摇了摇头。

"她的哥哥们知道吗？"

"只有你一个人回来了。"他的话里并无怨意，"阿米莎的儿子们几十年前就离开了，再也没有回来。他们的父亲……"他顿了顿说，"等了他们很多年。"他瞥了我一眼，"最终，他接受了我们所有人都必须接受的事实：比起留下来，那些人离开的理由更加强大。"

我想起我知道的一点——妈妈是由一个没有生育能力的继母养大的。她十八岁结婚，随即离开印度。这是我请求爸爸给我透露一些信息时，他告诉我的。

拉维似乎明白我的迫切心情，拍了拍我的手说："耐心点，孩子。

107

这个故事里的所有秘密很快就会水落石出。"

他慢慢地站起来,向家走去,熟练地走过这条古老的小径。

~

我十二岁那年曾问妈妈,我们是否可以举办一个万圣节母女派对。她想了很长时间,我担心她不会同意,而她最终却答应了,我欣喜若狂。我抓起一个笔记本,挨着她坐在沙发上开始策划。当我为聚会忙着考虑食物、装饰和音乐等细节时,她只是静静地听着,没有提出任何建议。

"服装!"我叫道,我忘记了最重要的细节。

她开车带我去了一家商店,那里有《绿野仙踪》里的两套女巫服装。我穿的是小一号的,扮成善良的女巫葛琳达,而妈妈装扮成邪恶女巫。我喜欢她的尖顶帽子和与衣服相配的下巴。

聚会的那天,我早早起床,想把一切都准备好,等到下楼,却看到妈妈已经布置好了。墙上挂满了彩带,假蜘蛛网和蜘蛛在房子里爬来爬去,木乃伊从起居室各个角落的棺材里蹦了出来。太完美了!我万分激动,感激地拥抱了她一下。她的身体变得有些僵硬,很快地向后退去。

"早餐准备好了。"她说完便走进了厨房。

那天晚上,我们在音乐声中欢迎客人。爸爸饶有兴趣地看着屋子里坐满了打扮得漂漂亮亮的母女。妈妈一直开心地笑着,融入聚会中。在我的整个童年中,她的举止很少改变,似乎总是很快乐。这是一个欢乐的时刻,我待在她身边,想让她更加快乐。有两次,她用胳膊环抱着我,把我紧紧地搂在怀里。

"你们俩看起来都很可爱。"一个朋友的妈妈很喜欢我们的衣服,"好女巫,坏女巫,对吧?"

"是的,"我说,我已经很久没有那么兴奋了,"我是个好女巫。"我全心沉浸在节日的气氛中,没有感觉到妈妈的身体变得紧绷,也没有看到她的笑容渐渐消失。"妈妈是邪恶女巫,她会诅咒每个人,但我会拯救世界。"

"对不起。"妈妈轻声地说。

她把手从我的肩上移开，没对任何人说一句话，就上楼去了。我盯着她的背影，既伤心又困惑。十分钟后，她下来了，她的装扮换成了牛仔裤和T恤。在剩下的聚会时间里，她一直沉默寡言，很少说话。那天晚上，我是哭着入睡的，发誓再也不理睬她了。

十八

夜里，我开着窗户，放进一些凉爽的空气。现在已是清晨，和煦的微风拂过，我的一绺头发飞舞到脸上，痒痒的。天刚透亮，公鸡又叫了起来，顷刻间便唤醒了整个村庄。我躺在床上，摊开手掌，盖在肚子上。我闭上眼睛，想起那些只在我身体里生存了几个月的孩子。无论我多么想要他们，他们都再也回不来了。

我睡不着，便拉开蚊帐，从床上爬了起来。透过窗户，我看到孩子们开始玩耍，一群群的妇女走向河边去取水和沐浴。她们头上顶着空罐子，用来往家里运水。

穿着白色背心的男人们站在阳台上，用自制的牙刷刷牙。他们把漱口水吐在阳台上和街上，然后用新鲜的薄荷叶水冲洗和漱口。我一直望着他们完成这套程序，看得入了迷，拉维为我做的牙刷还原封不动地放在桌子上。

"你在这里到底发生了什么，妈妈？"我大声问道，"你父亲为什么要求你答应那件事呢？"

我努力想象她儿时的样子，一个渴望得到母爱的孩子。我想起了自己的童年。无论妈妈离我有多远，我总是知道，她就在那里。在人生的起起落落中，只有父母和儿时的家是永恒不变的。到底是什么让我妈妈毅然决然地离开了她的家呢?

"早上好。"拉维匆匆敲过门后便走了进来,把我从思绪中惊醒,"你还没收拾停当。"他失望地问,"你把时间都浪费在睡觉上了吗?"

"我看太阳还没有完全升高呢。"我朝窗户扬了扬头,但他没有理会。

"可它已经升起来了。"拉维把托盘放在桌上,食物旁边放着另一块削过的木头。"等你收拾好了,我就回来。"

"等等。"我希望他能陪着我,帮我赶走早起后阴郁的心情,于是说,"你给我带来了这么丰盛的早餐,我吃不下,请你跟我一起吃吧。"

"不。"他断然拒绝,并不多加解释。

"你已经吃过了吗?"除非他天不亮就起床了,否则不可能已经吃过了。

"我要回家吃饭。"他朝开着的门走去。

"你不和我一起吃饭吗?"我端起托盘,递回给他,"那我就不吃了。"

"你会挨饿的。"他拿起托盘,向外走去。

我好奇地挡住了他的去路。"你宁愿让我挨饿也不愿和我一起吃饭?"

"我在这儿和你一起吃饭不合适。"他盯着我头顶上的墙。

"那么,我们去客厅吃。"我端着盘子带路。

"我不能和你在这个家里吃。"他轻声说。

"为什么?"我很困惑,想要弄明白,"你给我带来这么多吃的,然后就想一走了之,这是为什么呢?"

杯子里飘出的香味环绕着我们,惹得我直流口水。就在这时,我的肚子开始咕咕叫起来。

他解释说:"我没资格在这样的豪宅里吃饭,应该去后面吃,我是贱民。"

"我知道。"我用我有限的知识,结合他给我讲过的事情,想要说服他。我把托盘放在秋千前面的桌子上。"你还告诉过我,我外婆邀请你来这个家,称你为她的朋友。我猜,你和她在这里吃过饭吧?"

"她破例了。"他慢慢地走向前门,罗基正在门廊上玩耍。

"我请你也为我破例一次。"我喊道。

他停下来,转向我。

"我不是不尊重你们的风俗,但我认为,你愿意陪她吃饭,却不愿意陪她的外孙女,这也是对她的不尊重。"

他望着我,犹豫着,我的请求与他内心的观念背道而驰。

"求你了。"我朝秋千走去,等待着。

他咧开嘴笑了,慢慢地走过去,坐了下来。我从厨房里拿了两个盘子,坐在他对面的椅子上。我们一起揭开托盘上各色菜肴上面的罩子。

"闻起来真香。"他把自己的盘子装满了,只给我留下了一点点,"你要赶紧吃。"他嘴里塞得满满的,朝我的盘子努努嘴,"不然,一会儿就什么都没了。"

我笑着拿走剩下的,我们静静地吃完饭。

~

饭后,我问拉维哪里可以打国际电话和上网,他推荐了一家二十多分钟车程远的咖啡馆。当黄包车在卵石和瓦砾上颠簸前行时,我想象着迪帕克曾朝着同一个目的地行进。阿米莎的年代,道路荒无人烟,自那以后的几十年里,环境的改善微乎其微。这条土路仍然沿着太阳炙烤的田野绵延数千米,鲜有游客。

司机驾车挤进一个现代化商店林立的小镇。路是沥青铺就的,拐角处都有路灯。商店的橱窗里摆放着穿着西服和传统服装的专用人体模型,用来招揽顾客。街上熙熙攘攘,到处可见商人、学生和带着孩子的母亲,汽车在人群间穿行,商店里传出宝莱坞的歌曲。

司机在一家咖啡馆前停了下来。

"我们的城市和美国一样繁华,是吗?"他自豪地指着咖啡馆,"你在这里打电话,没问题。"

咖啡馆外面,桌子前坐满了用笔记本电脑忙着的年轻人。我惊讶地笑了,这里的景象与纽约任何一家咖啡馆无异。走进去,柜台后面的年轻女孩用一口流利的英语问我要点什么。虽然村庄和城镇之间只有几千米的距离,却俨然是两个不同的世界。

点了一杯加豆浆的印度奶茶后,我发现后面有个空电话亭。我深吸一口气,拨动电话号码。大洋彼岸的电话铃响了,妈妈接起电话。

"妈妈。"我说,停顿了一下。压抑已久的情感涌上心头,哽住了我的喉咙。我住在她儿时的家里,在她长大的房子里吃饭睡觉。然而,我意识到,我现在并不比以前更了解她。"你好吗?"我有些不知所措,说出的话生硬而正式。

"嘉雅?"她听起来很难过,"是你吗?"千里之外,我听到她深深地吸了一口气,"你没事吧?"

"你父亲过世了,"我平静地说,"在我到这里之前。"

电话那端先是死一般的寂静,然后是一阵喘息声。"那你就没必要继续待在那里了。"她轻声说道。她的声音变得僵硬,要不是她说话时停顿了一下,我还以为她真的不在乎那个男人呢。"你该回家了。"

"他死得很安详。他们撒了他的骨灰。"我说,就好像没听到她说的话,"我见到了那个仆人,拉维。他在给我讲你母亲的故事。"

"我不认识他,"她突然说,声音很焦虑,"没什么故事。"

"妈妈……"

"你的生活在这里,嘉雅。你的工作、你的家、帕特里克……"

"他已经不在我的生活里了。"我插嘴道。

我没有告诉她,我曾因接连遭受流产的打击而崩溃,也没有告诉她,我从未想过,在我们布满裂痕的婚姻中,另一个女人会成为彻底击垮它的最后一根稻草。听到外婆的故事后,我暂时从自己的悲伤中解脱出来。仿佛在经历了几个月的窒息后,我第一次呼吸到新鲜空气。但这一切我都没有向妈妈诉说,因为这就是我们的相处模式,我不知道还能怎样做。

"我们的婚姻结束了。"她还没来得及说什么,我就坦白道,"我不能回家,现在还不能。"我停顿了一下,然后乞求道,"求求你,别管了。"

在寂静中,我想象着她会退缩,会回避。之后会挺起肩膀,振作精神,就像在为应对失望做准备。最初是无奈,然后是超然。没想到,她却说:"你父亲正在厨房里踱步,等着和你说话。但我还有一个小时的话没说完,看来,他有的等了。"

我吃了一惊,一时不知该说什么。这是我妈妈的另一面,在我成长的过程中所渴望的一面。她有时会变得充满活力,轻松地开玩笑,让每个人都笑得前仰后合。她的笑容会持续好几个小时,但我不会妥协,坚强地对抗她那虚伪的表象。这样,我就可以在她向我关闭心门之前,先把她拒之门外。

"嘉雅。"痛苦让她几乎语不成句。我能想象到她紧握着电话,强忍泪水。"我爱你,孩子。"

震惊之余,我依然保持沉默。在我的记忆中,这是她第一次告诉我她爱我。沉默中,她没有再说什么,就把电话递给了爸爸。他问了我一连串问题,包括村里的事情、我接下来的打算等。在整个谈话过程中,妈妈的告白一直在我脑海中回响。多年来,我一直渴望听到这句话。而此刻,当她终于说出口时,我却没有回应。

挂断电话后,我打开电脑,给我要写的博客的编辑发了个简短的问候。我把手指放在键盘上,考虑我的第一篇文章要写些什么,然后,深吸一口气,开始打字。

在经历了二十四个小时的长途旅行后,我来到我母亲的祖国——印度。我与这个国家素昧平生,内心也并无想要拜访她的愿望。有句话说,此心安处是吾乡。只有当心破碎之时,我才愿意解开那磨损的绳索,远远地逃离我熟知的一切。

我住在一个小村庄里。在这里,快乐无处不在。哪怕是在泥地里玩球,或者聚在一起吃饭。它存在于日常的仪式中,存在于飞逝的流云隐藏的故事中,存在于真实的生活中。我从来不曾知晓,幸福原来是这般模样。我曾经过着我所期望的生活,我拼尽全力去创造一个所谓完美的人生,每上一个台阶都证明了我的价值。我按照社会的要求来完善自己,我的能力依赖于我获得的成就。但完美可能是一种错觉,能力也可能是一种负累。

在印度,我听到一个故事的开端,讲的是一个女人迷失在自己的时代里。她努力找到自我,同时又努力满足周围人的期望。她最终是否在这两方面都取得了成功我还不得而知,但她的故事让我忍不住去思考,我曾经做过哪些选择,我为什么会那样做。虽然我有着做决定的自由,但我曾认真地去做过一个决定吗,还是一直盲目地按部就班?得到的同时,往往也意味着失去。

我来到印度,是因为我从未谋面的外公已经病危。但我之所以需要逃离,却另有原因。我经历过三次流产。我失去了我的孩子,我也迷失了自己。我已拼尽全力,却依然找不到疗愈之路。

在我们初次备孕之前,我想当然地认为我会有孩子。他们是我人生计划的下一步。我以为,第一次流产只是个意外,就像我没有充分准备就参加了期中考试。我以为,期末考试我定能顺利通过。当我再次怀孕的时候,我确信我有能力把孩子孕育到足月。

我确信,如果能顺利度过那最初的九个月,便可以初步证明我作为一个母亲的价值。当第二次流产发生时,我的灵魂便有了裂痕。我为那个流失的孩子心碎。我常常茫然若失，就像弄丢了一条胳膊。无论我走到哪里，只要看到一个孩子，就会想起自己那不复存在的手臂。终于，在最后一次流产之后，我仅剩的一点血肉之躯也消失殆尽了。

我失去了孩子，也失去了婚姻。作为一名记者，我写过很多关于患病的孩子给婚姻带来压力的报道，其中，多达半数的婚姻以离婚告终。

而如果孩子有残障或重大疾病，这个比例还要高得多。那些从未有过孩子的婚姻呢？希望一次次燃起，又一次次破灭，随之而来的是深深的失望，最终只能无奈地接受现实。我们的婚姻能承受住这一切吗？当面对残酷的现实，你如何抚慰你的另一半？我的婚姻成了我命运的另一个牺牲品。无论我多么努力地学习孕产知识，多么热切地梦想着新的开始，多么虔诚地祈求得到救赎，我仍然一无所获。我不禁想，这难道就是我为自己已经得到的一切所付出的代价吗？

我又读了一遍。我没有提到我的妈妈和她的缄默。但正是从她那里，我学会了守住自己的秘密。我终究太过保守，无法突破自己。于是，我单击了"删除"，关掉电脑，把它塞进包里。我仰起头，闭上眼睛。那团黑影犹如乌云般在我周围盘旋，想要把我拉进去，我努力抗争着，不让时间流失。我把剩下的奶茶扔进垃圾桶，挥手拦下一辆黄包车，返回外婆家。

阿米莎

中尉让我相信,
不管我是谁,或者做什么工作,
我都是值得尊敬的。
当他不在时,
我便怀疑这种信念是否只是一种幻觉。

十九

"Sim-ple。"阿米莎把每个字都读了出来,"Com-pli-cat-ed。"

她为自己感到骄傲,停了下来,盯着斯蒂芬看。他正在为她读过的单词做标记,听到她不再出声,便好奇地瞥了她一眼。

"怎么了?"

"我读得怎么样?"她恼怒地叹了口气。

"你才读了两个词,就想让我表扬你吗?"他指着一长串待读的单词,"你还有一百多个没读呢。"

"但我已经读了两个。"阿米莎指着报纸说,"它们要么很难,要么很复杂。"她有些沾沾自喜。

"不,不算难。"他快速地浏览了一下单词表,指着其中的一个单词,"读这个。"

她聚精会神地眯起眼睛。"Ex-as-per-at-ing。"她结结巴巴地读。

"对,你现在就是这个样子。"他带着狡黠的微笑把单词表还给了她,"继续读。"

"不,"她说,"Exasperating(意为惹人生气的,令人烦恼的。——译者注)这个词好像不止在说我。"阿米莎忍住笑容,"英国人都不愿意鼓励别人,还是只有你这样?"

"你想要鼓励吗?"斯蒂芬向后靠在前臂上,"我的办公室里还有一百个单词呢。你必须每分钟读七个单词才能完成这项任务,到目前为止,你七分钟才读一个单词。快点读。"

"你没有去前线作战真是一个奇迹。"阿米莎看了看接下来的几个单词,评估着它们的难度,"你这种个性,肯定对他们大有帮助。"

她没有给他回答的机会,就开始加速读了起来。斯蒂芬听着,脸上露出骄傲的神色。当她遇到一个难词时,她就把这些字母读出来,并利用自己学到的语言知识进行分析,直到读对为止。

自从他们开始一起工作,一个多月已经过去了。阿米莎下课后,他们便开始上课。按规定,每次半个小时,但实际上常常会拖延,于是斯蒂芬建议他们增加上课时间,每周见面三四次。阿米莎兴奋地同意了。

"读完了。"阿米莎读完了报纸,快乐得眉开眼笑。每读完一页,她都会有一种从未体验过的成就感。

"很好。"斯蒂芬从她手里拿过报纸,"我去取下一页。"

"当我的学生完成了某件事时,我会立即表扬他们。"阿米莎微笑着暗示。

其实,她想谢谢他。没有他,她的阅读能力就不会达到现在的水平。她刚想说出这些话,就被他的话打断了。

"你的那些十几岁的学生吗?"他对她摇摇头,"知道你对孩子们很好,我很高兴。可想而知,你很容易和他们打成一片,因为你的心智、大脑都和他们差不多,都喜欢被人夸奖。"阿米莎从他的眼睛里看到了戏谑的神色。她中了他的圈套,沮丧地瘪起嘴,他却乐在其中。

"请你去拿那几页吧。"阿米莎忽然意识到,他们刚刚在一起玩笑。

她以前从未与男人玩笑过。当她还是个孩子的时候，曾无所顾忌地打趣她的兄弟和他们的朋友。但当她还扎着马尾辫时，她就开始变得矜持起来。

"我还给你布置了作业。"

"家庭作业吗？"她站起来，直视他的目光。多年的传统带来的本能告诉阿米莎应该降低自己的视线，但是她并没有这样做，这让她自己也感到吃惊。"我没有时间做作业。"

"没时间？好吧，那么再过几年，你应该就有能力翻译你的第一个故事了。"很明显，他在激将。

"几年？"当她和他在一起时，感觉自己的周围仿佛有一堵令人安心的防护墙，而现在却有一种不安全感从这堵墙中渗透了出来。阿米莎走了几步，仿佛在回避她和他的那句话。对她来说，几年简直就像来生那么远。故事已经在内心深处呼之欲出，迫不及待地等着用她新学到的语言来讲述。

"阿米莎。"斯蒂芬就在她前面几步远。他看到她的反应，便说："你学得很好。"他的神态那么真诚，让她忘了之前所有的取笑。"比我想象的要好。不知道什么时候，你的故事就会源源不断地写出来，那时，你就不需要我了。"

"你会很开心可以摆脱我了。"每当阿米莎想到他在帮助她时，她仍然感到不可思议。拉维为她感到高兴，反复劝说她安心接受自己的好运。

"答应我一件事。"他凝视着他们头顶上万里无云的天空，"送给我一个故事，用英语写的，作为告别礼物。"

从来没有人向她要过故事。尽管有很多次，她想告诉迪帕克关于她写作的事情，但每次他都把话题转到孩子、房子或他的生意上。很快，她便不愿再提起这个话题了。

"为什么？"

"这样我就能提醒自己，我是一个多么伟大的老师。"

他的话打破了他们之间的紧张气氛。在阿米莎的笑声中，斯蒂芬回楼里去拿上课需要的其他资料。

~

阿米莎很早就到了学校。前一天晚上，帕雷什胃部感染病毒，生病了。迪帕克出城后，阿米莎请比娜和拉维留下来过夜。拉维照顾着两个大男孩，比娜则在后面清洗被胆汁浸湿的衣服。阿米莎今天早上离开的时候，帕雷什所有的症状都已经消失了，他一边吸吮着冰激凌，一边高兴地玩耍。她不忍心就这样离开，直到看到他冲她咧嘴笑着挥手告别时，她才松了口气。

教室里，阿米莎坐在书桌前，开始读学生们写的一堆故事。她的提示很简单：仙女会满足你的两个愿望——任何事情都可以，可以是一件小事，也可以是改变人生的大事。但作为回报，仙女要求你放弃你珍视的一样东西。

许多孩子希望他们家里更有钱，还有些孩子则愿意用衣服换玩具，用蔬菜换巧克力。这些故事让阿米莎担心他们没有抓住提示的主旨。妮玛来的时候，她已经开始读另一篇了。

"早上好，夫人。"她说。她的头发向后梳成马尾辫，衣服上没有褶皱，很可能是用烙铁在炉子上或火上加热后熨平的。

"你来得挺早。"阿米莎举起那摞纸，"我正在读你的同学写的精彩故事。"

"你读过我的吗？"

阿米莎在那堆纸中慢慢地翻着，直到她发现了妮玛的文章被压在靠近底部的地方。"我现在就读。"

"写得不太好。"妮玛抱歉地说。

"这我可不信。"

当妮玛开始踱步时,阿米莎偷偷笑了一下。故事的开头是,一个年轻的仙女告诉一个女孩她可以实现两个愿望。女孩立刻就说出了自己的愿望——读不完的书和无限的阅读时间。仙女挥动魔杖,实现了她的愿望。当这个女孩从书架上拿下一本书时,那个空位上就魔法般地出现另一本书。然后仙女问小女孩会给她什么作为回报,她毫不犹豫地放弃了她的订婚。

"她的婚姻是一个巨大的牺牲。"阿米莎瞥了妮玛一眼,"对仙女来说是这样。"妮玛低声说道,"女孩并不想要。"妮玛扯下橡皮筋,长长的黑发瀑布般倾泻在肩上。由于抹了防止虱子滋生的油,头发闪闪发光。"但是,所有的女孩都应该期待婚姻,对吗?所以,仙女就会相信这是一个巨大的牺牲。"

"在你们谈婚论嫁之前,难道没有时间相处吗?"阿米莎仍然记得那一天,父亲回家后告诉她,为她订婚了。当阿米莎的母亲和兄弟们在庆祝时,阿米莎躲在屋外,哭了好几个小时。

"我十五岁,他们已经给我订婚了。"妮玛看看时钟,又看看门,避开阿米莎的目光。

阿米莎也是十五岁结婚的,她知道女孩可能在任何年龄段结婚。贫穷的家庭可以用新生儿换一袋大米。在一些村子里,人们认为十五岁已经太大了。阿米莎想知道,随着岁月的流逝,某些习俗是否会改变。但到目前为止,没有人能改变这种做法,即使是英国人。

"你期待自己的婚姻吗?"阿米莎问道。

"我应该期待,不是吗?"她生气地噘起嘴,眯起眼睛。看到她真诚地表达自己的情感,阿米莎感到一阵自豪。"再说,这只是一个故事。"妮玛坐到书桌前,开始从背包里拿出铅笔和纸,"我告诉过你,它一点也不好。"

"妮玛，你的故事很精彩。"有一段时间，阿米莎也会写类似的故事。但正是因为有了婚姻，才有了她的孩子们，无论如何，她也不愿牺牲他们。"你的文字和想象力都很出色。我觉得非常好。"

妮玛显然被阿米莎的话打动了，停顿了一下，犹豫地说："我的未婚夫想要一个受过教育的妻子。我父亲说，我很幸运。"

"妮玛？"阿米莎犹豫了一下，知道这不是她该管的事情，她只是她的老师。阿米莎知道，妮玛和其他人一样，应该有自己的人生。"你希望自己是故事中的女孩吗？"

妮玛沉默了一会儿，最后回答道："我那样做会不会很傻？"

二十

"Navaratri，"阿米莎又念了一遍，希望这次能启发他想到什么，"排灯节前夕的假期？"

"你以为大点声读我就能理解了吗？"斯蒂芬说。

课间休息，他们沿着花园的边缘散步。这是美好的一天。平日里乌烟瘴气的灰尘现在变得无影无踪。虽然太阳被云层挡住了，但还是有足够的光和热洒下来，温暖着阿米莎的手臂和后颈。

"跳舞。女人们戴着她们最昂贵的首饰，脚踝上戴着带铃铛的脚镯。"阿米莎稍稍提起纱丽，给他看她戴的脚镯。"我们手腕上戴二三十个玻璃手镯，与我们的纱尼亚乔丽（chaniya choli）颜色相配。"

"所以你走路的时候叮当作响。"他打趣说。

当她眯起眼睛怒视他时，他立即严肃起来。

"纱尼亚乔丽是什么？"他问，鼓励她继续说下去。

"那是我们最华美的盛装。"她又责备地看了他一眼，"短袖衬衫搭配配套的丝质短裙，裙摆要到膝盖，加上配套的薄披肩。"她的父母只买得起最简单的纱尼亚乔丽,所以阿米莎买了便宜的玻璃珠缝上去,让这套衣服看起来更加光彩照人。"女人们会在额头贴上镶有小钻石的吉祥痣。"阿米莎指着眉毛之间的地方说。

"为了表明你已经结婚了?"

"是的。"她回忆起跟随迪帕克绕着火堆转了7圈,然后他用拇指蘸了蘸朱砂膏,点在她的额头上。红点的大小并不重要,重要的是,每个人都知道她现在属于他了。"为了表明你已经结婚了。"阿米莎轻轻地重复了一遍。

"你现在不点吉祥痣了?"斯蒂芬说,扫视着她的脸。

"是。"阿米莎看了一眼地面。新婚过后,她点了一个小的,萨米尔出生后,她就不再点了。"我不点了。"

"为什么?"斯蒂芬问。

阿米莎犹豫了一下,担心自己听起来很傻。"有时我会忘记。"她瞥了斯蒂芬一眼,想看看他的反应。他听了她的话笑了。突然间,阿米莎感到有些难为情,耸了耸肩。"年轻的女孩可以点任何颜色的,而寡妇根本不点。"

"已婚妇女点红色的,对吗?"斯蒂芬问。

阿米莎点点头,她知道斯蒂芬会看到村里妇女脸上的吉祥痣。

"这个传统从何而来?"

阿米莎指着她眉毛之间的区域。"这里是第三只眼睛。当你看到一个吉祥痣,它提醒你要看到生活的更远大目标,自我实现的最高目标。在神庙里,也是这个意思。第三只眼睛关注着神,吉祥痣象征虔诚,提醒你把神放在你思想的中心。"她想起了查拉,她坚持让阿米莎点一个。"我想,这个意义已经随着时间流逝,慢慢淡化了。"

"这种事比你想象的要多。"阿米莎好奇地望着他,他说,"比如,印度人想让英国人离开,但他们忘了我们当初为何而来——是为了帮忙。"

阿米莎思索着他的话，陷入了沉默。"这是你在学校学到的还是你相信的？"

"都是，"他毫不犹豫地说，"你相信什么？"

这和他之前的问题类似。阿米莎想到新闻中不断发生的起义——印度人与英国人作战。这样的事件越来越频繁，拉杰能和平地留在印度的时间似乎不多了。他们在1858年就开始统治印度，但在这之前，印度曾在大起义期间进行了艰苦的斗争，虽然未能阻止殖民。现在，在甘地的影响下，印度人再次找到了自己的声音，并呼吁独立。

然而，英国拒绝了印度的要求。他们把印度称作大英帝国王冠上的宝石。印度给英国带来了资源和经济收益，失去这个国家对英国将是一个打击。英国继续增加人员和驻军，与之进行艰苦的斗争。他们甚至多次监禁圣雄甘地，希望平息叛乱。

在晚宴上，当迪帕克和其他男子谈论印度的局势时，阿米莎听得很认真。然而，现在和斯蒂芬在一起，她不想谈论自己一方和他那一方之间的分歧。相反，她又回到了有关印度庆祝活动的话题上。

"Navaratri。"她又说了一遍。他至少应该听说过这个节日。"九夜节的开始？"

他似乎明白她需要转换话题："就当我不知道，告诉我吧。"

"你想知道吗？"阿米莎很想和他分享这个节日的细节。在那个节日里，家人和朋友会载歌载舞到深夜。人群中流淌着难得的欢乐。在九夜节期间，阿米莎会感恩自己是印度人。"真的吗？"

"我不敢说'不'。"他说，一脸严肃。

当他们来到最远的那棵树时，斯蒂芬放慢了脚步。他靠在树干上，卡其布裤子里的一条腿搭在另一条腿上。他的衬衫袖子是卷起来的，阿米莎看到他前臂上的汗毛闪闪发光。她在草地上坐了下来，相信他也会效仿她。

"是庆祝新年的节日。油灯把家家户户照得亮堂堂的。"人们不断往黏土灯里加油,所以小小的火焰可以燃烧二十四个小时。"我们连跳九天舞。"阿米莎最喜欢第一天,人们向众神供奉糖果和鲜花。"从九夜节开始,以排灯节结束。"她激动得提高了声音。

"烟花照亮了夜空,杧果叶和花朵覆盖着门窗。"阿米莎捡起一朵落到地上的盛开的花。她闻了闻它的香气,把它递给斯蒂芬。他接过去,也闻了闻。"我们与所爱的人交换礼物和糖果,然后祈祷获得精神的成长和力量。"

"什么力量?"他的脸上流露出真诚的兴趣。

阿米莎回想起她的所有祈求。妮玛和她那有关牺牲的故事浮现在脑海中。"获得力量去接受生活中的一切——无论是好的还是坏的。"

斯蒂芬的目光投向天空,又回到了阿米莎身上。她看见他深深地咽了一下,不知是不是想起了他的兄弟。过了一会儿,他问道:"你们向谁祈祷?"

她没想到他会问这个问题。

"迦尼萨和他的父母。"迦尼萨是所有障碍的移除者。她在这里向斯蒂芬学习的事实表明,她的敬意得到了回报。

"象神?"斯蒂芬问。

"是的。"他对这个问题的了解让阿米莎感到惊讶,进一步解释说,"他是湿婆的儿子。你知道这个故事吗?"

斯蒂芬点了点头,让阿米莎吃了一惊。"他的父亲不小心割下了他的头,后来,给他安上了他遇到的第一只动物的头。"

"为了表示歉意,他赋予了儿子清除生活中所有障碍的能力。"阿米莎补充说,"并以此给了他通往觉悟的道路。也许,我应该改变信仰。"

阿米莎猛地抬起头来,但马上看出他在开玩笑。

"你是在寻找启示吗,中尉?"她用胳膊肘轻轻地碰了碰他,但立刻就后悔自己的轻率举动,便尴尬地把双手叠放在腿上。

"有些人会说我需要被启示。"他的微笑帮助她减轻了羞愧感。他似乎有些局促不安,站起身来,开始在花园里踱步。

"村里的神庙会欢迎你的。"她刚想说这方面不存在歧视,但又想到拉维和比娜,于是把到嘴边的话又咽了下去。

"拉杰去神庙里?"斯蒂芬轻轻地摇了摇头,"我想,这个花园就是我觉悟的起点和终点。"

阿米莎不知道该如何回应,两人都沉默不语。最后,等到斯蒂芬与她保持着合适的距离在树荫下坐了下来,她才说:"庆典也向女神致敬。三位最强大的女神——权力与力量女神、财富女神、知识与学习女神。九天的舞蹈,每三天用来崇拜一位女神。"她拿着一根小棍子,在泥土地上画英文字母,"英国有崇拜女神的庆祝活动吗?"

他向后靠在前臂上:"《圣经》里没有女神,别处也没有。"

"没有女神吗?"阿米莎很震惊,"那么,男神们和谁在一起呢?"

"在一起?你是指在一起睡觉吗?"

阿米莎的脸红了,一直红到脖子上。斯蒂芬饶有兴趣地瞧着她,忍俊不禁。

"据我们所知,上帝不会和任何人上床。而且只有一个上帝,没有其他的神。"斯蒂芬说。

"哦。"阿米莎说,这个新信息让她一时无言以对。

"你好像觉得不可思议。"他瞥了一眼手表,还有一个小时才下课。"你在学校里学过其他宗教吗?"

一提到学校,阿米莎便避开了他探究的目光。"我只上了六年学,之后就辍学帮家里做家务了。"

"六年?"斯蒂芬计算着时间,"也就是你十一岁的时候?"

"是的。"阿米莎回答。

她能想象出他在想什么。她是一个没有受过教育的乡村女孩,而他是强大的拉杰的一员。他肯定要怀疑自己为什么要浪费时间和她在一起。突然,她感到很不自在,先前的兴奋消失得无影无踪。她想找个借口让他离开,他想必也正想要走。

"你一定还有工作要忙,我在这里东拉西扯浪费你太多的时间了。"

她正要站起来,斯蒂芬的手在她的手上拍了拍。那动作转瞬即逝,令她不禁怀疑这是不是她臆想出来的。那只是一瞬,没有引起任何人的注意。阿米莎崇拜的众神不会看到,东张西望的学校员工也不会看到。但对她来说,时间又已经够长,足以提醒她他是谁——一个那么在乎她而愿意去教导她的人。

"我很遗憾。你一定很崩溃吧?"斯蒂芬轻声地说。

阿米莎很感动,喉头一阵哽咽。稍后,她说:"没那么糟。我偷偷地拿了我兄弟们的书看。"她停下来,回想起了那些日子,"不久之后,我开始写作。"

"你这么有天赋,应该前途似锦。"

阿米莎被他的话深深打动,猛地站了起来,想掩饰自己不该有的感情。她挥手示意他跟在后面。

"我要教你跳九夜节舞。"她说。

"哦,不要。"他跟着她,双臂交叉在胸前,"我祖母曾想教我跳舞。"他摆出一副不容置疑的态度,"我从不跳舞。"

阿米莎在地上寻找小树枝,她递了两根给他,然后又四下寻到两根。

"每个人都跳舞。"

每一个重大场合——婚姻、节日等,人们都跳舞庆祝。对阿米莎来说,只有在这样的时刻,男人和女人才能共聚一堂,无视性别差异,平等相待。

虽然她从未见过英国人参加他们的庆祝活动，但此刻在她的眼中，花园里的斯蒂芬不代表英国人，而仅仅是他自己。

"你教我英语，所以我教你跳舞。"

"你想学英语，但我不想学跳舞。"斯蒂芬抱怨道。

阿米莎对他的抱怨置之不理。她握住棍子有尖的一端，让他握住另一端。然后，她站到他对面，双手各拿一根棍子举起来，示意他也这么做。

"跟我做。"

他没有马上照办，她便挥动手里的木棒，直到他叹了口气，跟着做了。

"你满意了？"他问道。

"嗯。"看到他举着两根树枝的姿势，阿米莎强忍住笑，"现在，把一根棍子向前挥，像这样打我的棍子。"阿米莎演示了一下，然后用另一根棍子跟上。"好，"她说，"注意到我是怎样配合的了吗？"

"就因为我能用我的棍子打到你的棍子？我保证，我以后可以教你玩木头片来报答你。"斯蒂芬调侃道。

阿米莎没有理他。

"现在，我们重复这个动作五次，在最后一击时，你把身体转一圈，转向圆圈里的下一个人。像这样，看到了吗？"阿米莎穿着纱丽旋转着，她裙裾飘扬，秀发飞舞。突然，她的脚被裙摆绊住了，跟跄着向前倒去。

"啊！"

就在她要跌倒的瞬间，他冲过去伸出手来，从她的胳膊下面抱住了她，他的手指撑在她胸部的侧面帮助她保持住平衡。

"你没事吧？"

"嗯，"阿米莎喃喃地说，"谢谢。"他那温暖的气息让她的面颊生出一丝动人的神采。她尴尬地离开他的环抱。他的碰触激起的那份温暖与她内心根深蒂固的观念激烈地冲突着。"对不起，我忘乎所以了。"

"不需要道歉。"他向她保证。等到她与他目光相遇时，他说："也许我应该学会你的舞步。"

二十一

"今天，我们要用英语写出第一个完整的故事。"阿米莎用简单的英语在黑板上布置好作业，然后发给每个学生一本小册子。

头天晚上，阿米莎第一次辅导杰伊做英语作业。做完后，他爬到她盘坐的腿上，依偎在她怀里对她说"谢谢"。她忍住了快乐的泪水，拥抱着他，出其不意地胳肢他，他咯咯笑着跑开了。她望了一眼家中的神龛，点点头表达感恩之情。

现在，她发挥自己有限的绘画技能，画了一个地球，把海洋涂成蓝色，把陆地涂成绿色。

"谁能告诉我，我们究竟是从哪里来的？"

在阿米莎和拉维与男孩们就因果报应和他们在宇宙中的地位问题讨论了一番之后，这个问题就被阿米莎当成了作业。杰伊天真地问，拉维前世犯了什么罪，才会在今世生为一个贱民。阿米莎刚要训斥他，拉维对她说，他一点也不介意，但无论是阿米莎还是拉维，都不知道为什么一个人生来就处于特定的社会地位。

"是神创造的吗？"一个学生回答。

"进化。我们是从猿类进化来的。"另一个回答。

"我们该怎样生活？"阿米莎努力解答他们的困惑，"我们出生以后，是否仍然被塑造我们的人或事控制着？我们是木偶吗？"

学生们摇了摇头。

"那我们该怎样做出自己的决定呢？"

"听从我们的内心吗？"妮玛试探着回答，但听起来更像是在问。

阿米莎点头表示赞同和鼓励。

"靠我们的直觉，"前面的一个男孩补充道，"做认为正确的事情。"

"你是说我们的灵魂？"阿米莎问男孩。他点了点头，她说："真了不起——你们每个人都很棒。"在继续上课之前，阿米莎确保全班都专心致志。"我们的心和灵魂都会影响情感。它们并不总是停下来思考什么是对的，什么是错的，只考虑它们想要什么和需要什么。那么它们从哪里找到方向呢？"

"从大脑。"从教室后面传来一个声音。

"正确。我们的大脑会引导和告诉我们哪些创造、保护或毁灭行为是可以接受的。那么，大脑的智慧从何而来呢？"阿米莎扫视全班，看有没有人能回答。起初，教室里鸦雀无声，孩子们互相望望，看有没有人知道答案。

最后，一位坐在前排的学生回答说："来自我们学到的，或者自己悟到的，是知识。"

"非常好。但是，即使我们的大脑、心灵和灵魂指引着我们，我们能想做什么就做什么吗？我们有自己做选择的自由吗？"

全班同学都低声说"不能"。

她问道："为什么不能呢？"

"我们的父母不允许。"一个学生脱口而出，逗得大家都笑了。

"拉杰。"前面一个女孩小声说。

"规章制度。"妮玛说。

看到学生们对这个话题很感兴趣，阿米莎兴奋不已。她说："我想让你们每个人都写些东西，围绕着创造自己想要的东西，销毁自己不需要的东西以及保护重要的东西这个主题。但你必须解释清楚，你的心、你的灵魂和你的思想对每件事的感受。"

阿米莎在打扫教室时，斯蒂芬走了进来。

他瞥了一眼黑板："地球？"

"这是他们的课堂作业。"阿米莎开始擦掉那幅图。

"等等。"斯蒂芬并没有碰到她握着黑板擦的手，但她立刻退了几步。他浏览了她的板书："心、思想和灵魂？"

阿米莎不确定他是否赞同，于是说："这个话题好像值得讨论一下。"

他点了点头，表示同意，阿米莎感到一点小小的胜利。

"是个好话题。"他把手伸进卡其布裤袋里，"我希望小时候也能做这样的作业，那样的话，现在的我就会更聪明。"他靠在黑板上，边想边说他要创作什么。"做一辆超级快车？"看到阿米莎不以为然的神情，他笑了。

"你的心情不错，"她注意到，"一定是因为快放假了。你们国家过圣诞节，是吗？"

"是的。"他等着她收拾东西。他们心照不宣地向花园走去。斯蒂芬为她把门打开，然后跟着她走了出去。他抓住一根粗大的树干，用双臂把自己拉了起来。"我妈妈要来印度。"

"那太好了。"虽然他很少谈及他的家庭，但阿米莎确信他一定很兴奋，不料却看到他一副愁眉苦脸的样子，便问道，"这难道不好吗？"

他耸了耸肩，抓起另一根树干："我妈妈跟别人的妈妈不一样。"

"那样说可不太好。"阿米莎用微笑来缓和语气。她伸手从他挂着的树干上扯下一片叶子。"她毕竟给了你生命。"

斯蒂芬松开树干，跳了下来。

"我知道，她并不情愿生下我。"他在长凳上坐了下来，给她让出了位置。

阿米莎挨着他坐下。在过去的几个月里，当周围没有其他人的时候，她更愿意坐在斯蒂芬身边。他们没有意识到,他们在学校的围墙内建立了自己的规则。然而,每次离开斯蒂芬时,阿米莎都为此感到不安。她一想到迪帕克和她的婚姻,就会感到内疚。她暗自承诺,自己退一步,按照社会的道德标准行事。

但是,她总还是免不了会和斯蒂芬见面,他们的交往轻松又自然。在他面前,比起做真实的自己,装出漠不关心的样子更难。

"你妈妈不爱你吗?"阿米莎用凉鞋的脚尖处踩着脚下的石头。

他苦笑了一声:"对她来说,我们兄弟俩更像是可有可无的。"

"你父亲怎么样?"她很想知道,又怯于去打探,而最终,她想要了解他更多的愿望占了上风,于是她问,"你们的关系亲密吗?"

"这取决于你对'亲密'的定义。"斯蒂芬回答。他抬头望向天空,片刻,又转头望向她。"正是因为他,我才来到这里。"他的手向四周比画了一下,"现在管理这个国家的大学同学打电话要我来帮忙。"

"你在这儿并不快乐。"阿米莎知道这一点。他们见面时,他就已经告诉了她,但她内心希望他和她一样享受他们相处的时光。

"我不是不快乐。"他擒住她的目光,凝视片刻,然后向她头顶上方望去。他的思绪飘到了别处,喃喃地说:"只是因为,现在我的国家在打仗,我的同伴们都参战了。"

"你为什么不参战呢?"

他开始在她面前踱来踱去。他深深地吞咽了一下,喉结随之上下移动。

"我告诉过你我兄弟死了吗?"他等她点头,才继续说下去,"他是战死的,当时,他在英国皇家空军服役。在那之后,我被派往印度而不是前线。我父亲尽其所能为我找到了一份既安全又体面的工作。"

她的眼泪涌上来,刺痛了眼角。"你兄弟比你大?"

"只大了二十个月。"他自嘲道,"我一直想成为他那样的人,但同时又恨他。"他沉浸在回忆中,肩膀放松了,脸也变得柔和起来,"他只要一有机会,就对我搞些疯狂的恶作剧。"

"你那时候爱他。"

这不是一个问题,但斯蒂芬还是回答了。

"是的,现在也一样。"他纠正道。他踢向一颗鹅卵石,看着它弹回灌木丛。"我想,爱不会因为死亡而停止。"他深吸了一口气,说,"我不知道我是否告诉过他。"他摇摇头说,"而现在已经太晚了。"

阿米莎想安慰他。她想对他说,时间会治愈他的伤痛,但她不确定到底会不会。于是,她静静地听着,为他伤心。"你父亲呢?他没事吧?"

"我不知道,"斯蒂芬轻轻地说,"每次我给家里打电话,他都会回避这个问题。"

"但他一定是个好人。"阿米莎肯定地说。

"你为什么这么说?"斯蒂芬认真地看着她。

"因为你是个这么好的人。"阿米莎说。当他凝视着她时,她没有移开视线。以往这种时刻,她会感到羞怯,现在却感到轻松和亲切。

"如果他还有别的选择的话,我就不会在这里。"他放低了声音,然后坦承道,"我父亲认为,待在印度生活算是'两害相权取其轻'。"

眼前这个英国人说了这么多负面的话,让阿米莎感到心惊。她心慌意乱地问:"你也是这样想的吗?"她希望他回答,但又害怕听到答案。如果他向她承认他和他父亲想的一样,那么她不知道他们的课程该怎样继续下去。

"战前,我哥哥经常去旅行。"教学楼里,学生们下课了。孩子们的说话声和穿过走廊的脚步声从关闭的门里飘出来,一直传到花园里。斯蒂芬不再说话,静静地听着,直到走廊里又安静下来,才继续说下去。"当然,他也去了印度。回来的时候,他告诉我,这里不一样,这种差异会让一些人感到害怕。但是地球上的每个人都流着相同的血,你应该透过皮肤和文化的差异,看到深处的东西。"

阿米莎松了一口气,点点头:"听起来,他是个有智慧的人。"

"然后,他像亲兄弟之间常做的那样,在我的肚子上打了一拳,说我不够勇敢,不够男子汉,从未离开过家。"当他回忆起往事时,阿米莎看到了他的悲伤,"他叫我'妈宝'。"

阿米莎听出他内心的痛苦,为他感到难过:"你是'妈宝'吗?"

对此,他想都不敢想。"绝不可能,妈妈和我并不亲密。"他打量了阿米莎一番,然后说,"她基本不跟我们交流,和你完全相反,我敢确定。"这是阿米莎最不愿意听到的。他把脚踩在她所在的那堆卵石上。"我敢打赌,你的孩子总是知道你在想什么。"

"担心。"阿米莎立刻说,"我天天祈祷他们不要因为胡闹而伤害到自己。"

"你的孩子们知道你有多爱他们,"斯蒂芬争辩道,"你愿意为他们做任何事。"

"如果他们质疑我的爱和真心,我就不是一个好母亲。"

阿米莎不愿牺牲亲子相处的时光,所以她会一直等到孩子们上床睡觉后,才开始复习单词,批改作业。很多个夜晚,当她完成这一切时,已是日出时分。

"这就是我妈妈和你的区别。"斯蒂芬说,"你在乎他们知道什么,在乎他们想什么。"

阿米莎不知道该如何回应这样的赞美,便岔开话题,问道:"等她来到这里,你们打算做什么?"

他想了想说:"泰姬陵、新德里、孟买。"

"也就是说,'英国游客三部曲'?"阿米莎调侃道。

"你会推荐哪里呢?"

阿米莎从灌木上摘下一朵孤零零的花,递给斯蒂芬:"带她去克什米尔,或者阿布山。"

"阿布山?"

"有一条险峻蜿蜒的道路盘旋在一座山中。"阿米莎用手比画着,"这条路通向一座山峰,那里有一座宏伟的大理石寺庙。"她和家人去那里参加过一个婚礼,那震撼人心的美景她依然记忆犹新。"或者斯利那加(Srinagar)的达尔城(Dhal)。那是一个被鲜花环绕的湖泊,景色壮丽。相比之下,你的这个花园有点相形见绌。"她微笑着,回忆使她感到温暖。

"说下去。"斯蒂芬轻声鼓励她。

"克什米尔是最宏伟的。"阿米莎听说,拉杰和他们的妻子把克什米尔当作他们私人的休养地和游乐场。"中尉,那里简直是人间天堂。群山环绕着开阔的山谷。那里是所有画家的梦想——郁郁葱葱的森林和风景,美到令人流泪。"

阿米莎还记得自己去的那一次。由于付不起旅费,她们一家人只好睡在朋友家的地板上。附近,音乐从一家豪华的英国酒店的门中飘出。

"阳光已温暖了花瓣,雪依然覆盖着远山,"阿米莎说,"但这一切都比不上当地的人们。"她想起了那些住在那里的人,他们热情好客,真诚纯朴。

她陷入了回忆,斯蒂芬静静地倾听着。

"真是叹为观止。"阿米莎很想再去看看,但是旅行费用太高了,迪帕克又忙生意,抽不出时间。"在那里,我的父亲对我说,如此真实的美一定是绝无仅有的,只有这样,人们才会珍视。"

父亲计划全家出游时,阿米莎只有六岁。她和她的父亲曾经并肩站在湖岸上,不约而同地倾慕着周围的壮丽景色。他们沉浸在美景中,凝视着群山,群山犹如一张巨大的幕布,映衬着鲜花盛开的原野。

"带你妈妈去那里吧,中尉,让她看看那种绝不逊色于英国城堡的自然之美。"这是阿米莎第一次向别人讲述这趟对她意义重大的旅行,

135

也是她童年时期唯一一次与父亲共度时光的回忆。像许多男人一样,他的时间都贡献给了工作和阿米莎的兄弟们,她大部分时间都与母亲在一起。

斯蒂芬的手自然地抬起来,伸手去拨开盖在她下唇上的一绺头发。喘息之间,目光与她相遇,他让那绺发丝从手指间滑落,塞到她的耳后。

他的手指拂过她的耳垂,逗留在她柔软的皮肤和金耳环上。阿米莎轻轻闭上双眼,这个简单而亲密的举动几乎令她落下泪来。她心头撞鹿,却没有转开头去,为此,她感到内疚。她说服自己,这对斯蒂芬来说毫无意义。但对她来说,这违反了她所接受的一切有关是非对错的教育,但无论那是怎样的清规戒律,此刻她都不想躲闪。

"你爸爸说得对,"斯蒂芬柔声说,"这样的美绝无仅有。"

二十二

阿米莎和拉维在清扫前廊,一群士兵走过。尽管他们穿着便服,但每个人的臀部都绑着熟悉的小指挥棒。

"您有什么烦心事吗,夫人?"拉维问道,继续打扫。

"你为什么这么问?"阿米莎不再盯着士兵们看,漫不经心地回答。

"您看上去不开心。"拉维回答。

阿米莎扬起眉毛,转向他:"你关心我是不是开心吗?"

拉维耸了耸肩,继续打扫:"一般不关心,可因为您在增加我的工作量,我发现自己突然不开心了。"拉维刚刚用扫帚把垃圾扫成一小堆,魂不守舍的阿米莎却把大部分垃圾又扫回到走廊上。"所以,就算我为了让自己好过点,也会担心您的情绪。"

阿米莎看着被自己扫得乱七八糟的垃圾,很不好意思。"对不起。"她靠在扫帚上。"我刚刚在想中尉。"她承认。

"他什么时候回来?"拉维问道。

"很快。"阿米莎不知道确切的日期。尽管她相信学校的老师们都知道,但她还是不敢问他们。表面上,他们接受了她在学校教学,但对她依然很冷淡。

"中尉和他们有什么不同?"拉维指着军官们说。他们正在看一群孩子打板球。当其中一个小伙子打出具有威胁性的一击时,他们加入了队伍,鼓掌欢呼。

"我不知道该怎么形容。"阿米莎努力解释,"我们在花园里的时候,我可以对他畅所欲言。"他平等地对待她。和他在一起,她可以安心做自己。渐渐地,她开始找到自我。"我觉得自己很快乐。"她说,不确定自己之前是否知道这意味着什么。

拉维听着,没有插嘴。当他看到她脸上的笑容时,他也报以微笑。"他不在,你一定很难过。"

"你这么说没有批判的意思吧?"她小心地说。

"早在我遇见您以前,您就开始讲故事了。"他停顿了一下,然后轻轻地说,"我知道,您从来没有机会分享它们。"他省略了"对迪帕克"几个字,"人们总是指责我、嘲笑我说不该奢求那些我不配得到的东西。只有您理解我、接受我。如果我现在对你们评头论足,那我成什么人了?"

阿米莎强忍住感动的泪水:"谢谢。"她平复一下情绪,想出一个故事,可以更好地向自己和拉维解释内心的感受,"我来给你讲讲……国王和王子的故事?"

"既然你把我的活儿增加了一倍,现在让我开心一下再好不过啦。"拉维伸手去拿阿米莎的扫帚,她高兴地递了过去。她在椅子上坐了下来,把故事从头到尾构思了一遍。

"从前有个国王,他像他的祖先一样,用铁腕和严格的法规治理国家。"她停顿了一下,想想下一段。"国王只有一个王子。当王子继承王位时,他想起了父亲的建议,要像他那样治理国家。"

在马路对面,一个军官加入孩子们的板球比赛中。孩子们的尖叫声和大笑声打断了故事。阿米莎和拉维都静静地看着,没有发表议论。

"但是王子是盲人,舌头也是畸形的,说话时口齿不清,"阿米莎继续讲下去,"他不知道自己这样一个残疾人如何能治理国家。"她闭上眼睛,想象着王子和他的忧虑,他必须改变自己。"他向他的好友诉说了自己的恐惧。好友说:'到百姓中间去。你看不见他们,就触摸他们。你不要对他们发号施令,听听他们的心声。'"

"他的朋友很有智慧。"拉维把扫帚放在一边,专心听故事。

"于是,王子照他说的做了。他拥抱孩子们的时候,他感到孩子们瘦骨嶙峋。当他摸到妇女的脸时,他的手被她们的眼泪打湿了。他们又饿又穷。"阿米莎哽咽着,说不出话来,"父亲们的话语中充满了悲伤,他们想让孩子们过上更好的生活:去学习、读书,享受音乐,用彩色画棒画画,每晚读着诗歌入睡。"

拉维听得入了迷,问道:"后来王子做了什么?"

"他决定不再像以前的国王那样治理国家,而是像他的朋友说的那样,用他的心去管理国家,他的残疾反而使他更强大。"阿米莎想到了自己在生活中的地位,想到了自己身上的种种缺陷。"正因如此,百姓们都很爱戴他。"她心绪不宁地朝屋里瞥了一眼,然后又回头看了看正在散场的比赛。最后,她坦承,"中尉让我相信,不管我是谁,或者做什么工作,我都是值得尊敬的。"当她和他在一起的时候,她相信自己是聪明的,有价值的。因为他给了她机会,她以为一切皆有可能。"当他不在时,我便怀疑这种信念是否只是一种幻觉。"

拉维似乎明白了,点点头:"为了你,我希望他早点回来。"

~

学生们在座位上等待着,显得有点不耐烦。妮玛主动提出先读她的故事，但在刚过去的 5 分钟里，她却一直站在原地，盯着文字发呆。她的手指紧紧地抓着那张薄薄的纸，阿米莎有点担心它会不会被撕坏。

"孩子，"阿米莎温和地说，不等妮玛转过头去看她，阿米莎便问道，"你准备好开始读你的故事了吗？"

"是的，夫人。"妮玛的声音颤抖着，开始大声朗读她认真完成的这项作业。

新婚的年轻女孩和她的丈夫一起向家走去。他拄着拐杖，而她年轻的腿却渴望舞蹈。她走在他身后，没有音乐，只有手杖与地面单调无比的敲击声。从她结婚到现在，时间刚刚过去一天一夜。夜幕降临时，女孩对着月亮乞求庇佑，她双膝跪地，泪水洒在了属于他的土地上。

突然，眼前闪过一道光，她看到了她的过去和现在，但当她寻找未来的时候，画面一片空白。"请引导我成为我想成为的人。"她请求，但万籁俱寂。她想找到自己的力量，引导自己前行。"我想探索这个世界。"她轻声说。

她仰望着星空，想象着一个不一样的世界。她感谢伟大的力量创造了她，然后她把手放在心口，默默地问它想要什么。

"要快乐。"女孩听到。

然后，她把手放在腹部，低声问了同样的问题。

"要自由。"她听到。

女孩扬起脸庞，对着月亮，那是无边的黑暗中唯一的光明之源。她将指腹覆在前额上，倾听血脉的搏动，寻找着蛰伏的答案。

又一道光闪过，她点了点头。她现在已经知晓，为了保护那些她珍视的东西，她需要去做什么。

她告别了那所她被判终生居住的房子。随着迈向自由的每一步，她的内心变得更加轻松，她的灵魂变得更加自信。

她站在悬崖边，向岩架之外望去，深渊的拥抱召唤着她。终于，她迈出了那最后一步，走向她渴望的自由。

"妮玛。"阿米莎一直等到教室里的人都走出去。其他学生在妮玛之后大声朗读了他们的故事。一些人关注世界大事，比如饥饿和战争，而另一些人则选择了更贴近自己内心的主题。一个男孩借由战争怪兽写了善与恶的较量。但没有一个能像妮玛的故事那样令人震撼并引起争议。"你的故事很有力量。"

"谢谢你。"她平静地说。妮玛把咬掉了橡皮的铅笔捡起来，塞进包里。

"你是个很有天赋的作者。"阿米莎慢慢地走着，想了想接下来的话，"你喜欢上学吗？"

女孩盯着他们周围空荡荡的教室。"我的未婚夫邀请了很多英国军人到他家做客。"妮玛摆弄着她的钻石耳钉。她也许没有听到阿米莎的话，也许是装作没有听到。"他希望我的言谈举止既能取悦他们，又不会显得无趣。英语教育能把我培养成他想要的样子。"

"你呢，你想要什么呢？"阿米莎伸出手去握女孩的手，但妮玛挣脱开了。

阿米莎被这个故事吓坏了——她想知道这究竟是一个预兆，还是只是源于一个年轻女孩活跃无比的想象力。

"那已经不重要了。"妮玛耸了耸肩，手握成拳头。"当你的命运已被注定时，你还能有梦想吗？"

她抓起课本，夺门而去。

"妮玛。"阿米莎叫道，想要留住她，但只是徒劳，妮玛已经走远了。

嘉 雅

直到有一天,
我渴望着能有一双熊孩子的手来破坏这一切时,
我才意识到,
组成一个家的不是房子的装饰或地址,
而是住在里面的人。

二十三

　　我爸爸努力工作，开了自己的诊所，事业蒸蒸日上。从我小时候起，人们就想当然地认为，我长大后必定会跟爸爸一起工作，最终成为他的接班人。在我还没完全明白这意味着什么的时候，我将来会成为医生这件事就已经确定下来了。

　　我一天天长大，渐渐发现，比起医学，我对写作更感兴趣。当选择大学要读的专业时，我向父母透露我要选择新闻系。我已经做好了思想准备去面对爸爸的失望。

　　令我惊喜的是，爸爸居然说他能理解我。我满心感激，刚要起身离开桌子时，妈妈开口了。

　　"早就定下学医了。"她说。

　　我反对说："不，我想当记者。"

　　"嘉雅……"

　　"这是我的人生，"我打断了她的话，"我有权做让自己快乐的事。"

　　"快乐是无从预见的，"她纠正道，"你应该当医生。"

我爸爸要我离开房间,好让他单独和她说两句。过了半个小时左右,他们出来告诉我,他们支持我的决定。

我谢过爸爸,一句话也没跟妈妈说就离开了。关于那天的事以及我的决定,她再也没有提起过。

~

上午,拉维和我在村里逛。晚上,他在吃饭的时候给我讲故事。今晚,我和拉维在旁遮普餐厅吃饭。与拉维为我准备的辣炒蔬菜不同,旁遮普主菜中会放很多的奶油和黄油。我狼吞虎咽地吃着拌有蔬菜的香料饭。

"每个人都那么热情好客。"我向一群在附近逗留的孩子挥手。

"他们见到你很兴奋。"拉维用馕饼把盘子擦干净,"我们这里来外国人算是件新鲜事。"

"外国人,我们这儿很多。"餐馆老板边说边给我们斟满柠果酸奶。他有着饱经沧桑的面庞和双手。他穿着宽松的白棉布裤子,搭配一件短袖系扣领衬衫,皮肤几乎和头发一样黑。"拉维老爷可真是稀客啊!"

"他那独特的魅力恐怕吸引不了多少顾客吧?"我揶揄地瞥了拉维一眼。

"他忙着为死去的老爷照看房子和其他财产。"老板端上来一个装满甜点的盘子。"他雇人照料花园和磨坊。磨坊已经闲置多年了,但是干净得连一只蜘蛛也没有,因为它们都不敢进去找死。"

"你给他付管理费吗?"从我们每天在一起的时间来判断,我知道他没有收入来源。"但是,现在已经没有人付你钱了。"

"我为你的家人工作时,他们对我很慷慨。"他说,似乎这个理由已经够充分。他两口就吃完了甜食,然后把餐巾在水杯里浸过后擦手。"我有责任像他们关心我一样关心他们的财物。"

老板向拉维鞠躬致意。他对我说:"他们死后,他仍然是你的家人值得信赖的仆人。你妈妈应该感到骄傲。"

"你认识我妈妈?"自从我来到这里,没有人向我提起过她,就好像她从未存在过。

他与拉维对视了一眼,两人之间似乎传递着一条无声的信息。"只是见过而已。"他闪烁其词,显然在隐瞒什么,"你和她长得太像了。"他向我们俩点了点头便离开了。

"为什么没有人认识我妈妈?"老板离开后,我问,"她在这里长大,但她仿佛是个陌生人。"

他没有回答,而是拿起一块哈瓦递给我。那些在开放式餐馆里飞进飞出的苍蝇寻着甜味停在我们的桌子上。我把餐巾折叠起来拍打它们,但适得其反,它们越飞越近了。

"她喜欢一个人待着。"他说,"她在成长过程中很少外出。"

"连花园都不去吗?"我问道,不知道她怎么能忍住不去那么美的地方。

"她不知道那个花园的意义。"他在讲故事时经常会像现在这样,眼睛里充满了愁苦,说话也字斟句酌。"你外婆去世后,你外公就关闭了那所学校。在这期间,花园里的植物大部分都死了。"他的脸上闪过一丝悲伤,用手在脸上搓了搓,"直到他第二任妻子死后,他才允许我进去。"

"你让花园重新焕发了生机。"他沉默不语,我知道我猜对了。可想而知,他花了多少心血去照料每一朵花、每一丛灌木。我不知道我的外婆做了什么,值得他如此忠诚。"我不知道这所学校是他的,怎么会是这样呢?"

他摇了摇头,我知道,他一定还会这样回答——这个故事的秘密很快就会水落石出。我们认识这么久了,我知道,逼他是没有用的。

"我外婆在世的时候,你就这么固执吗?"当他笑起来时,我问,"我外公去世后，现在这所学校的主人是谁？"

"你的妈妈。"我无比惊讶地盯着他，"你的舅舅们对这所房子和磨坊不感兴趣。你外公把学校留给你妈妈，她可以随意处置，他说，那是她的。"

"我妈妈知道吗？"在我出发前和后来我们通话时，她都没有提起过这件事。

"我不知道。"他慢慢地摇了摇头，一脸疲惫，"房产办公室的人说，相关的信件还没得到回复。"他的肩膀无精打采地耷拉下来，"如果这些房产在迪帕克去世后六十天内无人认领，政府就会把它们卖给出价最高的竞标者。"他吞咽了一下，"你外婆的回忆——她的遗产——将永远消失。"

我站在门廊上，凝视着漆黑的夜。一轮皎洁的满月照耀着星光灿烂的夜空。在曼哈顿那些灯火通明的城市夜晚，这样的景象难得一见。晚饭后，拉维回家了，但我兴奋得睡不着。

我在光秃秃的墙壁之间踱步，回味着拉维给我讲过的故事。我抚摩着各色家具，想象着曾有那么一段岁月，这里是我外祖父母和母亲的家。在故事中，阿米莎显然很爱她的家和家人，那为什么她的孩子会拒绝继承她留下的遗产呢？

我想起我自己的家，现在已是人去楼空。逃离比我想象的还要容易。我们刚搬进去的时候，帕特里克和我花了好几个小时来装饰那个昂贵的空间，它是我们自己和我们的事业的证明。我们把每一件艺术品和家具归置了一遍又一遍，直到摆放得完美无缺。

似乎只有一切都是绝对正确的，才能称为一个完美的家。这一点对于那时的我们来说，曾是那么的重要。直到有一天，我渴望着能有一双熊孩子的手来破坏这一切时，我才意识到，组成一个家的不是房子的装饰或地址，而是住在里面的人。

我拿起笔记本电脑放在大腿上。我的手滑过键盘,去感受只有文字才能带给我的平静。因为太疲劳,我没有构思就开始打字。

最初,我担任《商业直击》的记者,开启了我的职业生涯。我喜欢用数字来支撑事实,这份工作正适合我。但是,作为一名记者,无论你听到什么都不能轻信,这让我渐渐感到厌倦。于是,我被提升到了体育部。我从来都不是"球迷",可想而知,当我听到男人们在更衣室里一字不差地背诵着统计数据,我是多么的震惊。他们以为,我跟他们一样,也对这次的切球快攻速度与前20次的数据相比结果感兴趣。

6个月后,我请求调到技术部。我的编辑分配给我的是文学作品,这对我来说并不容易,尽管我最珍视文字的价值,但故事本身并不会吸引我。但是,如今我打开心扉,我便开始意识到,即使是在小说中,也可能存在些许真相。想象一下,当我得知我的外婆——一个在我出生之前就去世了的女人——渴望写故事时,我是多么的着迷。她期待着有朝一日,人们会看到那些故事的价值,这希望便是她的精神支柱。

"Hope"(希望)只有四个字母,也是英语中最简单的单词之一。与之形成鲜明的对比的是最复杂的单词之一——"floccinaucinihilipilification"(轻蔑)。"希望",一个简简单单的词却有着重大的意义。我的理智常常无视希望的呼唤,而且,我们在书写这个字时,从未真正理解这个无形的东西有着多么巨大的吸引力。

然而,"希望"是我外婆和许多像她一样的人唯一能抓住的东西。我的外婆想用一种外语——英语——来写故事。对我这个生活无比优渥的外孙女来说,这个梦想是如此轻而易举。我选择把写作作为我的职业。如果我认为某件事很重要,我会把它写在纸上。对我来说,这样做比大声说出来更让我有安全感。每当我提起笔的时候,我从来没有担心过做这件事的后果,从来没有想过要请求别人的允许,也没有想过自己是否有资格比别人得到更多。在我的人生中，我认为追求自己的梦想是理所当然的事。不管这梦想是什么，我都认为它们有可能成真。

当我知道，一个与我相隔一代的女人，过着我无法想象也无法理解的生活时，我变得更加清醒。我为自己的天真感到羞愧，更羞于承认，我的希望变得如此黯淡，让我只能看到自己的影子。回想起来，我想我们都在保护自己不被那些难以了解的东西所伤害。

但这个借口不过如此。我无法对外婆的痛苦感同身受，但她的力量却激励着我。相比之下，我是多么脆弱。我曾对自己的力量充满信心，而当我意识到原来自己如此不堪一击时，顿觉自惭形秽。作为一个世界公民和一个女人，我只能努力做得更好。虽然，我尚不知这意味着什么，但我将迈出这段旅程的第一步，期待它引领我走向未知之地。也许，这一路上，我会顿悟一二。

也许，我终究还是有希望的。

写完后，即将单击"发送"的那一刻，我却又有了些许犹豫。过去几年里，我一直努力掩盖着自己的伤痛。当我需要帕特里克的时候，我没有向他求助，而是自己默默承受，也不愿听他向我倾诉。当我们都很坚强的时候，我们可以轻松自如地在一起，但当我脆弱的时候，便不知该如何面对他。

现在，我厌倦了掩饰。我又读了一遍这条博客，单击"发送"。之后，我立刻关掉电脑，上床睡觉了，以免再次后悔。

二十四

我用一把细齿梳仔细梳理头发,查找虱子。最近几天,我总忍不住抓挠,拉维说,我可能生虱子了。我用梳齿刮头皮,发现了一只棕色的小虫子,便用牙签把它挑了出来。再梳,又找到一只,后来,又找到了两只。

"真恶心。"我咕哝着。

"是什么东西还是什么事情让你恶心?"拉维问,他在后门廊找到了我。当他看到那把小梳子时,立刻心领神会地点了点头。"我们的小朋友已经对你来印度表示欢迎了吗?"

"把它们称作'朋友'或许是你的第一个问题。"他的话并没有把我逗笑,我指着自己的头问他,"有什么办法可以消灭它们?"

"我待会儿给你拿甘菊膏来对付它们。"

"那我就等着啊。"

我把头发往后梳,麻利地编了个辫子。我早早地洗了个澡,穿上一件长长的花裙子。昨天,拉维和我计划着去别的城镇逛逛。当我听说他只出过村子几次时,坚持要和他一起去旅游。

此时,听到有人在敲房子的大门。我看了一眼拉维。

"是你的朋友吗?"

"我没有朋友。"拉维干脆地说。

"可不是嘛,怪不得我们在镇上的时候,总有人想过来打招呼。"我冲他翻了个白眼,过去打开门。

门廊上,站着一个不到八岁的小女孩,一副局促不安的样子。她的两条辫子垂在肩膀上,蓬蓬袖短裙正好垂到擦伤的膝盖以上,脚上的金色凉鞋为她的双足平添了一丝优雅,脚趾上戴着平板指环,晒黑的双臂上戴着两串塑料手镯。

"嘿。"我很惊讶,回头看了一眼拉维,他耸了耸肩,告诉我他也不知情。"你有什么事吗?"

"您是嘉雅夫人吗?"

"对,我是嘉雅。你是谁?"我请她进来,但她示意我跟着她。

"有您的电话,夫人,在我爸爸的店里。"她跳下门廊,"请快点,时间长了会掉线的。"

我看了一眼拉维,他说:"我在这儿等你。"

我跟上她飞快的步伐,问道:"是谁?"

"一个男人,从别的国家打来的,我爸爸接的电话。"

一定是我爸爸。我有点担心,加快了脚步。

"你怎么知道我是谁?"

"大家都知道。"她很害羞,几乎都不看我一眼,"你是从'米国'来的吗?"

"你是说'美国'吧?"我对她的热情报以微笑,说,"对呀,我是。"

"我家店里从来没接到过'米国'的电话。"她看上去比本身的年龄更成熟,她说,"线路不是很好。快点走吧。"

我跟不上她的脚步,只好停下来,把高跟鞋脱下,赤着脚啪啪地走在泥土路上。在我来这里之前,如果有人告诉我,我会赤脚跑过印度的村庄,我一定不会相信,现在我觉得,这件事只可能发生在这里。

我们在村里疾行,干燥的空气抽打着我的头发,我们终于来到村子附近的郊区。我们走近一排店面,屋顶都铺着瓷砖,前门敞开着。有几个人盯着我们看,其他人没有注意到我们。

"到了。"女孩打开了一家商店的门,这家店比其他商店都更加现代化。

我们刚一进去,空调的冷气就扑面而来。店内装饰华丽,盖着玻璃的柜台里,二十二克拉的黄金珠宝琳琅满目。钻石饰钉和戒指放在柜台顶部带锁的旋转展示架上。我们到达时,一个穿着考究的男人从柜台后面走了出来。

"呐嘛斯嘚。我是桑杰,商店的老板。"他双手合十,微微鞠了一躬。

他跟其他村民不同,穿着西装裤和衬衫,最上面的几个扣子没有系,露出一条挂有 OM(瑜伽圣音"OM",是印度教和佛教祷告语,也被印度教教徒认为是最神圣的声音,宇宙原始音。——译者注)吊坠的轻型金项链。

"呐嘛斯嘚。"焚香的轻烟从一个小神龛里袅袅升起,"谢谢你叫你女儿来接我。"

一提到女儿,他的脸立刻焕发出光彩来。"办公室在后面。"他带我穿过后门,进入一个小房间。"打电话的那位先生说要找你。"他关上了门,为我留出隐私空间。

房间里有一股霉味,到处摆满了东西。有一张小桌子,架子上堆叠着天鹅绒面的首饰盒,旁边是一个开着盖的容器,里面装着石榴籽。我把座机上沉重的听筒举到耳边。

"喂?"没有人回答,我又重复一遍,"喂?有人吗?"

"嘉雅?"帕特里克的声音传来,混合着静电干扰的噼啪声。

一阵强烈的感情撞击着我的心。自从来到这异国他乡,我每天都在拼命克制对他的想念。此刻,我想起那些与他相拥的夜晚,他那温暖的气息轻抚着我的脖颈。我想起当他找到对当前案件有用的新信息时,那兴奋不已的神情。我想起当我为婴儿买了那么多衣服时,他忍俊不禁的笑声。突然间,对往事的回忆就像电影剪辑一样一幕幕浮现在我眼前:第一次流产后,当发现我蜷缩在浴室的地板上,他把我抱到床上去,两个人抱头痛哭。那是我们第一次一起哀悼我们失去的孩子,也是最后一次。

"帕特里克?"我抓紧了电话线,"你能听到我说话吗?"一阵静电干扰声,然后电话就断掉了。失望之余,我将头靠在椅背上,回忆汹涌而出。

第二次流产后,我多么渴望能依靠帕特里克,想把他拉近,让他的力量渗透到我身上,但我从未迈出第一步。帕特里克站在我身旁,独自承受着自己的悲痛。

他潸然泪下,我却欲哭无泪。当我沉浸在悲伤中无法自拔时,他在独自默默地哀悼。他回归日常生活,以此来治愈自己。他每走一步,只会把我甩得更远。最终,我孤独地站在原地,不知该如何填补他留下的空白。

但过去并不总是让人心碎。在流产之前,我们的步伐常常是一致的。在相恋的日子里,我们学会了如何站在一起。

在我们同居之初,有一天晚上,我和帕特里克为了看哪个节目大吵了一架。当时,我们吵得昏天黑地,好像是在为我们关系的方方面面而争吵,而不仅仅是为了一个电视节目。我担心如果我们不能和解,也许就会走向分手。

在那样的冲动时刻,我忘记了我们在一起度过的美好时光,那些我们依偎在他的或者我的公寓里,一起看电视的时刻。后来,帕特里克把我扑倒在地上吻我,直到我平静下来。那天晚上,我们花了好几个小时做爱。

沉浸在往事中的我很想知道,现在帕特里克打电话来,是否想对我说我们还能和好如初。无论如何,在我们伤心难过的时候,是他为我们找到了一条通往快乐的道路。我拿起电话拨回去。那枚还没摘下的金质结婚戒指仍然在我的手指上闪闪发光。

在我拨电话时,我拨弄着它,把它转了一圈又一圈。很多次,我都想把它取下来,但最近几个月来我悲痛欲绝,我需要一个精神支柱,即使它只存在于我的脑海里。

越洋电话接通了,一瞬间,我突然想起上次我们谈话时,他坦承了与史黛丝的事。我的脑海中幻想出他抱着她亲吻的画面,怒火一下升腾到喉咙。他在电话线的另一端打招呼,我一言不发地就把电话挂了。我闭上双眼,等待伤痛消退,然后才往家走去。

阿米莎

他在开玩笑,
　　阿米莎很肯定,
但是她的大脑却已经当真了。
他不在的两个星期很难熬,
她没有想到自己是那样想念他。
但是一想到再也见不到他,
　　她就心神不宁,
连吸进的空气都仿佛令人窒息。

二十五

阿米莎在擦桌子。每节课结束后,她都把教室打扫干净,免得老师们找碴儿责备她。她擦到最后一张桌子时,突然听到有人走到她身后。

她刚转身,便听到斯蒂芬说:"圣诞快乐!"

他关上门,把一个大袋子放在地上。

"你回来了!"阿米莎向他奔了过去,在离他不到半米的地方停住脚步。

"是,我回来了。你想我了吗?"他打趣道,一副疲惫不堪的样子。

平日里,他的衣服上连一个皱褶都没有,现在却衣冠不整,领带松松垮垮,连眼圈也是黑的。

"嗯。"阿米莎不在乎这样做是否得体。她的朋友回来了,她不想对他说谎。"我想你了,特别想。"

阿米莎无比想念他。她给学生们上课,消磨掉了很多时间。但每次走近学校,她的脚步就变得沉重,她的内心便感到孤独。她想念在他身边与他交谈的日子。斯蒂芬不在的时候,她曾尝试和迪帕克谈论一些她和斯蒂芬讨论过的话题,但是她的丈夫总是毫无兴趣地转过脸去。

听到阿米莎的回答,斯蒂芬沉默下来,他的目光探寻着她的双眸。阿米莎意识到自己已经越过了边界,满面羞愧地后退了两步。

"对不起。"她结结巴巴地说,热情开始消退。她刚开口对他说自己太冒失了,就被他打断了。

"我缠着我母亲跟我聊些家长里短,一直到深夜。"他走近她,直到她与他的目光相遇,"以此来打发难熬的时间,直到我回来。"

阿米莎吞咽了一下,艰难地调整着呼吸。她听到了他没有说出口的话。那些话正是令她惶恐不安但永远不会吐露的心声。虽然他们分开的时间很短,但他们对彼此的思念已超越了朋友的界限。

他向她伸出手,离她只有几厘米远。他等待着,给了她拒绝的机会,但她做不到,她急切地想要感受和他之间的联结,哪怕只是一刹那。他看到她掺杂着内疚感的默许的眼神,善解人意地点了点头。他握住她的手,只一秒钟便松开了。

阿米莎想象着查拉叱令她走开的情景。她婆婆会大声斥责她,说她喜欢和斯蒂芬在一起,是在让自己和家人蒙羞。有么一瞬间,阿米莎考虑了一下该怎样选择,走开是最明智的,但这一次,她想要听从自己内心的真实想法。在不伤害任何人的情况下,自己来判断什么是错的、什么是对的。那些她从未有勇气去问的问题折磨着她,然而,逃避仍然是唯一安全的选择。

"圣诞快乐。"斯蒂芬打破沉默,又说了一遍。他抓起门边的袋子递给她:"我给你带了一件礼物。"

"什么?"阿米莎很高兴可以借此转移话题,她接过了袋子,"你太客气了。"袋子拿在她手里,感觉沉甸甸的。"我不过圣诞节。"阿米莎收到的最后一件礼物是充当嫁妆的珠宝。

"那我就把它收回去。"他走过去,作势要拿回来,但她躲开了。

她笑着抱紧了袋子。

"是我的,"她轻声说,"谢谢。"

阿米莎从桌子里拿出一个包裹。"圣诞快乐。"她犹豫了一下,把包装好的礼物递给了他。

在给他讲了九夜节的风俗之后,她问他最喜欢的节日是什么,当时他毫不犹豫地给她介绍了圣诞节。当他提到圣诞礼物时,阿米莎就决定送他一件。她从市场上买了薄纸,用藏红花把它染了,然后小心翼翼地把礼物包装好。

"这是给我的吗?"斯蒂芬瞪大了眼睛,看着她塞给他的包裹。

"不,是给我的,我喜欢给自己送礼物。"阿米莎低声说,与他在一起让她感觉很自在。

"你竟然送了我一份礼物。"他重复了一遍,接了过去。

她不知道他会作何反应,但没有想到,此刻的他竟开心得像个孩子。

"是呀。"她说,很高兴听从了自己的直觉。

斯蒂芬说:"按照传统,在打开礼物之前要先摇一摇。"当他这样做的时候,阿米莎笑了,然后跟着他摇了摇袋子,徒劳地想知道里面装的是什么。他大声地笑了起来。"你现在在摇它吗?一不小心就会把它弄坏的。"

"不是现在吗?"阿米莎不确定,按照他的国家的文化,该怎样做才对。她想知道,是不是和本国的风俗一样——打开礼物,对送礼物的人表示衷心的感谢,或者等到独处时拆开,然后再发一封感谢信。

"不,等到明年圣诞节,"斯蒂芬说,"当我离开这里,去上战场的时候,你可以给我写封信,告诉我,你有多喜欢它。"

他的话在她脑中回响。他在开玩笑,阿米莎很肯定,但是她的大脑却已经当真了。他不在的两个星期很难熬,她没有想到自己是那样想念他。但是一想到再也见不到他,她就心神不宁,连吸进的空气都仿佛令人窒息。

他一定注意到了她脸色的变化，因为他脸上的笑容立刻消失了。

"我在开玩笑，阿米莎。"他温柔地说，"我哪儿也不去。"

"不管他有多想去。"阿米莎想，但没有说出来。尽管如此，她还是竭力掩饰自己的情绪波动，不让它在脸上表现出来。看到她眼中的盈盈泪光，他的眼中写满了心痛。她责备自己的失态，很快就平复了自己的情绪。她勉强对他挤出一丝微笑，努力站稳脚跟。

"当然。"她觉得自己很傻，"请接受我的道歉。我只是……"她结结巴巴地说着，这些话与她的情绪纠缠在一起，"战争太危险，而你是我的朋友。"她说，希望这个解释听起来合情合理。

"打开礼物。"他轻声说，为她解围。

她轻轻地解开绳子，拿出了他送给她的礼物。一个装满泥土的陶罐里，一棵幼苗刚刚萌芽。阿米莎难以置信地盯着礼物。

"从英国来的。"斯蒂芬温和地说，"这是一种欧洲山毛榉。"他朝她笑了笑。"它原产于英国，有'英国树中女王'之称。"

"你怎么把它弄到这儿来的？"她的小手可以轻易地包住陶罐的底部。

"我托人帮了个忙。"他用手指触摸着厚厚的叶子，叶子的形状像裂开的手掌。"它是在我旅行的时候送来的。我想给你个惊喜。"他停了下来，注视着那棵树，片刻，又转而凝视着她。"我想给你一件从我的家乡带来的东西，让你在这里也能拥有它，它可以活一千多年。"

"在你我离开人世很久以后，它还会活着。"阿米莎用手指摸了摸他碰过的叶子。她在他的脸上寻找她已经知晓的答案。他沉默不语，她说："你给我的这份礼物太美妙了，它给我的生活带来了一抹亮色，谢谢你，我欠你个人情。"

"不欠什么，即使有欠，你也已经用你的礼物还给我了。"斯蒂芬拉开绳子,撕开包装纸,一本小书露了出来。阿米莎把他的名字用漂亮的英文字母写在上面,而她自己的名字小一些,写在下面。他瞥了她一眼,但她只是笑了笑,示意他翻开封面。

里面,是用同样精准的英语写的一个以英国为背景的短篇故事。斯蒂芬惊呆了,他坐了下来,大声朗读着从书页间流淌出来的文字。

有一个年轻人,他的哥哥去世了。年轻人悲痛万分,威胁上天说,如果他不能与哥哥见最后一面,就会制造严重的灾难。上天没有回应,他就开始破坏众神所珍视的东西。

"够了,"众神喊道,"你为什么非要和他说话?"

"告诉他一些我没有机会告诉他的事情。"年轻人说。他想把心里的话告诉他哥哥,他肯定,那些话,哥哥是不知道的。

"给你五分钟时间,"他们同意了,"但作为回报,我们会得到你的声音,同意吗?"

年轻人很快接受了这笔交易。当死去的哥哥走上前来,年轻人刚要开口时,哥哥摆摆手,示意他不必张口。

"我已经知道了,"死去的哥哥说,"我知道你爱我。"他停顿了一下,低下头,思绪万千。"我一直知道你尊重我。你的内心会永远珍藏着有关我们的记忆。"年轻人凝视着哥哥,感到不可思议。哥哥解释说:"在我心里,我一直都知道。我们是兄弟,我们心有灵犀。"

哥哥说出了弟弟想说的话,弟弟就不必失去他的声音。兄弟二人紧紧地拥抱在一起。众神规定的时间已到,死去的哥哥的身体开始消散,他想要开口道别。这一次,是年轻人摆摆手,示意哥哥不必说话。

"不必说'再见'。"弟弟对此刻又恐惧又孤单的哥哥说。听到他说话,哥哥惊呆了。"我们终会再相聚。"虽然,年轻人永远地失去了声音,但他给了他的哥哥一件他没有的东西——希望。

阿米莎想继续把教室打扫干净，但她总忍不住去看斯蒂芬，想知道他的反应。当他终于翻到最后一页时，他抬起头来，目不转睛地凝视着她："你是怎么想到的？"

斯蒂芬告诉阿米莎关于他哥哥的事后，第二天晚上，阿米莎就想到了这个故事。假期临近时，阿米莎决定试着把故事写下来。她想告诉他，他的哥哥知道他有多爱他。她一字一句，花了好几个星期才把这个简单的故事写清楚，但她坚持要这样做。她是在晚上迪帕克睡着后写的。虽然她知道自己没有做错什么，但她还是感到内疚，毕竟她在花时间给另一个男人准备礼物。

"你喜欢吗？"

"你永远想象不到我有多喜欢它。"斯蒂芬说，声音哽咽。

阿米莎感到莫名其妙的快乐，担心自己会忍不住说出让两人都尴尬的话，就指了指那棵树："与它相比，这算不了什么。"她抱着花盆说，"我想把它种下去，可以吗？"

"在这里？"他似乎很惊讶。他用手轻轻拂过眼睛，擦掉眼中的泪水。"我以为，你会把它带回家的。"

"我不能。"她凝视着他。这是她第一次承认他们的交往必须保密。从他的眼中，她看出他理解了她的意思，便立刻把目光移开了，害怕去想这意味着什么。

"它属于我们的花园。"她故作轻松地说。

他从她手里接过那株植物，一起向花园走去。她找到了一个完美的地方，就在他们常坐的长凳旁边。阿米莎开始用手挖土，她是那么专注，连棉质裤子上沾上了泥渍都毫无察觉，她一心想着为他的礼物准备一个理想的地方，让它生根发芽。

"来，我来帮你。"斯蒂芬找了一把小铲子，开始挖土。等挖的洞够大了，他就摇晃着身体，往后一靠，注视着她。她小心地把幼苗从花盆里取出来,种在那个地方。斯蒂芬把洞填满,两人一起用手把土拍牢,把树固定住。

"好啦,"阿米莎满意地说,"现在,这棵树有了家。"

"是的。"斯蒂芬低头看着刚刚开始生长的幼苗,"多年后,当你再来到这里,你一定会想起我们在一起度过的时光。"

~

"阿米莎。"斯蒂芬站在空荡荡的教室门口,"请到我的办公室来一下,好吗?妮玛的父亲来了,"他平静地说,"他想和我们谈谈。"

妮玛已经缺席一个多星期了。阿米莎有些担心,甚至向斯蒂芬提起了这件事,但斯蒂芬告诉她,学校没有收到家长的通知。现在,她很想知道是怎么回事,于是,她和斯蒂芬快步走到办公室。办公室空间狭小,他示意她先走,然后跟了进去,顺手把门关上。

"这是阿米莎,"斯蒂芬介绍说,"她是妮玛的老师。"

那个印度男人双手合十。

"呐嘛斯嘚,"他对阿米莎说,"方才我已经告诉中尉,妮玛在事故中受伤了。"

"她还好吗?"阿米莎很担心那个年轻的姑娘,问道。

"我来通知你,她不能再来上学了。"妮玛的父亲没有回答阿米莎的问题,而是递给斯蒂芬一些现金。"这笔钱应该够我儿子今年余下的学费了。"他刚要离开,又停住了脚步,"她经常提起你的课,夫人,"他对阿米莎说,"她喜欢在你的班上学习。"

"我想跟她谈谈以前的功课。"他正要离开时,阿米莎说。她注意到斯蒂芬投来犀利的目光,但她太关心那姑娘了,顾不上在意他是否反对。"我能去家里看看她,顺便聊聊作业的事吗?"

"没有必要,"父亲马上说,"我会转达你的好意。"

"谢谢你能来。"斯蒂芬打断了他们,站在阿米莎旁边,"如果我们能为妮玛做些什么,请一定告诉我们。"

他送父亲出去。当他回来时,发现阿米莎在他的办公室里踱来踱去。他刚想开口,就被阿米莎打断了。

"我知道你生气了,但我必须试一试。"

"这不是我们该管的事。"她刚要反驳,就被他打断了,"在与学生的家人互动时,我们必须谨言慎行。"他揉了揉后脖颈,显然,对当前的情况和环境也很无奈。"拉杰不能强迫印度人把孩子送到我们的学校。如果家长觉得我们利用孩子的出勤率来监督他们的家庭生活,他们就会把孩子都领走。"

"只能这样了吗?"虽然这个解释说得通,但阿米莎还是很担心。

"我很抱歉。"他的表情清楚地表明他是认真的,"我们也无能为力。"

"这可不太好。"阿米莎说,担心着年轻的女孩。

"只能这样了。"斯蒂芬回答,"我很遗憾,我知道你有多关心她。"

嘉 雅

我一直认为,
我所拥有的所有身外之物都是理所当然的。
但现在,
看到拉维对他仅有的一点东西感到自豪,
我很惭愧地承认,
我似乎不曾全心全意地感激我拥有的一切。
我从未想过要成为更好的自己,
对此,我感到深深的失望。

二十六

我十六岁的时候，社区里的一个邻居患上了癌症。病情严重，预后不良，他面临着一场与疾病的艰苦战斗。他的妻子还很年轻，三个孩子尚不满五岁。邻居们订了一个送餐计划，尽管我的父母几乎不认识这家人，我妈妈还是报名了，每隔一周就去送一顿饭。最初的几个月过去以后，人们的送餐热情逐渐消退，陆续回到自己的正常生活中。大约在那个时候，我妈妈带着一大堆以美国菜为特色的食谱回家。在接下来的几个月里，每个工作日的晚上，妈妈都会尝试一种新的食谱来代替她惯常做的标准食谱。晚饭前，她会去给那家人送菜，但不留下任何字条。她从来没有在家里谈论过这件事，也没有告诉过任何人。

后来，那个男人康复了，他的家人在家里举行了一个庆祝会。在聚会上，妻子向每天晚上送餐的那个人敬酒。她不知道是谁，希望那个人能站出来。我瞥了母亲一眼，她一直低着头，盯着她的饮料。那个妻子又问了一遍，但所有人都默不作声。

"如果有人知道他们是谁，请转告他们，我感激不尽。"

那天晚上回家后，妈妈向我道了"晚安"，向她的房间走去。

我忍不住说："我很好奇你什么也没说，你做了这么多，本应该得到赞扬的。"

当时的我甚至觉得，比起我来，她更关心那个家庭。她学会了做他们喜欢吃的饭菜，并想办法在不被注意的情况下送去。对于一个一生都渴望看到母亲爱意流露的女儿来说，妈妈失去了一个好机会：那家人一定会对她表达赞赏和感激之情。

"这件事的重点不是我，"她很快地说，摇摇头，双手绞在一起，"重点是他们，还有他们需要什么，仅此而已。"

她上床睡觉去了，但我盯着她的背影，对刚刚发生的一幕迷惑不解：当妈妈想到他们也许会知道真相时，她脸上有一闪而过的恐惧。

~

今天早上，我一醒来就想起了帕特里克。我们约会时，很少吵架，偶尔遇到分歧，也总是会坦诚交流，我从来没有挂过他的电话，但那样的日子已经一去不返了。我举起手，手上的金戒指在朝晖的映照下闪着夺目的光芒。我想起，当他把戒指套在我的手上时，我们发誓永远相爱。我用手指环绕了它一圈，然后慢慢地把它滑脱下来，可它停在了我的指关节处，一动不动。我用力拉，但它卡住了。我松了一口气，把它往后推了推，从床上跳了起来。

穿戴整齐后，我跟着一大群人来到一个露天市场。街道上挤满了推着手推车卖货的摊贩和讨价还价的顾客。我走过每一辆手推车，欣赏和评价着货品，从新鲜农产品到书籍，一样也不错过。在一个卖围巾的货摊前，我停住了脚步。

"我自己做的。"坐在木质手推车后面的年轻女人拿出一条丝巾。优雅的红底色与复杂的淡绿色图案巧妙地混合在一起，镶边是靛蓝色的。把它送给妈妈再好不过了，可以在寒冷的夜晚带给她些许温暖。在美国，类似的披肩要一百多美元。"五卢比。"

买了三条之后，我走到另一辆手推车旁，一个小男孩拿起沾满泥土的青椒和红椒。"新鲜。看，没有棕色斑点。"他的长指甲里满是黑土，我猜想也许他是早上刚刚摘的菜。"你买吗？很好。"

"嗯，我买点。"

今晚，我决定给拉维做顿饭，报答他前些天对我的款待。我从他的手推车里挑了些熟透的西红柿和洋葱。当我付完钱后，另一个手推车旁边的女人拿起一个玩具拨浪鼓。

"给宝宝玩。"那是个快九十岁的女人，她冲我咧嘴一笑，露出光秃秃的牙床。"我的玩具很好。"

她的手推车里装满了廉价的塑料玩具和黏土块，每个土块都涂着色彩鲜艳的印度语字母。"不买，没有孩子。"她刚开始推销，我就走开了。

其他摊贩也一样，热切地向我推销他们的货品。我忍不住给妈妈买了一件纱丽，给爸爸买了一件丝绸衬衫，还买了各种各样的小饰品。曾经有一段时间，我从来不会买这种小玩意儿，还会取笑那些买小饰品的朋友。我坚定地认为，买廉价货其实是浪费钱。而现在，我想起了妮玛，我的外婆，以及所有那些努力把自己的生活过得更好的人。如果不是因为环境的原因，我也可能会与他们一样。

我习惯性地想给帕特里克买一件衬衫，忽而想起了什么，停了下来。我对自己差一点犯错感到懊恼，暗暗在心里责骂自己。突然，罗基不知从哪里冒出来，扑向我，差点把我撞倒。

拉维站在狗后面几步远的地方对我说："你要么是不喜欢我做的饭，要么就是想给我做饭。"

"我喜欢吃你做的饭，但是我要给你做顿晚饭。"我莫名其妙地有些烦躁，抱着罗基，它热情地舔我。"我一直在购物。"我骄傲地举起装得满满的篮子。

"我都快瞎了,可我一眼就看见了。"他仔细看了看里面的东西,然后问我付了多少钱。当我说出一个数字后,他立刻开怀大笑:"这么多钱可以养活我们这些村民半年了。"

"这些是买给家人的礼物。"

他微笑地看着我。"你和你外婆一样固执。"他重重地拄着拐杖。"你愿意花这么多钱也是件好事——如果这份礼物发自你的内心,再高的价格也不为过。"拉维带我们绕道回家,好顺便逛逛其他摊位。"来,我带你去看看我住的地方,你可以在那里为我做饭。"

我们离开市场,往他家走去,沿途的房子变得越来越小,越来越破旧。我们拐进一条只有一米多宽的窄巷子。街道上到处都是湿泥浆和牛粪,路边的排水沟被杧果皮和烤饼堵住了,一群流浪狗在一堆垃圾中寻找食物。每走一步,目之所及,都是我听说过但从未见过的赤贫。孩子们几乎是光着身子在街上跑来跑去,他们个个骨瘦如柴,脸看起来比实际年龄要大,有一种沧桑感。我像他们这么大的时候,从不担心没有饭吃、没有地方住。我认为理所当然的东西,对这些孩子来说却遥不可及。

拉维在贫民窟中间的一间小屋前停了下来。他的家连着一长排房子。屋顶有几处破损,棕色的水从拐角处滴到街上。"我家。"他自豪地推开那扇破旧的门,"欢迎。"

我走进去,眼前的景象触目惊心。他家有两个小屋子,地面是泥土地,墙上污迹斑斑,还有一个屋子充当厨房,一个煤油炉和一个装满脏盘子的锅放在地上。

"拉维,这就是……"我揣摩该怎么说才不会让他感到羞辱,但想不出来。"这就是你住的地方?"

相比之下,我儿时的家和我在纽约的公寓简直就是豪宅。我为他感到辛酸,但尽量不动声色,以免让他难过。

"嗯,欢迎你来我家。"他说。

拉维用一个旧杯子从水桶里舀些水，倒进罗基的碗里。我们俩看着罗基把水舔干净，然后走向铺在地板上的属于它的毯子，伸伸懒腰，卧倒打个盹儿。

"你什么时候开始养它的？"

"十年前，"拉维说，"有一天，我正往村里走，发现它跟我走的是同一条路。从那以后，我们就一直在一起。"

我不禁为这简单的缘分而展颜。拉维和他的狗住在这样简陋的家里，仍能感到满足，我却难以理解这一点。我一直认为，我所拥有的所有身外之物都是理所当然的。但现在，看到拉维对他仅有的一点东西感到自豪，我很惭愧地承认，我似乎不曾全心全意地感激我拥有的一切。我从未想过要成为更好的自己，对此，我感到深深的失望。

"你为什么不住在我外婆家呢？"我终于问道。

一只老鼠沿着薄薄的墙壁疾跑，消失在墙角的一个小洞里。罗基警醒，对着老鼠恶狠狠地吠了一声，然后又睡着了。

"那里属于你的家人。再说，我的朋友们会想我的。"他指着老鼠跑进洞里的地方，"我走了，它们就没吃的了。"

"你的家人在哪里？"我记得我们见面那天，他提到了一个孙子。

"我的儿子、儿媳与我的孙子和他的家人住在一起，他们离这儿不远。"拉维脱下凉鞋，擦擦脚底。"我的儿媳就像我的女儿一样。"他暗自笑起来，"我的命这么好，我很感恩。她想让我和他们住在一起，方便他们照顾我。而每次我都告诉她：'还不用，女儿，还不用。'"

"为什么？"我困惑地问，"他们可以照顾你。"

"是的，但是那样的话，谁来照料阿米莎的家和花园呢？"他轻声地问道。他指着他的家说，"我在这里很开心。"

"你的妻子呢？"这房子缺少女人的气息。角落里放着一盏油灯，地板上铺着一张破床垫，上面的阿富汗人图案已经破碎不堪。三套与拉维身上穿的相似的衣服整齐地叠好,放在床边。

这些年来,我已经记不清丢弃过多少件衣服。有的是过时了,有的掉了一粒纽扣,还有的只是看上去旧了,这些都是我买新衣服的借口。相比之下,拉维却总是那么敝帚自珍。

"多年前,我把她的骨灰撒在河里。"他摘下眼镜,用手在布满悲伤的脸上抹了抹。"在那之前,我们火化了一个儿子,他才三岁就夭折了。"他把手放在油灯上方取暖。

虽然太阳很高,光线也很强烈,但看着他,我还是感到不寒而栗。"你没事吧?"

"我儿子跟我说,我这把老骨头上的皮不够厚。"他用温暖的手拍了一下自己。"当时我笑了,但是,当我在大白天也感到冷的时候,我必须承认,他说的可能没错。"

"你看过医生吗?"我担心地问。虽然我们认识的时间很短,但感觉却很长。也许是因为这个故事,也许是因为我们相处了这么久,我开始关心他了。

他笑了,他的表情告诉我他很感激我的关心。"我答应过你外婆。我没完成任务之前,什么病都别想要我的命。"他盯着我头部上方的空间,目光空洞。我猜想他也许又看到了我的外婆。"然后,等我的大限之日来临的时候,再高明的医生也救不了我。"他摇着头说,似乎病痛有了缓解,"所以,我今晚会好好享用你的晚餐,说不定会狼吞虎咽。"

"我的厨艺不太好。"我说,他的话让我很感动。

"那我就更要细细品味,因为你外婆也是这样,我更确信你是她的亲外孙女了。"

我用一个旧漏盆洗蔬菜,拉维则点上了便携的煤油炉。洗好后,我把蔬菜切成片,扔进锅里。随后,拉维从没有标记的各种容器中捏了几撮香料加进去。

"那些是什么？"我问。这些香料看起来和我妈妈多年来用过的一样。

他拿起一把黑色的小种子说："芥末种子。"又指着红色的粉末，"红辣椒。""这个"——他拿起一个装黄色的粉末容器——"是姜黄。"他把一瓣大蒜和生姜捣碎，把它们搅拌到锅里，然后又加了切碎的洋葱，它们和其他食物混合在一起，发出"嗞嗞"的声音。他满意地说："很快就好了。"

"我很高兴你让我亲自为你掌勺。"我开玩笑说。香料的味道充满了整个房间，令我垂涎。以前，我一直对电冰箱或干净的水这类东西习以为常。从今天起，我想我不会再以同样的眼光来看待这一切。

"你妈妈没教过你吗？"

小时候，我常常看妈妈做饭。专心致志地烹制美食时，她似乎是最快乐的。但每次我想去帮忙时，她总是把我赶走，让我找别的事做。"不，她喜欢一个人做饭。"但她热爱烹饪一定是有缘由的。"我妈妈的厨艺很棒。谁教她的？"

他停下手上的活儿，双手仍然放在他准备收起来的锅上。"她的继母，"他平静地说，"她坚持让你妈妈学。"

"这是传统还是……"我问道，希望他说"是的"。

拉维摇了摇头："她要求莉娜每天负责家里的一日三餐。"

"她现在还是这样。"每餐都做得那么完美。我以为她乐在其中，但现在，失望的感觉席卷了我。"她每天都做饭。"

"你丈夫做饭吗？"当我不再多说时，他问道。

他试图改变话题，这令我感动。"不做。我的丈夫，不，我的前夫。"我纠正道，然后停了下来。我在椅子上挪动了一下身体，感到胃部紧紧揪成了一个结。这是我第一次这样称呼他。我深吸一口气，捏了捏鼻梁，努力回忆起拉维的问题。"我们通常在外面吃饭。"我终于回答。

"你离婚了吗？"拉维看到我的反应，温和地问道。

"快了。"回想起过去的几年，我的头痛了起来，"我们在婚姻中失去了很多。"黑影开始在我周围盘旋，我已经有些天没有出现暂时失去意识的症状了。症状缓解了，我曾希望它不会再卷土重来。"事实证明，它比我们更强大。"我闭上眼睛，无力反抗。

"嘉雅？"拉维问道。

当我睁开眼睛，他就站在我面前，一脸关切地望着我，我知道我又晕过去了。"对不起。"我低声说，痛恨无法控制自己。好像每当我想起帕特里克或孩子们，这种事就会发生。"刚刚那一分钟，我走神了。"他仍然关切地看着我，我想安慰他，让他别那么担忧。"我没事，真的。也许有时候，我的大脑需要休息一下。"

"所以你才来到印度吗？"拉维轻声问道，"这会帮你忘掉那些伤心事吗？"

"也许吧。那封信是个再好不过的借口。"我记得他以前说过的有关舅舅的话。"当时，离开似乎比留下更明智。"

"有时，这是最明智的选择。"他示意我坐在他对面的地板上，"咱们尝尝你做的饭吧。"

二十七

我像本地人一样，走过一排排满是灰土的泥墙，墙与墙之间几乎没有什么空间。妇女们在自家的前院忙碌着，有的在洗衣服，正把水敲打出来；有的在用水桶给婴儿洗澡，惹得孩子不停地尖叫。我们周围，鸟儿在叽叽喳喳地叫着，牛车在吱吱扭扭地走着。烈日下，男人们光着膀子，用鞭子催促动物前行。一只流浪狗不停地朝我吠叫，一个小男孩在遍布牛粪的街道上扔了一块滴着汁水的杧果皮，它便对我失去了兴趣。

我看着这一切,惊叹于人类的智慧和在艰难环境下的生存能力。在如此困乏的条件中生存下来的孩子,有着我不曾奢望自己也能拥有的坚韧品格。

穿过一个村庄,就到了房地产及税务管理办公室。一根大杆子上,印度国旗随风飘扬。半裸的孩子们在前院的喷洒装置间追逐,尽管这里几乎没什么草需要浇水。办公室里,三个旋转的电扇把堆在桌子上的文件吹得不停地颤动着。狭小的房间几乎没有行走的空间,墙上挂着圣雄甘地的黑白照片,穿着制服的一男一女正在处理文件。另一个穿着类似的棕色上衣和短裤的男人接待了我。

"我来这里办理房子、磨坊和学校产业的事情。"我拿出护照给他,证明我的身份,"我是已故主人的孙女。"

他把文件抽出来,仔细地看了一遍。

"你的舅舅们放弃了他们对房子和磨坊的权利。你母亲是唯一的主人。"他在核实了我的身份后说。

他把包括三兄弟信件在内的官方文件交给我。我通读了他们的信件和文件的其余部分。他拿出最后一封信递给我。

"我们一周前收到了这个。你母亲对这些产业不感兴趣。"

"什么?"我拿起信,读了母亲声明放弃所有财产权利的那两句话。她告知政府可以随意处置。

"我们现在要把房子卖给出价最高的人,"当我抬起头来时,他解释道,"这是个好消息。磨坊又能生产粮食了,本地承包商将租用这所学校,你外公一直不愿意。"那个男人给我看了当地企业的各种报价。我颤抖着接过这些文件。"你会得到丰厚的回报。"

"我外公为什么不把学校卖掉?"我问,希望这个人能给我答案。

"他说这不该由他来卖。"这个男人和我一样困惑,"它空在那里,多年无人看管,但每次他都拒绝卖掉。"

我想象着我外婆的花园，想象她怎样发现自己置身于它的绚烂之中。我母亲和外婆在村子里生活的岁月里，磨坊养活了她们。我自己的历史与他们的历史交织在一起，尽管我才刚刚发现。

我的拇指滑过大腿上那些发烫的信件。我仍然不知道我妈妈的遭遇，也不知道是什么原因导致她的三个哥哥都放弃了他们的权利，但我的每一根神经都敏锐地感觉到，学校和房子与身在其中的人一样，都是这个故事的关键因素。虽然我还没想好该如何处理这些产业，但我知道，有一件事我必须当机立断。

"我们改主意了，我们不卖。我是来认领这些产业的，我要把它们留在家里。"

~

"拉维？"我敲敲他的门，等着。我答应过他去过房地产管理办公室以后就过来。

开门的是一个男孩子，他个子比我高，穿着校服，与我看到的村里孩子上学时穿的制服一样——白色上衣、棕色短裤和齐踝的袜子，深陷的眼睛上戴着一副金丝边眼镜。

"呐嘛斯嗲。"我的目光越过他的肩膀往屋里瞥了一眼，"拉维在家吗？"

"你是我曾祖父的客人？从美国来的？"见我点头，他年轻的脸庞立刻散发出光彩来。"我是阿米特，他的曾孙。"他的英语说得很标准，每个单词都发音清晰。"我曾祖父经常提起你，很高兴见到你。"

"你住的地方离这里隔着几个村子，对吗？"我问道，想起拉维提到过这件事。

"是的。"他示意我进屋，"你要喝水还是甘蔗汁？我现在就去市场买。"

"不用了，真的。"他的热情让我很感动，我用一只手按住他的手来阻止他。"水就好了,谢谢。"他用勺子从沸腾的锅里舀出一杯水,"你刚从学校回来?"

"是的。我尽量多来看看达达。"他用印度语来称呼曾祖父。

他盘腿坐在地板上,递给我一把折叠椅子。但我像他一样,把腿叠在身下坐着。他的脸上显出惊讶的神情,但什么也没说。

"你上几年级了?"我一边喝着温水,一边问道。

"八年级。"他的脸上泛起了红晕,"因为我的考试成绩好,他们让我跳级了。"他拨弄着我们坐着的地毯上的绳子,"你喜欢印度吗?"

"是的,非常喜欢。"

虽然我把来印度当作逃离伤心地的借口,但来到这里以后,我开始了解在我之前在这里生活过的两个女人,了解影响她们生活的每一个事件和每一个细节,这些都令我更深刻地认识自己的生活。

我曾经采访过一位"新时代"古鲁("新时代"又指"宝瓶座时代",西方神秘学认为人类将演进到注重心灵、精神层面的探索,找到人类心灵的共通点,认知人类的"同源性"和"平等性",从而达成四海一家与和平的远景。古鲁:印度教或锡克教的宗教导师或领袖。——译者注),他谈到祖先遗留下来的未竟事业,可能会点滴渗透到第二代甚至第三代。现在的行为可以弥补过去犯下的错。即使无法原谅,理解也有助于避免重蹈覆辙。

"你的拉维达达对我很好。"我说。

"他曾经告诉我,人会忘记很多事情,但是永远不会忘记对他好的人。"

"他是一个非常有智慧的老人,"我说,知道拉维说的是我外婆,"也许你会遗传到他的智慧呢?"

"那样我就太幸运了。"他用衬衫的下摆擦洗拉维的一副备用眼镜,"你有几个孩子?"

尽管这句话说到了我的痛处，但毕竟不知者不怪。村子里和我同龄的妇女都已经是三四个孩子的妈妈了。她们通常把一个孩子用吊带挂在身上，其他的跟在后面。

"我没有你的拉维达达那么幸运，生命中能有一个像你这样可爱的孩子。"

"你这样说真是太客气了。"阿米特抬起手腕上的小手表看了一眼，便站了起来。"我该走了，我妹妹……"他停顿了一下，不安地拖着脚。"她拿不动书。"

阿米特收拾他的东西时，我把我们的杯子冲洗干净。我看着他离开，默默提醒自己，要问拉维更多关于他曾孙的事情。

~

"我决定保留这些产业。"我把电话贴近耳朵。

"我不想要，嘉雅。它们对我来说并不重要。"我刚想对她说它们有着什么样的意义时，就听到她说，"我不希望它们把你牵绊在那里。"

我突然明白了。她之所以写信放弃了产业，是想让我早点回家。我不想和她争论，就改变了话题："你妈妈会写故事，经常写。"虽然我以前从未热衷读小说，但现在，我特别渴望读到阿米莎的作品。"她渴望用英语写作，于是，她去一所英语学校教书，换取一位拉杰成员为她授课。"

"她那时……"妈妈停顿了一下，我听到她在努力消化这些新信息，我耐心地等着她说话，"快乐吗？"

拉维向我问起我妈妈时，也是同样的一个问题。

"我感觉她是快乐的。"在这个故事中，她的孩子是她最大的快乐源泉。尽管她有过痛苦和挣扎，却从来没有忘记什么最重要。"她很坚强，你会为她感到骄傲的。"我听到妈妈吸了口气，然后是一片寂静。我继续给她讲那个她不熟悉的母亲。"她有一个花园，很美。里面的花儿应有尽有，还有一棵来自英格兰的山毛榉树。她学英语的时候，在花园里度过了很多时光。"

"他为什么要告诉你这个故事？"她低声说，"为什么要告诉你这一切？"

"我想，这和你父亲想留给你的东西有关。"电话那端的她沉默着，我问，"你还是不想知道吗？"

"任何故事都改变不了已经发生的事。"

她的语气引起了我的注意。"妈妈，到底发生了什么事？"她的声音有些哽咽，那是一种无法形容的悲伤，"妈妈？"

"回家吧。"听到她的哭声，我强忍住泪水，"有些事，我从来没有告诉过你。"

"那请您现在就告诉我。"我恳求道。在我周围，咖啡馆的嘈杂声仿佛渐渐远去，直到我脑海中的声音将它完全淹没。"你在隐瞒什么？"

"有些秘密，嘉雅，"她轻轻地说，"是应该永远埋藏起来的。"

我不由得想起了帕特里克。我们的婚姻生活就像是一本打开的书，彼此坦诚相待毫无秘密，直到我们想要孩子的时候，一切开始改变。当时，我一意孤行，听不进帕特里克或医生的建议。我固执地相信自己知道该怎样做，如何才能更快地达到我们的目标。我听不到他的心声，因为我不想去听。

当我们的婚姻破裂时，他去找史黛丝，我当时认定那是他的错。现在我想起，我曾对他隐瞒了多少事——我的恐惧、我的伤痛，还有那无法再容下任何人和任何事的被空虚感占据的内心。仿佛不让他知道这一切才是最安全的。连我自己都无法理解我对孩子的迫切渴望以及之后的挫败感，我又该如何向他解释呢？

"不，妈妈，"我说，没想到自己会脱口而出，"不是这样的。因为你害怕，所以你只愿意听你想听到的，但它们只能伤害你，而不是帮助你。"

"所以你才去了印度吗，嘉雅？"她柔声问道，"因为你要面对你的恐惧，还是你想要逃避？"

我想，这是因为她无法劝服我回家，在失望之下说出的话，因此我想不去理会。"我在逃离。"她的呼吸声告诉我，我的坦白让我们两个都大吃一惊。我想告诉她，听到这个故事后，我感觉好多了，日子不再那么难熬。甚至有那么一刻，我迷失在故事里，忘记了那永远盘踞在我心中某个角落的伤痛。"我不知道还能怎么做。我和帕特里克分手的时候，我觉得自己已经一无所有了。"

"他打过电话来，问你的情况。"她轻声说。

事实和逻辑推翻了我心中想要坚持的那份信念。帕特里克已经和史黛丝开始了新恋情，我的感情和理智迟早会接受的。我依然无法把结婚戒指脱下来，它沉甸甸地压在我的手指上。

"他也打到过这里。"我没有告诉她，他可能是想要做个了断。也许史黛丝在催促他，了断之后，他们就可以自由地走下去。"我们两个都放下了。"我撒了谎。他是我的初恋，我很难接受我们再也不能在一起了。

"那为什么你的声音这么痛苦？"她问道。

"我别无选择，妈妈。"我沉默了，我们两个人都没有说话。

"我读过你的作品。"她改变了话题，这让我很惊讶，"写得非常好。"

不管妈妈多么不赞成我的职业选择，她却从来没有漏读过我的任何一篇文章。这是一个我从未解开过的谜题。

"你为什么希望我当医生？"我以前从未问过这个问题，但现在，因为我对外婆有了更多的了解，我很想知道这个问题的答案。

"因为你爸爸是个医生，"她说，好像这就足够了，"他又成功又快乐，我希望你也能像他一样。"

答案原来如此简单。如果我第一次就试着从她的角度去看，那不过就是一个母亲想要给她的孩子最好的。

"我爱我的职业，妈妈，"我轻声说，"这就是我想做的。"

"那我很高兴。"

"妈妈，"我仔细地斟酌我的下一句话，"无论这个故事告诉我什么，请相信我爱你。我一直爱你。"

我听到她在流泪，然后慢慢地告诉我她也爱我。几秒钟后，电话挂掉了。当我放下话筒时，我开始思考是否我先要读懂妈妈，才会读懂自己。我静静地坐着，在几个小时的时间里，我一直在想这件事。咖啡馆里的人渐渐散去，只剩下我一个人，服务员宣布打烊时，我回到了拉维那里。

阿来莎

当我还是个孩子的时候,
我用剑和盾牌战斗了几个小时。
父亲问我在和谁战斗,
我告诉他:"练习打坏蛋。"
他说:
"有时候,
最激烈的战斗是我们与自己的战斗。"

二十八

胡里节那天，阿米莎早早就起床了。胡里节是一个古老的色彩之节，庆祝春天的到来。全国各地，田野里百花盛开，孕育着丰收的希望。所有种姓的人们，男男女女，都出来庆祝节日，人们用各种颜色尽情狂欢。奎师那神的信徒们通过模仿他的顽皮来表达对他的崇拜。传说，奎师那小时候会恣意戏弄牧牛人的妻子和女儿。

阿米莎把头发梳得发亮，尽管她知道，头发很快就会被彩色颜料浸透。她瞥了一眼迪帕克从城里带来的小时钟。这算是一件奢侈品，但他坚持要给他们买。

"有点晚了。"阿米莎对着挂在墙上的小镜子，最后检查了一遍自己的形象，然后冲出房间。他们首先会以家庭为单位参加公众篝火晚会，然后加入街道上的人流中，互相喷洒彩色的水，投掷彩色粉末。"大家都准备好了吗？"

村民们会看着孩子们爬上用来睡觉的开放屋顶，向下面的人喷洒彩色粉末。五彩斑斓的色调从天而降，像一道彩虹融化在空气中。这彩虹把每个人的头发和衣服染成古怪的颜色,惹得每个人都忘形地大笑起来。在胡里节,所有的烦恼和偏见都被抛在一边,每个人都用同样的方式装饰着彼此。

"你们两个看上去总是那么完美。"阿米莎紧紧拥抱了她的两个大男孩,然后把他们的衣服整理好。男孩们穿着凉鞋从前门溜了进去,两人都穿着一模一样的象牙色长衬衫,搭配合体的裤子。

"妈妈,小伙伴们都已经在玩了。"杰伊指着外面等候的人群说。与此同时,萨米尔匆匆挥了挥手,溜出了前门。"我不想看起来很完美。"杰伊不想让妈妈帮忙整理衣服,扭动着身子抗议,"我只想赶快去玩。"

"那就去吧。"他刚想跑,阿米莎温柔地用双臂搂住了他,"但是,如果我最亲爱的二儿子不给我一个拥抱,我就不能过一个快乐的胡里节。"说着,她把他想要反抗的身子拉近,紧紧地搂着他,他心软了,在她的肩膀上亲了一下。"谢谢。"她站在敞开的门口,高兴地看着两个男孩跑向朋友们。

迪帕克端着一杯酪乳走出厨房。他和两个儿子的穿着相似,穿了一件白色束腰长衬衫,搭配合身的裤子。"他们都出去了?"

"嗯。"他是昨天晚上乘火车回来的。杰伊和帕雷什飞奔着扑到他怀里,萨米尔则故作成熟地握了握他的手。"他们很高兴爸爸能和他们一起过胡里节。"

对阿米莎来说,丈夫的缺席对她的日常生活影响甚微。有拉维和比娜做帮手,她可以轻松地操持家务,照顾孩子。即便迪帕克在家的时候,他的大部分时间还是花在工作上,或者和村里的其他男人在一起。夫妻之间的互动仍然非常有限。

"我要跟着他们进城。"迪帕克放下杯子。"维克拉姆邀请中尉和村民们一起庆祝这个节日,"他说,显然是刚刚想起,"他昨晚告诉我的。"

虽然,几天前,斯蒂芬就在学校告诉过阿米莎他收到了邀请,但她没有提起。阿米莎很早就想把她和斯蒂芬谈话的事情讲给迪帕克听,但迪帕克总是一笑置之,说她和一个英国军官能有什么可聊的。从那以后,她再也不提他们在花园里聊天的事,也不提他们单独在一起度过的时光。

她没有对迪帕克说,她能轻松自如地与斯蒂芬交谈。即使他们没在聊天,她也会考虑下次交谈要说些什么。她也没有告诉迪帕克,她替斯蒂芬感到兴奋,因为他即将观赏到色彩缤纷的胡里节并能了解其中的意义。同时,她也为自己守住了这样一个小秘密:一想到这壮观的场面将点亮斯蒂芬眼中的光芒,她就激动不已。她相信,他会和她一样喜欢这个庆祝活动。她同样渴望着,当他经历这一切时,她能陪在他的身边。她渴望和他——以一个意想不到的方式成为她朋友的男人——一起庆祝这个节日。

狂欢夜将尽之时,她想向斯蒂芬展示,当所有的彩色水都已泼光,每个人都筋疲力尽时,大家如何欢聚一堂,共享最后一餐。当耆那教和其他高种姓的人分发食物时,婆罗门笑了。唯有今夕,所有人都没有了社会等级,这是阿米莎最喜闻乐见的事情。仅仅因为这个,她说服自己,她很高兴斯蒂芬能来参加。然而,在她想象上述每一个画面时,都有一个声音在提醒她,她不可以有这种感情。她渴望与军官共度时光,这与她的社会和文化的每一条规则都背道而驰。

现在,她站在门口,看着丈夫跟着儿子们进城。她喜欢斯蒂芬,这背叛了迪帕克,背叛了她在神和家人面前许下的誓言。她低垂着头,直到最后一刻才参加到庆祝活动中去。

男人们交谈时,阿米莎站在女人们中间望着斯蒂芬。斯蒂芬一边拍着一个男人的背,一边大笑着,在说些什么。尽管他站在迪帕克的一群朋友中间,但阿米莎十分肯定,他和迪帕克保持着微妙的距离。她和他在一起的时候,她从来没有这种距离感。

与许多村民不同,迪帕克的朋友们受过高等教育。有些人在村子里做生意，另一些人则是企业家，积极开拓自己的事业。成功是连接他们的共同纽带。在他们的社区和周围的社区里，他们决定着村庄的发展方向，因为他们比其他人更会赚钱。维克拉姆的私人司机开车送他来加入到他们中间。

"中尉。"维克拉姆先生握着斯蒂芬的手表示欢迎，"您能参加我们的庆祝活动，真是太赏脸了。"

"我很高兴来到这里，维克拉姆，"斯蒂芬回答，"如果错过了这样一个欢乐的时刻，我会后悔的。"

男人们继续讨论生意和当地的经济状况。阿米莎无意中听到了他们的谈话，意识到他们刻意对英国人和当地人之间的冲突避而不谈。为此，她很感激。

她的朋友苏嘉塔注意到她在看着那些男人，就顺着她的目光望过去。她一看见斯蒂芬，就深深地吸了一口气，匆匆瞟了阿米莎一眼说："这里怎么来了个拉杰成员？"

"是的。"阿米莎把目光移开，看向苏嘉塔，"他是个中尉，从学校来的。"虽然阿米莎从来没有提起过她去学校的事，但她知道，在这个小村庄里，这事已经尽人皆知。"他过来和我们一起庆祝胡里节。"

苏嘉塔瞪着斯蒂芬。"他不是印度人，他不应该到这儿来。"她说，脸上露出轻蔑的神色，"当兵的应该回到他们该待的地方。"

"英国吗？"阿米莎轻声说。

"世界的祸根。"

"他们并不都是一样的。"听到斯蒂芬被人这样谩骂，阿米莎很沮丧，但她努力掩饰着，没有说出自己的真实想法，只是说，"有些人是善意的。"

"你成天待在学校里，所以现在你喜欢他们了？你希望自己成为他们中的一员吗？"苏嘉塔提高了嗓门，引起了其他女人的注意，"我们的阿米莎希望自己是英国人。"

阿米莎不得不谨言慎行。如果她和她们争论,她们会继续质疑她的感情。如果她一言不发,她们就会激怒她,直到她忍不住反驳。斯蒂芬对迪帕克说话时,她又瞥了他一眼。

"我跟你们一样,也希望英国人离开印度。"她毫不费力地编了个谎言,希望能应付她们。她面向前方,背对着男人们。"但他们不会走。如果我们向他们学习,也许我们就能变得强大,足以对抗他们。"

"你现在就在做这件事是吗,阿米莎?"另一个朋友塔拉也加入了讨论。"你学习是为了把我们从拉杰统治下解放出来?迪帕克兄弟老是不在家,"塔拉说,按照习俗,她称迪帕克"兄弟","阿米莎闲得要发疯了。"她用一只胳膊搂住阿米莎的肩膀,把她拉近,很快地拥抱了一下。

这些女人是阿米莎在村里的老朋友,她们中很多人的结婚时间都差不多,这些年来,她们走得越来越近。但无论她们之间分享过多少心事,还是没人能理解阿米莎写作的欲望。

阿米莎和她们一起笑了起来,这一刻过去了,她松了一口气。"幸好我待在学校,不用整天和你们在一起。"

妇女们走向自助餐台,开始聊别的话题。家家户户都带了主菜来分享。妇女们开始给孩子们端菜。胡里节通常持续两夜,但这第一夜是庆祝活动的高潮。

阿米莎朝斯蒂芬望去,两人目光相遇了。他的目光掠过她纱丽上的红蓝颜料,飘向她头发上一条条的黄色颜料。他朝她走了一步,似乎忘记了自己身在何处,她十分后悔自己刚才的举动。

幸好,他只是略微举起手,向她挥了挥。阿米莎刚要回应,迪帕克的身影映入眼帘,她立刻想起了自己的身份,无比懊悔地垂下头,没有回应他的问候。

一个女人过来请求帮忙，阿米莎借机很快转过身，去掀开剩下的盘子。这时，她无意中听到迪帕克对斯蒂芬说："我妻子在你们学校过得很开心。"

"我们很高兴有她。"斯蒂芬低声说。阿米莎听到他声音里有些紧张，知道他为她刚才的反应感到担心。"她是我们学校的宝贵人才。"

"你太宽容了。"迪帕克的笑声很轻快，好像他们是老朋友，而不是初相识，"想不到我妻子也能去英国人开的学校当老师。"

迪帕克的这番话让阿米莎感到沮丧，她很想听到斯蒂芬是怎样回答的，但盘子哗啦哗啦的声音盖住了一切。很快，男人们就和她们一起坐在餐桌旁享用美食。斯蒂芬待在桌尾，看着他们的互动。

阿米莎坐在桌子后面，开始盛菜。突如其来的羞愧感让她无所适从，只好借为大家服务来转移注意力。斯蒂芬知道，她是那个下课后还要求他再教她更多东西的女人。她是那个教他跳舞，并在他嘲笑她时，威胁要把他从长凳上推下去的女人。斯蒂芬认识的这个女人不愿循规蹈矩，她在她自己用笔创造的世界里自由翱翔。

为所有人盛好食物后，女人们便开始吃东西。

斯蒂芬走近阿米莎。"你没事吧？"他轻声问道。

他和她保持着安全的距离，以免引起注意。

"没事。"她低声说道。

她望向迪帕克，他的目光也跟着望过去。于是他明白了，眼里充满了歉意。

"我很抱歉。我不应该打扰你的家庭活动，"他说，"我该走了。"

"我很高兴你在这里，"她立刻对他说，停顿了一下，又说，"只是，我们的文化不允许我那么做。"

阿米莎猜想着现在他会如何看待她——一个屈从并依附于她生存的世界的规则的人。如今看到她真实的这一面，他一定后悔浪费时间教她了。她的心隐隐作痛,匆忙地把一些坚果、葡萄干、小麦布丁、红糖和黄油混在一起装满了一盘子。

"来点普拉萨德(Prasad)吗?"她平静地问道。斯蒂芬犹豫了一下,阿米莎把盘子推到他面前:"我做的,但味道还不错。"

当他伸手去拿的时候,他的手指在盘子下面抚过她的手指,有那么一瞬间,似乎与她的手指纠缠了一下。她望着他,有些困惑,又有些不确定。

"我很高兴今天能来,"他轻声说,只让她一个人听见,"看到你和你爱的人在一起那么快乐,我意识到拥有你这样的朋友是多么幸运。"

"我也一样幸运。"阿米莎轻声说道,感谢他给了他们的互动一个定义和界限。她松了口气,高兴地看着他开始享用她做的普拉萨德,把盘子里的食物一扫而光。

二十九

阿米莎坐在教室里,门突然开了。她抬起头,只见妮玛站在门口。她用纱丽的边缘遮住脸庞,穿着一件长袖衬衫,纱丽下面的裙子一直拖到脚踝。

"妮玛!"阿米莎向她冲过去,差点把女孩拉进怀里,"好几个月不见了,孩子。"她轻轻地捏了捏妮玛的手,"你好吗?"

妮玛露出痛苦的表情,把手从阿米莎的手里抽出来。"我很好。"她的声音虽然有力,却没有了上课时的那种坚定。"我爸爸说你问起过我。"她转过身去,不让她看到自己的表情,"我求他允许我来一趟。"

"孩子,"阿米莎轻轻地关上了教室的门,"发生什么事了?"

妮玛摇了摇头。作为一名母亲,阿米莎本能地感觉到事情不对劲。她轻轻地把妮玛的纱丽边缘拉开,眼前的一幕让她差点惊叫出来。妮玛的整个右脸被烧伤成深棕色，布满了褶皱。她颤抖着手捧起妮玛的脸。

"不要紧。"妮玛躲闪着，阿米莎只好松开了手。她用双臂搂着她的腰。她的世界就这样破碎了，溃败了。

"可对我来说很要紧，"阿米莎说，这个孩子让她无比心痛，"跟我说说吧。"

泪水顺着年轻女孩的脸颊汹涌地流下来。阿米莎用一只手臂搂住她的肩膀，鼓励她。妮玛抽泣着，慢慢地说："我们祈祷之前，燃起了火，一团烈火。"她的纱丽滑过肩膀，脖子和上肩的烧伤触目惊心。阿米莎忍住眼泪，聚精会神地听着。"阿耆尼（婆罗门教中的火神——译者注）是代表所有其他神的神。它是众神的使者。当火焰熊熊燃烧时，它便成为我们与至高之神之间的沟通桥梁。"

所以，在每次祈祷前都要点燃油灯，神庙里会永远保持几十个油灯不灭。也正因为如此，尸体死后要火化，火是灵魂进入天堂的大门。

"火应该是我的桥梁，逃离这个世界的桥梁。"妮玛哭着，泪水冲刷着她年轻的脸庞。

阿米莎难过得无法呼吸，她把哭泣的女孩抱在怀里，强忍住自己的泪水。

"你自焚了？"阿米莎轻声问道。

"我没别的办法。"

妮玛扯开袖子上的扣子，露出了两只前臂。每一只前臂的烧伤都比她的面部严重得多。皮肤已经变黑，皱褶从肘部一直延伸到上臂，她的腹部也有类似的伤疤。

"现在，我大不如从前了。"妮玛擦了擦眼泪，"他不想要我了。"她双手捂着脸，不停地抽泣，"我的未婚夫认为我已经没有价值了。"

女孩倒在阿米莎的怀里痛哭不止，年轻的身体无法抑制地抽动着。她哭了几分钟，却好像过了几个小时，仿佛所有的委屈、心碎都随着眼泪流淌出来。阿米莎唯一能做的就是怜惜地抱着她,她们的沉默填补了空虚。妮玛流干了眼泪,往后退了一步,挣扎着重新扣上扣子。

"妮玛。"这个年轻女孩的人生永远地改变了,阿米莎为她感到痛心,"孩子……"

"当火焰舔舐着我的身体,真是痛不欲生。"妮玛说,她的声音里充满了对自己的厌恶。"我的灵魂与死亡抗争,我的大脑命令我大声呼救,所以他们找到了我,因为我乞求有人来救我。"她用力推开门,盯着空荡荡的走廊,"现在,每一天,我的心都在拷问自己,我为什么要呼救?"

~

阿米莎和斯蒂芬在空无一人的花园里散步时,她很安静,甚至没有注意到他们正被头顶的烈日暴晒着。妮玛走出教室时,斯蒂芬正站在他的办公室门前。他静静地等着,阿米莎目送女孩上了黄包车。

"我们能走走吗?"妮玛离开后,阿米莎轻声问道。他立刻同意了,跟着她走到外面去。

"发生了什么事?"当周围只有他们两人时,斯蒂芬问。

"她自焚了。"她声音嘶哑,在妮玛面前拼命忍住的泪水终于顺着脸颊尽情倾泻下来,"她想去死。"

"上帝啊。"他伤感又无奈地说。

"她大声呼救。"阿米莎捡起一块小石头,扔到一根树干上,"所以她还活着,但已经崩溃了。"她很愤怒,又捡起一块石头,重复了刚才的动作,"她想逃离自己的命运,似乎只有死亡才能做到。"她双臂交叉放在腹部,"那份作业——我告诉他们做一个选择。"

"阿米莎,这不是你的错。"斯蒂芬伸出手,但在即将碰到她的瞬间,把手攥成拳头落了下来。他的领带松松地挂在脖子上。"这不怪你。"

"可总该有人负责,"阿米莎争辩道,"她出了这样的事,谁来负责?"

斯蒂芬沉默着。

她又说:"我本可以做点什么阻止她的。"内疚和悲伤压得她喘不过气来。"我本应该做点什么的。"

"你能怎么做?"他把手放在她的肩膀上捏了捏。阿米莎的紧张感随着他的碰触放松下来。"无论是你还是任何人都没有办法救那个女孩。"他沮丧地说,"如果你介入了,结果可能更糟。"

阿米莎知道,她能进入这所学校非常幸运。与此同时,她也意识到她必须小心行事。她与学生的关系永远不能越过斯蒂芬规定的底线。然而,现在这一切都像是借口,她为自己没有站出来而感到羞愧无比。

"她写的故事其实是一种呼救,"阿米莎说,"我却没有重视这个信号。"

"妮玛的父母不会让你干涉的。"斯蒂芬提醒她。

妮玛的所作所为并非闻所未闻。在他们的世界里,每个人都必须以自己的方式找到自己的道路,找到前行的方法。如果这是一条前人没有走过的路,那么这个人就很可能孤独前行,被那些自以为是的人抛弃。

"我本可以告诉她,还有别的路可走。"

"有吗?"斯蒂芬捡起阿米莎扔的石头,"当我还是个孩子的时候,我用剑和盾牌战斗了几个小时。父亲问我在和谁战斗,我告诉他:'练习打坏蛋。'他说,有时候,最激烈的战斗是我们与自己的战斗。"

"这话是什么意思?"

斯蒂芬沉思着,片刻后回答:"每个人都有属于自己的战斗。在这里的这段经历让我懂得,你并不总会知道谁是你的敌人。但如果你够幸运,无论对手是谁,你都能在战斗中挺起胸膛。"斯蒂芬把石头递给她,"妮玛因为太绝望而孤注一掷。我想,她是用她知道的唯一的方法去战斗的。"

三十

"请给我个理由。"拉维以前从未请过假,现在他却要请假整整一个星期。"你生病了吗?"不等他回答,阿米莎俯身伏在他们叠好的衣服上,用一根手指碰了碰他的前额。"你没有发烧。"她告诉他。

"也许他们不让你上大学是件好事。"他在她的手上重重地拍了一下,示意她把手移开。他递给比娜一叠毛巾,让她放在碗柜里。"如果你选择当医生,我担心病人活不过一天。"

"每次我碰你,你都抗议,弄得我都不敢用手掌检查你是不是发烧了。"阿米莎反驳说。

拉维说:"如果邻居们看到你把手放在一个贱民身上,我怕哪天睡着了,连自己怎么死的都不知道。如果他们知道,你把贱民做的食物和甜食给他们吃,你也会遭到同样的厄运。"

比娜收拾好毛巾,回到他们身边,说:"拉维,因为你,人们还以为夫人是全村厨艺最好的。"

"我死前,会把我的秘密告诉我们的朋友们。"阿米莎承诺道。

"你最好希望自己在那之前就已失聪,就听不见他们那暴跳如雷的尖叫声了。"拉维回答道。

"你想转换话题,我已经注意到了,干得不错。"阿米莎朝他咧嘴一笑,"现在,回答我的问题,为什么要休假?"

"我需要休息。"拉维闪避道,"这工作把我累坏了。"

"你这个借口编得可不怎么样。"阿米莎果断认为他在撒谎,她以前从没听他说过谎,"据说,撒谎这事熟能生巧,你请继续,我来告诉你有没有进步。"

"一个星期。"拉维挫败地叹了口气,"怎么会这么难适应呢?"

"别再绕圈子了,都把我绕晕了。"她拿出一堆红辣椒,撒在盘子里晾干，等干透以后再粉碎，"还是直接告诉我吧，这样我们才能回到正题。"

"他要结婚了。"比娜回答。话音刚落，就被拉维用手巾打了一下，她疼得大叫："哎哟！"

"结婚？"阿米莎惊喜得瞪大了眼睛，"真的吗？"

"我父母催着我结婚，"拉维犹豫地说，"多亏了你，我们才有了收入。他们想抱孙子了。"

他把所有的时间都贡献给了这个家，只要有需要，他都任劳任怨。阿米莎被他的奉献精神感动，付给他的钱是他应得的三倍。拉维用这笔钱为自己、父母和兄弟姐妹买了一间房子。他们以前一直流离失所。虽然这个家很小，但是他告诉阿米莎，那就是他们的城堡。

"这是个大喜事，你为什么不告诉我？"阿米莎满脑子想着送什么礼物。为他们举办一个聚会，婚宴用婆罗门的美食，另外还要为他们的家里添置新家具。现在的问题只不过是如何差遣他。"她一定很漂亮。"她用手肘轻轻地碰了碰比娜，"只有最好的姑娘才配得上我们英俊的拉维。对吧，比娜？"

阿米莎想拥抱他，表达自己对他结婚这件事的喜悦之情，但她不能。万一被路过的人撞见，这种不得体的举动激起的民愤能轻易地永远改变他们的生活，他们绝不敢这样做，即使没有外人在场，她也从未拥抱过他。于是，她安心地冲着拉维微笑，双手紧扣，感谢他的好消息。

"我很幸运。"拉维说，兴高采烈的样子。

"她才有福气呢。嫁给你是对女人最好的奖赏。"

"我希望……"拉维犹豫了一下，突然有些拘谨，"我希望她像您一样善良宽厚。"

阿米莎停下手中的活儿，盯着他看。她满心感动，查拉很久以前说过的话在她耳边回响："找一个你可以信任的人。"这个人是命运给她的礼物,他已经成为她亲密的朋友和知己。

"我也很幸运。"阿米莎说,丝毫没有玩笑的口吻,"我上辈子一定是行善积德了,今生才有你做我的朋友,很少有人有这样的福气。"

~

那天下午,阿米莎静静地坐着,苏嘉塔、塔拉和村里的其他妇女在讨论村里近来发生的新鲜事。阿米莎和拉维为这次聚会准备了油炸面饼(kachori)。他们花了一个晚上制作那些圆圆的丸子,里面塞满了黄色的孟恩豆、黑胡椒、红辣椒粉和姜泥。拉维还搭配了一大碗切芙达(chevda),这是一种混合了炒扁豆、花生、香料和鹰嘴豆粉面条的美食。

她们花了一个下午讨论去哪里买东西,哪里的丝绸质量好。最后一致认为"只能进城采购"。

塔拉呷了一口椰子汁。"阿米莎,今天的菜太好吃了,你真是费心了。"

"谢谢。"阿米莎没有告诉她们拉维帮了忙,"很高兴你们能来陪我。"当她正要说别的什么时,响起了敲门声。她表示抱歉后去开门,发现妮玛站在她家门口。

阿米莎很震惊,把她领了进来。她上次来学校找过她后,她已经好几个星期没见到她了。

"你好吗,孩子?"

妮玛把脸藏在纱丽下。看到其他女人,便说:"对不起,我不想打扰你,我可以下次再来。"

"我们该走了。"阿米莎的朋友们开始收拾东西,"我们得准备给孩子们做晚餐了。"

当她们向外走时,妮玛躲到一边,以免被她们盯着看。等人都走光了,她从包里拿出一个廉价的信封。妮玛把阿米莎的名字用完美的字母写在了封面上。这是一张刻字请柬,邀请阿米莎参加周末举行的妮玛的婚礼。

"我是来给你送这个的。"

"你要结婚了？"阿米莎吃惊地问。

妮玛绞着双手，一只烧伤的手和另一只光滑的手缠绕在一起。"我曾像个孩子一样玩火，"她轻轻地说，"现在，我必须像成年人一样承担后果。"她开始说话，中间停下来，吞咽了两次，才继续解释，"他们给我找了个新郎，离我家有三个村子远。婚礼两天后举行，虽然是个小仪式，但是我希望你能来。"

"他是干什么的？"阿米莎很担心，手心开始出汗。她知道，唯一愿意接受毁容新娘的男人，应该是想利用她的烧伤来唤起他人同情的人。虽然阿米莎害怕听到答案，但她还是等待着。

"他以乞讨为生，"妮玛说，阿米莎担心的事还是发生了，"为了一点嫁妆，他愿意娶我，尽他所能养活我。"

"来为我工作吧。"阿米莎的脑子里充满了各种想法。她拒绝接受乞讨是妮玛唯一的选择。"你可以在这里干活儿。"

"我不能。"妮玛飞快地眨了眨眼睛，不让眼泪溢出来，"第一天上课，你给我们讲了人和鸟的故事。"她盯着地板，"只有一个小孔可以呼吸。我们必须决定接下来怎么做。"

"我记得。"阿米莎为妮玛心痛不已。她知道妮玛有天赋和潜力成为一名有成就的作家，但她如今却只能以乞丐的身份度过一生。

"那时，我确信，那个人应该先顾自己的命。"妮玛说。大多数孩子都写了类似的结尾。"但现在，我明白了，他有过错。他应该托起小鸟，让它呼吸新鲜空气。"

"那他自己呢？"阿米莎问道。

"他的命运在他建房子的那天就决定了。即使那座房子没有在那次地震中倒塌，它也会在下一次倒塌。但如果他那样做了，他就能拯救那只无辜的鸟,不让它为自己的过错承担后果。"

"妮玛?"阿米莎试图理解这个故事与她邀请妮玛为她工作之间的关系。

"谢谢你慷慨的提议,但我不能接受。"妮玛低声说,"如果我来这里工作,并继续和父母住在一起,日子久了,我父母在社区中的地位会因为我毁容的事而降低。"妮玛擦了擦眼泪,"我会被视为不祥之兆。我弟弟还年轻,他还有很长的人生,我不能为了自己而连累他的未来。"她对阿米莎微微一笑,"我不再是父母的负担,这也算一件幸事。"她打开门,"我希望你能来参加我的婚礼。"

~

阿米莎冲向学校,她到那里时,斯蒂芬正在门口等她。他一言不发地引她进了他的办公室。

"你没事吧?"他问道。

"她结婚了。"阿米莎回答。她刚刚参加了妮玛父母举办的小型婚礼,一结束就直接跑来了。那个婚礼上,只有几位直系亲属和主持仪式的祭司。"我看着她绕着火堆走了7圈,然后和他一起离开了。"

阿米莎很想扔东西或打人。但她没有这样做,只是在狭小的办公室里不停地踱步。

"没人为她掉一滴眼泪,他们只是那样看着她走远。"她哭着说。

"你也无能为力。"斯蒂芬温和地说。他把手放在脖子后面。

"英国人呢?"阿米莎面对着他。他们以前有过类似的争论,但是阿米莎控制不住自己。现在,她眼中只有妮玛的痛苦和对未来的恐惧。"你又能做什么?"

"阿米莎……"

"我知道,"她猜测着他的口气,"你想说,那不是你该管的。"她感觉到呼吸困难,狭小房间的四壁似乎在向她围拢来。她义愤填膺,想一吐为快："我的班级还在等我上课。"

"也许你应该休息一天，你很伤心。"斯蒂芬站在她和门之间。阿米莎看出他在体谅她，但无法对此做出反应。

"那个注定要在街头度过余生的人不是我。"阿米莎从他身边走过，走出门去。她感觉到他的目光一直在追随着她。

教室里，所有的学生都已经坐好了，耐心地等待着。

"很抱歉我来晚了。"阿米莎开始大声朗读她准备好的作业，但满脑子却想着妮玛，无法思考。她干脆合上笔记本，面对着全班同学。

"今天，我们要做一些不同的事情。"她说。

斯蒂芬从后门溜进教室，靠着后墙站着，学生们没有注意到他。阿米莎没有理睬他，继续按照她刚刚想到的思路上课。

"我国是国王和王后统治下的英国殖民地。你们每个人都在这所英国学校学习。但我们是印度人，我们的很多传统和行为都与他们不同。"阿米莎偷偷地瞟了斯蒂芬一眼，他只是静静地注视着她。

"你们的朋友，我以前的学生妮玛今天上午结婚了。"

她控制住自己的感情，知道自己在试探底线。如果她的情绪表达不恰当，就会受到斯蒂芬的斥责。但她同时也知道，这些学生是能够影响印度未来的一代，他们能够带来变革，他们可以给妮玛的故事争取另一个结局，为那些有着不一样追求的人提供另一种选择，而不是让他们无奈地接受自己的宿命。

"她幸福吗？"一个坐在后面的女孩问道。

听到这个问题，阿米莎闭上了眼睛。几乎没有学生知道妮玛的事故。妮玛的弟弟对班上的同学隐瞒了这个秘密。而事故发生后，妮玛大部分时间都被关在家里。"她接受了把婚姻作为人生的下一步。"

"作业是什么？"坐在前排的一个男生感到不耐烦，开始在纸上乱涂乱画。

阿米莎想了想："我们要写的是，如果一位女性成为我们的领导人，我们的国家将会发生怎样的变化。"

坐在后排的斯蒂芬直起身子，专注地注视着她，她没有理会。

这时，另一个学生举手了。

"吉塔？"

"如果女王是我们的领袖吗？"

"不，不是女王，不是拉杰。一个出生在印度，在印度的社会标准和信仰体系中长大的女人。你们每个人都必须想象那是一个印度女人，她无视这些习俗，无视这些规范，领导着我们的国家。"

"就像甘地？"

"甘地正在为我们的独立而战，"阿米莎说，"我说的是独立后的印度领导人。讲一讲这是个怎样的女人，她将如何统治我们。"

"那怎么能叫故事呢？"一个大一点的男孩不解地问。

"这难道不是你能想象的事情吗？"阿米莎问道，她的声音很严厉，稍稍有些失控。教室里鸦雀无声。"所以说，它就是一个故事，因为它是虚构的。"

斯蒂芬默默离开了教室，就和他进来时一样悄无声息。阿米莎继续上课，在确保学生们理解了作业要求之后，让他们开始写作业。

学生们离开后，阿米莎开始读他们写的故事。每个孩子都尽了最大努力去想象一个女人统治印度的情景，这让她感到自豪。他们的故事虽然有些地方滑稽可笑，但却都是孩子们的真情实感。她把它们装进一个大信封里，正要封好，斯蒂芬走了进来。

"一个印度领袖？"他把手插进口袋。

"刚刚在教室里见到你还真是意外啊。"

"可以理解。如果我早知道你要鼓动学生起义，我会重新考虑是否邀请你来任教。"

"印度女领袖让你怕了吗？"阿米莎问道。直到他的回答让她松了一口气，她才意识到自己紧张得屏住了呼吸。

"没有。"斯蒂芬认真地注视着她，"但我的一位老师向我们的学生宣扬印度领导人，这事确实让我担心。"

"我没有。"阿米莎停顿了一下，有点懊恼，"我没有特别的政治立场，这是给妮玛的。"她怒气冲冲地举起信封。"我想送她一些东西，让她知道，她不应该放弃，她还能抱有希望。"

"你认为孩子们的故事能起到这个作用吗？"斯蒂芬问。虽然他的语气中不带任何评判色彩，但还是让阿米莎觉得自己很傻，很渺小。

"这个想法的确有些荒谬。"她把信封扔到桌上。

"不，不是这样的。"他拿过信封，在信封的正面写上了妮玛的名字。"我叫一个邮递员把这个送到她的新家。"

"谢谢你。"他的体谅令阿米莎感到惊讶。

他弯下腰，让目光平视着她："阿米莎，我对发生在她身上的事感到遗憾。不管我之前说过什么，请相信这一点。"

"这不公平。"阿米莎低下头，眼中盈满了泪水，"她值得拥有更好的人生。"但妮玛的故事与同时代同地区的其他人并没有太大不同。尽管阿米莎很想培养她，鼓励她，但妮玛对自己的未来却无能为力。

"我知道。"斯蒂芬说，静静地凝视着她。

三十一

妮玛的婚礼已经过去几天了，那个年轻女孩的身影还一直萦绕在阿米莎的脑海中，每每想起她都心痛不已。她和斯蒂芬在花园里待了好几个小时，好像无所不谈，又好像什么都没谈。他似乎明白她需要把自己沉浸在世俗的话题中，好让她忘记那个她无法帮助的女孩。

"你哥哥，"阿米莎边走边问，自从他把哥哥的事讲给阿米莎以后，她总想知道得更多一些，"你们在一起的时间多吗？"

斯蒂芬没有马上回答，阿米莎不由得想，这个话题是不是太沉重了。这时，听到他说："我们是朋友，光凭这一点，就很说明问题了。"斯蒂芬想起家的时候，似乎有点沉默寡言。"小时候，像所有男孩一样，我们俩也会打架。当一个把另一个铲倒在地，照着他身体的脆弱部位痛打几拳后，两人就和解了。"他解释说，成年后，他们变得很亲密，发现除了身上流着同样的血，彼此还有更多的共同点。"对此，我很感激。"

"你没有想过会是这样吗？"阿米莎问道。

"我父母的情感从不外露，"斯蒂芬说，"我以为，我哥哥和我也会像他们一样。"

"你很高兴你们没有那样，"阿米莎说，感受到他对他死去的哥哥的感情，"家人是很重要的。"她想起了他对她讲过的关于他父亲的事，"你父亲为了不让你上战场，把你送到印度，他一定非常爱你。"

"一个待在印度的英国大兵。"斯蒂芬毫不掩饰他的愤怒，"我父亲希望我能成为国王偷来的财宝的又一个守护者。"

"你是这样想的吗？"阿米莎问道。这是斯蒂芬第一次承认印度不属于他的祖国。"我们应该得到自由？"

"如果我说'是'，就是背叛我的同胞。如果我说'不是'，我会背叛你吗？"他问道，她立刻安静了下来。

"不，"最终，阿米莎告诉他，"印度自由了，并不代表每个人都会得到自由。"两人似乎都明白她在说妮玛。

"这就是你想要的吗？"他问道，"你的自由？"

"我要自由又有何用？"阿米莎试图缓和下气氛，"我只是随口说说。"他还没来得及多说几句，也没来得及追问她更深层次的问题，她就改变了话题："你对在印度度过的这段时间感到遗憾吗？"

"不再遗憾了。"斯蒂芬说,深深凝视着她,"但我想念我的朋友,有时想念我的家人,"他眨了眨眼睛,"老家的那些。"他停顿了一下,"你不常见到你的家人,是吗?"他们在以前的某次谈话中分享过自己的经历。

"是的,"她回答,"一个女人结婚后,就没有什么理由与娘家联系了。"阿米莎已经学会了每当想起他们的时候,怎样才能不让自己痛苦。他们曾经是她生活的全部,直到出嫁的那一天,他们把她交给另一个家庭,然后把她遗忘。

"他们住得远吗?"斯蒂芬问。

"坐火车就不远了。但是距离并不重要,这不是重点。"

有孩子要照顾,迪帕克又出了城,这趟旅行不容易。虽然她很想念那个生下她后来又把她送去嫁人的妈妈,但她知道,她的妈妈从来没有真正了解过她。她的梦想,她的欲望,变成了一个隐藏得很好的秘密。

"这是女人自愿的吗?"斯蒂芬问。

"不,这是传统。"阿米莎说。看到他露出不可思议的表情,她感到惊讶:"你们国家不是这样吗?"

"不,"他回答说。阿米莎记得他说过,他的祖父母都住在他儿时的家的附近。"为什么女人婚后要远离原来的家庭呢?"

当她还是个小女孩的时候,阿米莎就见过她的小伙伴嫁到陌生的家庭中去。她们只比阿米莎大几岁甚至几个月,哭着哀求不要去别人家,允许她们与家人和兄弟姐妹待在一起,继续生活在她们唯一熟悉的世界里。

"为了让女人尽快生育,最好是男孩。"新娘的年龄越大,需要陪嫁的嫁妆就越多。年轻的儿媳可以马上生儿子。一大家人挤在小房子里。儿子们和他们的新家庭成员与父母和未婚兄弟姐妹住在一起。

"他们会帮助父亲。"斯蒂芬说。在印度住了这么长时间后,他对那里的风俗习惯很熟悉。"养家糊口。"

"结婚和生儿子才是最重要的。"如果新娘不履行她的传统职责，她就时刻面临离婚或被赶走的威胁，"女孩待在原生家庭里毫无用处，相当于浪费她的时间和生育能力。"

阿米莎试图掩饰自己对这种做法的失望，但当她看到斯蒂芬脸上的同情时，她知道他看穿了她。

"我很遗憾。"斯蒂芬说。他向她走去，又停下了脚步。

"传统就是这样。"阿米莎珍视她的文化和传统，它要求无条件地爱孩子和家人，但也有一些她不能忽视的不足之处。"但一定是事出有因的，对吧？"她问，但并不需要他回答，"所有的传统都是有缘故的，也许当时有必要这样做。"

"很有哲理。"斯蒂芬打趣道，但阿米莎从他的眼神里看出了钦佩，"这是有意义的。只有女性才能生育，男性不用生育，就有充足的精力去养家糊口。"

"当这些角色不再必要的时候呢？"阿米莎问道。她永远无法和迪帕克进行这样的讨论，所以她享受谈话的每一分钟。"如果传统已经沦为一个墨守成规的借口呢？"

"你说的是拉维和比娜吗？"斯蒂芬问道，似乎看穿了她的心思。她经常谈到她对强加给他们的限制感到不平。"神庙还是不让他们进去吗？"

"不止如此。"阿米莎知道，许多贱民连人身安全都得不到保障。他们不敢激怒村民，怕招来祸患。"有时候，你似乎可以把这当作不善待他们的借口。当每个人都这么做的时候，也许你就会觉得可以接受。"

"如果社会接受这种行为，那就不会有什么后果。"斯蒂芬表示同意。

"只有伟大的人才能打破常规。"阿米莎再次想起甘地和他不断宣扬的自由宣言,"你们的国王和王后似乎找到了控制印度需要的所有借口,也许他们和我们其他人没有什么不同。"

"而我是他们忠实的士兵,"他说,出乎她的意料,"利用我的职权让印度人安分守己?"他似乎在问自己。不等她回答,他又问道:"如果你是我,你会怎么做呢?会有什么不同的选择吗?"

她想象着如果自己是他,会拒绝来印度,这个念头令她心碎。

"没有。说说很容易,但是任何一个男人,"她稍微停顿了一下,继续说,"或者女人,都无法改变全民的思想。"她努力厘清自己的思绪,"我的意思不是说你不该来。"她深吸了一口气,偷偷地看了他一眼,希望他能明白她的言外之意。但是他沉默不语,她只能继续说下去:"我会让一切保持原样,那样,你就可以留在这里。"她坦承道,之后便默不作声,再次担心自己说了什么出格的话,或者越过了某条无形的界限。

"为了上课,宁愿牺牲印度的自由?"斯蒂芬试图使他们之间的气氛轻松一些,"你的同胞怕是会与你断绝关系。"

"我的同胞正在进行一场争取独立自由的战争,而这自由本是每个人应得的。"阿米莎知道,这个回答太简单了。所以不待斯蒂芬发问,她又接着说:"但是,当我们满腔愤怒和仇恨的时候,便不可能看到坏事里也隐藏着好的一面。"

"那为什么还要战斗?"斯蒂芬问。他指了指花园和学校:"我们拿出了我们所拥有的最好的东西,修路,建学校。印度以前没有过这些。"

阿米莎知道他不是在和她争论,而是重视她的意见。这让她感到喜悦。

"那我们为此付出的代价是什么呢?"她想到了她所读到的关于斗争的书——即使是最强大的印度人也会感受到压抑和沮丧。"只要别人给我们下了定义,我们就无法定义自己。"

"我们是这样做的吗?"斯蒂芬问。他沉默着思考了一会儿,说:"我们是在强迫印度人成为我们需要的那种人吗?"不等阿米莎表示反对或同意,他又问道,"拥有了自由,你就有权成为你想成为的人吗?拉维会被平等对待,而不是被视为贱民吗?"

"不会。"阿米莎诚实地回答。尽管她很想相信印度的独立意味着所有人的独立,但她知道,事实并非如此。"但这毕竟是个好的开始,对吧?"在他们的头顶,一群鸟排着整齐的队形,鸣叫声响彻云霄。"当你被推倒的时候,你只有两个选择。躺下,或者站起来问'为什么'。"

"像你一样吗?"斯蒂芬问。她没听明白,于是他解释道:"当你谈到上学时,你说那是因为你有更多追求。"他微微歪了下头,打量着她说,"对于你想要的东西,你总是会站起来去争取吗?"

阿米莎盯着他,惊讶地发现,他们聊过的一些话,她自己已经忘记,他居然还记得。

"我认为,不站起来是愚蠢的,虽然站起来并不一定是最明智的选择,尤其是当结果可能伤害到你所爱的人时。妮玛以她所知道的最好的方式站了起来,而付出的代价是她始料未及的。"

"不是所有的事情都如此,"他轻声说,"你可以选择。"

"不是吗?"阿米莎知道,在城市里,女人和贱民享有更多的权利。但在她的小村庄里,那个世界似乎很遥远。"在哪里?英国吗?"

"英国也还有很长的路要走,但是在日常生活中,女人和男人是平等的。"他双手合十,举过头顶,"并不是说没有男人会喜欢你们这种生活方式。如果男人找到了一个愿意对他唯命是从的女人,他可就美梦成真了。"他开玩笑地说。

"那也是你的梦想吗?"阿米莎向他发难。

"我从来没有想过。婚姻似乎离我很遥远,但如果有那么一天,我想我会想要双方平等相待。"斯蒂芬目不转睛地凝视着她,"她既是我的朋友,又是我的知己。"

"听起来很棒。"阿米莎说。她不敢再追问下去,但还是问道:"她会是英国人吗?"

话一出口,她就想收回来,但为时已晚。

这个问题悬在他们之间。"是的,我想是的。"斯蒂芬结结巴巴地说,显然有些尴尬,"一个英国人能和一个印度人结婚吗?"

"不,那行不通,是吗?"这是前所未闻的。拉杰来这里是为了教化,而不是与印度人交往。"你父母不会同意的。"

"是的。"斯蒂芬语气中透着犹豫。他用手捋了捋头发,避开她的目光:"你想要什么?如果你可以选择的话?"

"我,我不知道。"阿米莎转过身去,无法想象一段恋情,也无法想象会有一个男人更珍视她本人,而不是她抚养孩子和操持家务的能力。

"你不知道?"

他们踩在凹凸不平的地面上,彼此之间隔着一道无形的障碍。他们都被自己的文化束缚着。阿米莎别无选择,只能屈从于她的社会习俗。她违反了为数不多的几条规定,她希望这样做不会付出任何代价。

"我想要一个相信我的人。"阿米莎最后答道。

"仅此而已吗?"他惊讶地问道。

"而这也是我无法企及的。如果我有一个女儿,我希望她能得到。"

"女儿,嗯?"斯蒂芬笑了。

"但照目前的状况,"阿米莎犹豫着说,"我不知道这里是否适合她。"

斯蒂芬看上去十分惊讶:"你不想让她留在印度?"

"如果在印度,她可以选择自己的道路,那么我就希望她留在这里,这里是她的家,我们……"她停顿了一下,想起了迪帕克,"我们就是她的家人。"阿米莎想,如果女儿的世界像现在一样,那么就别无选择。"但我想让她比我拥有的更多。"

"更多?"斯蒂芬鼓励她继续说下去,问道。

"一个她可以成为任何角色的地方，"阿米莎说，"她可以自由地去追求自己的梦想，她唯一的限制不过是她强加给自己的限制，"她想，"你知道这样一个地方吗？"

"在英国……"斯蒂芬停顿了一下，因为他们都想起了他早先说过的话。

"她是被歧视的棕色人种。"阿米莎模仿英国人的口吻说。

斯蒂芬迟疑了一下，但没有纠正她。

"或者美国？"阿米莎向他投去疑问的眼神，斯蒂芬耸了耸肩："我从来没去过。但我哥哥……"他停顿了一下，"他让我答应有一天去看看。"

"等你去过了，一定要告诉我那里怎么样。"阿米莎说。两人都没有提到，一旦他离开印度，他很可能就不会再回来了。"告诉我，我女儿在那里生活，会不会幸福。"

"我保证。"

嘉 雅

是的。
人只剩下一具白骨,
每个人都一样。
用以分辨我们是谁的,
只有我们做过的事和他人对我们的记忆。
那些在活着时把我们分隔开的东西,
在死亡面前都毫无意义。

三十二

拉维准备了拜神用的鲜花和水果,把它们小心地摆放在托盘上。昨天,他问我是否想去我外婆去过的神庙看看,这是胡里节之前的惯例。我迫切地想要看看她曾经祈祷过的地方,立刻答应了。

"你信神吗?"我本不是虔诚的教徒,但是经历了多次流产之后,我仅存的一点点信仰也动摇了,我很难接受仁慈的神竟然如此残忍。听过拉维的故事后,就更难接受了。

"我生在这个世界上,根本不信神。我怎么能信呢?"他平静地问道,"我们这些贱民,只要有一点点过失,即使没有违反任何法律,也会被其他人指责和审判。"他低下头,我能看到他内心的痛苦和挣扎。"要不是今天还有些东西能让我们忆起从前,人们可能已经遗忘了过去的一切。"他沉思了一刻,又说,"但人又有同情心,这让我不得不相信,一定有什么更强大的人或力量完美地设计了这个世界。"

"你说的是我外婆。"

"我说的是她的心。"他纠正道,"作为一个人,她并不完美,就像所有人一样。但是她的心总是在尽力善待他人,哪怕这样做会对自己不利,这就是她的完美之处。"

他的话让我很感动,我说:"她很幸运,有一个对她评价很高的朋友。"

"因为她,我过上了从未想过的生活,幸运的人是我。"他沉默了一会儿后说。

我想问他更多问题,却见他望向我的身后,眼神空洞,就像每次他声称见到阿米莎时的神情一样,表情中充满了内疚和歉意。他摇了摇头,晃过神来。很快,他就控制住了自己的情绪,变得面无表情,继续跟在罗基后面走。

"当我还是个学生的时候,我亲眼目睹了一具年代久远的尸体被挖掘出来。"我打破了沉默,开口说道,"在那个公墓里,白人和黑人是分开埋葬的。"拉维一边走,一边认真地听着。"所有的墓碑上都写着人们对逝者的爱,以及他在生活中的角色——父母、孩子、祖父母。无一提到这个人的肤色。"

拉维说:"在死亡面前,肤色已无关紧要。"

"是的。人只剩下一具白骨,每个人都一样。"我想知道,他们是否明白,在生命的尽头,每个人都一样,只剩一具尸体。用以分辨我们是谁的,只有我们做过的事和他人对我们的记忆。"那些在活着时把我们分隔开的东西,在死亡面前都毫无意义。"

"你外婆曾经写过一首诗,说的是,我们终其一生,唯一真正得到的东西,是那些在生命中与我们有过交集的人,其他的一切不过都是浮云。"他停下来,瞥了我一眼,"我想你的外婆如果知道你的为人,她会非常骄傲的。"他的语气中有着我不太理解的喜忧参半的感觉。

"谢谢。"我很感动。我从拉维手中接过托盘,这样他就可以拄着拐杖走路了。"我妈妈怎么会不记得你了呢?"

拉维沉默片刻后说:"我的职责不是照顾你妈妈,"他结结巴巴地解释,"阿米莎死后不久,其他仆人接替了我的位置。"他的表情瞬间绷紧了,步伐也加快了。拉维没有正面回答我,就改变了话题。"你的童年是怎么度过的?"

我克制自己不去追问更多:"我爸爸工作很忙。"所以大部分时间都是我和妈妈在一起。当我还是个孩子的时候,我把她和我之间的距离感归因于她不关心我。但现在,听了这个故事以后,我开始怀疑我的判断。"我过得很好。"与我在街上看到的孩子们相比,我很幸运,"我一直被照顾得很好。"

"你说过莉娜很幸福?"拉维慢慢地问道。

对于他为什么会问这个问题,我仍然感到好奇,所以我尽量实话实说:"她不是不幸福。"他仔细听着,神色关切。"我爸爸非常爱她。"我顿了顿说,"只是,她和我不是很亲密。"

"为什么?"他低声问道。

"我不知道,"我承认,"她对我不坏,只是有些冷漠。"

"我很遗憾。"他叹息着说。

"别这样。"我笑了笑,让气氛轻松点,"如果说这次旅行教给了我什么,那就是我很幸运能拥有这样的生活,我以前并没有意识到这一点。"

他点点头,似乎接受了我的话。"你擅长报道?"拉维问道,逗得我哈哈大笑。

"有时候是的,"我尽可能诚实地回答,"我要尽我最大的努力,这对我来说很重要。"我的工作使我充实,赋予我意义。直到流产之后,我才开始思考我在这个世界上的位置。"但我需要休息一段时间,所以我来这里了。"

"你提到过失去。"拉维说。

"我经历了三次流产。"我迅速擦掉流下的泪水。虽然那团黑影依然阴魂不散,但已经无法像以前那样吞噬我。"我想生孩子,我想成为一名母亲。"在那段时间里,这就是我想要的一切,它淹没了我们生活的方方面面。"再三的失望伤透了我的心。"

"你丈夫呢?"

"帕特里克?他找到了治愈伤痛的方法。"第一次流产后,帕特里克立即回去工作,而我则在工作中苦苦挣扎。起初,我羡慕他走出伤痛的能力,但后来,我开始怨恨他能忘我地投入工作和日常生活中去。我从来没有想过,在与悲伤争夺我的角逐中,他屡次落败而最终失去我,会是何种感受。"我找不到走出来的力量。接二连三地失去孩子,我迷失了自己。不管我怎么努力,我都找不到回去的路。"

现在,每当我看到一个孩子,我就会想起帕特里克是多么想要一个家庭,这一点与我一样,但我看不出他比我更痛苦。回首往事,我试图想象出另一条路,让我们避免如今的命运。我曾对我们的婚姻和生活充满信心,而现在,当我想到他将缺席我今后的生活,顿觉人生了无生趣。

"我们分居了,"我平静地告诉他,"等我回去以后,我想我们会着手办理离婚手续。"

"我们到了。"拉维说,他的声音低得几乎听不见。他放慢脚步,指着我们前面。

眼前的建筑结构之精美令人惊叹。由古老大理石制成的十根圆柱支撑着攒尖顶,屋顶上的雕刻设计精湛,美轮美奂。柱子之间间隔均匀,没有了墙壁的阻挡,空气中浓浓的茉莉香自由飘散。小亭子一层又一层,通向一个圆顶的神龛,那里挂着数百个小铃铛。神庙坐落在离地面很高的地方,要爬上四十级台阶,才能到达无框门廊。

"这简直……"我望着这座建筑,叹为观止。这是座古老的神庙,我仿佛能听到身旁拂过的风中传来遥远年代祈祷者的低语。无数个幽灵,丈夫的、妻子的、年轻的、年老的，在空中游荡。"它是什么时候修建的？"

"好几百年前。"拉维凝视着它，就像是第一次看到它。

"你多久来一次？"我不明白他为什么以前不把我带来。

"有一段时间，我是不被允许来这里的。"他诚实地回答，"我第一次来是在你外婆去世之前。第二次，我远远地站着，嘲笑它那虚假的优越感。后来，当我愤怒和悲伤的时候，我来这里呐喊。而等到我们被允许来这里的时候，我已经不想和这个没能救我朋友的宗教圣地有任何关系。"

"你曾经来这里，要求神救她？"

"是乞求，"他纠正道，"但我的祈祷没有得到回应，那时，我就确信，神并不关心我们的需要和痛苦。"

"他们为什么又允许贱民入内了呢？"我问。

"全世界都在抨击我们的种姓制度，这让我们感到羞耻，迫使我国制定法律让我们地位平等，而不是更卑微。"他望了一眼神庙，又回头看向我，"但是改变法律容易，改变人心难。"有一家人走下台阶，每个人都在穿鞋子。"走，我们去问候一下。"

我学着拉维的样子，在台阶下脱掉鞋子。我指着另外数十双胡乱摆放的鞋子问："为什么要脱鞋？"

"据说，冥想的能量是从脚向上流动的，"他说，"只有赤裸双足，你才能感觉到神与你同在。"当我们开始爬大理石台阶时，他补充说，"而且只有光着脚，你才能看出人有没有沐浴更衣，对吧？"

成群结队的人沿着台阶上上下下。妇女紧紧地抱着她们的小孩子，大一点的男孩和女孩则自由地跑来跑去。拉维带我来到一排靠墙的神像前。天花板上挂着一个小铜钟，上面有一根配套的黄铜线。

"敲钟吧，我的孩子。我的手臂太老了，触不到天空。"

我抓住挂在绳子上拳头大小的鸣钟器，向钟的一侧撞击过去，刺耳的共鸣声在我耳边回响。拉维把他银盘子里的水果和鲜花拿出来,供奉在湿婆神雕像的底座上。婆罗门祭司是一位裹着橙色纱丽的老人,他微微地点了点头,接受了拉维向神庙供奉的物品。正如所有祭司那样,这个人已经放弃了一切世俗的快乐,去追求更高的使命。

钟声穿过神庙,回荡在整个村庄。在完美的节奏中,祭司开始唱诗。拉维原地坐下,示意我也照做。我坐下来,把长裙折放在腿上。男男女女和祭司一起唱诗,一起歌颂爱,祈祷他们和他们所爱的人未来吉祥如意。歌词让我的心变得平静无比,我闭上眼睛,沉浸在音乐中。

"普拉萨德。"拉维递给我满满一盘其他人正在享用的食物,"你一定要尝尝。"

我还记得拉维讲过的故事中,阿米莎在胡里节之后把这种美食递给斯蒂芬的那个片段,便迅速把它接了过来。美食在我的舌头上融化,我很快把盘子里的食物一扫而光。

"他们每一个礼拜都做同样的事情吗?"

拉维指着一些燃烧的蜡烛:"先点燃它们,然后点燃香。"祭司带领大家唱赞美诗和感恩诗。

"这里有几百万种神像。"拉维指引我走向神庙里的一些镀金雕像,"每个人根据自己的宗教信仰,选择向哪一位神灵祈祷。据说,每一位神都掌管一类事项,都有一种神力。"他边想边说。

"类似于希腊神话。"我说。

"我不知道,"拉维理直气壮地承认,"我没有上过学。"

在远处的一个角落里坐落着一个青铜雕像。她用一只脚保持平衡,就像在跳舞一样,她的数条手臂同时向外伸展着。她晶莹剔透的双眸令人着迷。

"她是谁?"

"你很会选,"拉维说,"她叫杜尔迦。"他瞥了我一眼,"在印度教中,她是一切力量、能量和创造力之源。"他站在我旁边,欣赏这个偶像。

"她太美了。"我从各色鲜花中各自偷拿了一朵,放在她的脚边。

"是的,"拉维看着我说,"你外婆也最喜欢她。"我沉默地听着,他又说,"你外婆是一个非常坚强的女人。你是她的外孙女,我相信你也会在自己身上发现同样的力量。"他朝我微笑,"现在,咱们像你外婆当年那样去庆祝胡里节吧。"

~

礼拜结束后,我们加入人群,前往村子里的广场。前一天晚上,拉维向我提到了胡里节的庆祝活动。他认为我定会喜欢一年一度的庆典的色彩和活力,这是孩子们和成年人都热切期待的。附近的行人都是公开的目标。太阳落山后的几个小时里,街上到处都是一片欢声笑语。然后,根据延续了多年的风俗,每个村民,不分种姓,都会聚集在一起共同分享盛宴。

拉维和我准备了两篮装满彩色颜料的气球,用来扔向路人。当我们走近时,看到人群分成一个个面对面的圆圈。女人们穿着白色的裙子和衬衫,而男人们则穿着白色的裤子和长棉布衬衫,很多人的衣服都已经被彩色颜料染得一条条的。每个人手里都拿着两根棍子,同步击打对方的棍子,然后走向队伍中的下一个人。随着音乐节奏的加快,他们走得越来越快,直到汗流满面。

"短棍舞。"拉维看着我,"就是你外婆教中尉的舞蹈。"

人群中有些人笑了起来,因为他们的舞步乱了,掉队了。更多的村民来到这里,开始扔颜料球。很快,舞蹈就结束了,到处是一片混战,所有人都在互相攻击。

"他们还会跳舞吗?"我满怀希望地问道。

"今夜,宴会结束后,你会跟他们一起跳吗?"他问道。

"是的。"我想起了我的外婆和她尝试教斯蒂芬舞步的事。我想象着他在花园里学跳舞,用树枝充当短棍。如果她还活着,我是不是也会向她学习?我妈妈会接受她的文化,而不去排斥吗?"我很乐意。"

拉维点点头,似乎对我的回答很满意。我刚要说些别的,远远地看到了阿米特,他紧紧拉着一个小女孩的手向我们走来。女孩的两个辫子从头的两侧垂下来,盖住了耳朵。她的头发乌黑发亮,皮肤是暗木色。金属支架包裹着她的两条腿,再向上,一个完整的金属铸模包裹着她娇小的身体,在她的脖子上还围着一圈东西。

"她是谁?"我问。

拉维沉默不语。

"拉维?"

"我的曾孙女,米莎。"

"是阿米莎的米莎吗?"我慢慢地问道。

他笑了:"是的。她是我们家出生的第一个女孩,以你外婆的名字命名是她的幸运。"他用这种方式向我外婆表示敬意,这让我很感动。"她八岁了。"阿米特发现我们后,拉维向他挥了挥手。"多年来,我的儿媳无法生育。在许多个斋戒和满月之后,神把阿米特赐给了我们。我们不敢奢求有更多的孩子,完美的事情怎么能再次发生呢?"他的声音里充满了感情,"后来,米莎来到我们身边,证明我们想错了。"

当他们来到我们身边时,拉维把他们俩拉过去,搂在怀里。拉维介绍了他的曾孙女,她正盯着我看。

"来见见我漂亮的曾孙女,米莎。"

我弯下腰,直到和她的视线齐平,然后伸出手来。她瞥了一眼阿米特,阿米特点头,表示同意,她便把小手伸进我的手里。

我说:"很高兴见到你,米莎。你和你曾祖父说的一样漂亮。"

听到我夸奖她,她的小脸焕发出光彩来。"谢谢。"她指着我装满颜料气球的篮子,"你愿意和我们一起玩吗?"她自己的篮子里只有一把气球。

"不了,宝贝。"我瞥了一眼她的篮子,"这是你曾祖父和我为你和你哥哥做的。"当我把篮子递给她时,她有些疑惑地盯着篮子。我轻轻地把它推向她:"拿着吧,快点。"

我强忍住泪水。米莎比我见过的任何一个八岁的孩子都要瘦小。自从我到印度以来,我在去村里的路上遇到过很多孩子。有些是乞丐,我给过他们钱,但从来没有问过他们的遭遇。既然我无法改变他们的环境,即使了解了也无济于事,不过是徒增烦恼。但这个孩子不一样,她是拉维的亲骨肉,是拉维的后代。而拉维是我的朋友,他待我好像认识多年的老友,尽管我们只是最近才相识。

"记得和哥哥一起玩哦。"我说。

"谢谢你。"阿米特瞥了妹妹一眼,"你让她的胡里节圆满了。"

"你把子弹都送人了。"拉维和我看着阿米特和米莎走到其他孩子中间玩了起来,"那你还怎么玩这个游戏?"

"我以前怎么没见过她,拉维?"我问道,没有理会他的玩笑。

我面前的这个男人,曾花了好几个小时来讲述我家人的故事,而对自己的故事却只字不提。我一直以自我为中心,没有去了解他的生活,而只关注自己的生活,这让我很惭愧。

"给我讲讲你的家庭吧,"我恳求道,"求你了。"

他犹豫了一下道:"我儿子工作很努力,娶了个好媳妇。我孙子在一家裁缝店当帮工,和他的爸爸一样,工作努力,关心家庭,是个好男人。"拉维不再不停地向其他村民打招呼,"我的曾孙们可以无忧无虑地玩耍。"他停顿了一下,"他们能有这样的生活,我很感恩。"

"你为什么不告诉我米莎的事?"

"你每天都和我坐在一起,听我讲一个你从未认识过的女人。听到你的外婆努力寻找自己的位置的故事，你为她大笑、为她流泪。"孩子们的尖叫声打断了我们的谈话。孩子们开始互相扔气球，用七彩颜料把彼此染得五颜六色。"我不想让米莎的故事转移你的注意力。"

"你为什么会这么想？"

他在微笑，神情中却充满了悲伤："因为你是阿米莎的外孙女。"

我看着米莎尽力快跑，想跟上她哥哥，但金属支架把她绊倒了。阿米特看到妹妹的困境，立即停了下来，走到她身边，帮助她挣扎着站起来。

"发生了什么事？"我问。

"小儿麻痹症。"他说，他的目光跟随着我的目光，"我们听说她还能走路已经感到很幸运了，有些病孩已经残疾了。"我瞥了他一眼，他说，"如果能负担得起，他们注定要在椅子上度过余生。"

"我能帮上什么忙吗？"

"你有这个心意已经足够了，谢谢你。"他说。

我们都不再说话，默默望着孩子们继续互扔气球。不久，大人们也加入了进来，彩色的粉末从天而降。

"我很遗憾你没能去玩。"

我没答话。我的孩子们，如果他们能顺利出生，定会过着优越的生活。像小儿麻痹症这样的疾病永远不会挡住他们前进的路。他们只需要操心学校和朋友，舞会，春假去哪里旅游。我一直置身事外，从不知晓，也从未关心过那些生活在不幸中的人。这让我感到羞愧，也让我停下来思考。

~

"在美国有贱民吗，嘉雅？"阿米特一边问道，一边在门廊的吊床上荡来荡去。一开始，他尊称我"夫人"，但我坚持让他称呼我的名字。

胡里节庆祝活动结束后，阿米特和米莎与拉维和我在家里过夜。米莎恳求父母同意她在这里过夜，我一再向他们表示这样做没关系之后，他们才同意了。早上，米莎和拉维去收拾了，阿米特和我在一起等着。我们看着房子前面川流不息的人群。庆祝活动持续到深夜，空气中依然弥漫着欢乐的气氛。

我没有仓促回答，怕伤害到他的感情。"不，没有贱民。"

"每个人都被平等相待？"他一脸羡慕。

"但愿如此。"我想到美国及其自身存在的不平等问题。历史上曾充斥着对他人的歧视。"有些人会受到不同的待遇，与他人相比，有些不公平。"

听到这些，他仿佛很惊讶，这让我很想知道他对美国的印象如何。

"他们靠什么来决定谁是美国的二等公民？"

这个问题使我不寒而栗。他提出这个问题时，已经假设了二等公民是存在的，并非每个人都有权被平等对待。

"法律规定每个人都是平等的，但有时，人们会觉得自己是二等公民。"

"谁？"

"那些与众不同的人群可能会成为被歧视的对象，"我回答，"人们有时会因为不了解而恐惧。可能因为你的肤色，或者你爱的人与众不同，也可能是因为你很穷，各种原因。"

"你被歧视过吗？"

我想到那些我认为理所当然的权利和特权。我的人生中充满了机遇，这是我的外婆从未拥有过的，是拉维从未拥有过的。"不，我很幸运。我一直被平等相待。"

"你真幸运。"阿米特摆动着腿，吊床前后摇晃着，他的头发在微风中飘动。

"你……"我不敢问这个问题，因为害怕听到答案。虽然我不愿相信拉维的曾孙会遭遇偏见,但我知道,逃避也无济于事。"你曾经被区别对待过吗?"

"我是一个贱民。"阿米特说,似乎这个理由已经很充分了,"我的家人对米莎和我都一样。但在外面……"他的声音越来越小。

"你会感到烦恼吗?"

他看了我片刻,然后转移了视线。他的身体紧张得微微发抖,脸也绷紧了。我想知道,他是不是经过多年的适应才学会压抑自己的情绪。

"拉维达达从前为一个有名望的家庭工作。"阿米特说,眼睛里充满了忧伤,"因为他们,我们受到更多尊重。我妹妹和我上的是最好的学校。拉维达达常说,我们很幸运。"他高昂着头,从容地说着这些话。在这个十二岁孩子的身上,有一种让我羡慕的韧性。"但我知道,不是每个人都像我们这样幸运,所以,我很感激我们拥有的这些,这就足够了。"他对我微笑,但他的脸上却仿佛蒙着一层面具,隐藏着他的真实思想。

"准备好了吗?"拉维来到门廊上,问道,"该去给花园里的花浇水和修剪了。"

一路上,阿米特跟在后面,米莎则一直叽叽喳喳地说着话,一会儿问问题,一会儿讲她自己的事逗我们开心。到了学校,阿米特和拉维去了教室,而米莎和我选择去花园。

在我修剪玫瑰的时候,米莎拿着水壶,走在我旁边。她努力跟上我的步伐,呼哧呼哧地喘着粗气。我放慢脚步,配合她的步伐。过了一会儿,她又开始喘息,我建议休息一下。不等她回答,我就坐在长凳上。

米莎跳到长凳上,坐在我旁边,前后摆动着双腿,她的支架撞击着凳子。她指着一丛玫瑰说:"拉维达达总是先把刺剪掉,才把花给我们。"

"这是个好办法。"我任由她随便说什么,靠在凳子上开心地闲聊。

"花儿需要刺,不然就太完美了。"她用双手推开凳子,平衡了下身体,走向玫瑰丛。她尽量弯着腰,小心翼翼地躲避着刺,并剪下一朵玫瑰。她凑上去闻了闻,然后递给我。"拉维达达说,神不会让世上存在太完美的东西。"

"这听起来没错。"

她的话使我想起我那些没有顺利出生的孩子。就像一个充满自豪的母亲,我想象他们是完美无缺的。无论他们是什么样子,我都会无条件地爱他们,就像阿米莎爱她的孩子、拉维爱他的曾孙一样。

"就像我。"米莎在闻另一朵玫瑰,花瓣搔到她的皮肤时,她皱了皱鼻子。她把花瓣一瓣一瓣地摘下来,撒在地上。"拉维达达说,这就是我戴支架的原因。"

她完全相信了拉维的解释,我不禁松了口气。我记得自己小时候的照片,太阳穴上有一个引人注目的大黑点。有一次,妈妈对我解释说,那个黑色的标记是保护一个孩子逃过上帝眼睛的最好方法。每个婴儿都是完美的,但如果上帝意识到这是个完美的孩子,他就可能会把孩子召回天堂,那个黑点就是为了让孩子不完美。

"我觉得你的拉维达达说得太对了。"我眨了眨眼睛,忍住将要夺眶而出的泪水。

"我也是。"精力充沛的她开始在花园里乱逛。她的金属支架叮当作响。我拿起水壶,把水加满。我们一起继续修剪和浇灌花园里的植物。

~

昨夜,我学会了跳短棍舞。这是印度庆祝活动中表演的传统舞蹈。人们围成两个大圆圈,面对面站着,每人手里拿着两根棍子。在五个特定的动作之后,你转向下一个人,和你的新舞伴重复同样的动作。就这样,一圈又一圈,转上好几个小时,随着音乐移动你的身体。这种舞蹈的魅力在于它不仅简单易学,还能聚集一大群人一起参与。男人、女人和孩子们可以浑然忘我地同步跳上几个小时。

我好几年没跳舞了。最后一次是在我的婚礼上，那次，我跳得意犹未尽。在那之前，我经常在俱乐部和派对上跳舞，甚至在客厅里即兴表演。随着年龄的增长，我有了更多顾虑，后来，我再也听不清歌词，找不到节奏。

在我旅居印度的这段时间里，我交了一个好朋友，我们常常在一起。今天，我见到了他的曾孙女。因为他们生来就是贱民，在他们尚未懂得游戏规则之时，就已经被发了一手烂牌。人们认为他们生而卑贱，对社会毫无价值。但即使在最恶劣的环境下，我的朋友仍然昂首挺胸，教导他的曾孙们要珍惜那些别人认为理所当然的东西。

历史表明，我们需要标签来定义我们的地位。几百年来，人们把别人归为更卑贱的一类，只为让自己感觉更高贵。人们用肤色、性别、阶级、宗教、身体残疾、性取向和血统等各种方式来划分群体。只要有一方被视为更优越，那么一定就有另一方被视为更低劣。但是，当我们为了自己的需要而贬低他人时，这对我们人类来说，意味着什么呢？是达到了预定目标，还是仅仅产生了一种永远无法打破的行为模式？

如果我们都平等相待，反思自己时都会感到自豪，那会是怎样的一个世界呢？你可能会嘲笑我说的这一切，认为这不过是乌托邦，实现的机会渺茫。但是，此刻的我，坐在数千千米外的小村庄里，远离一切，情愿孤注一掷。哪怕只有一天，我们可以把所有的差异抛到一边，怀着共同愿望走到一起。有一天，我们可以看到，抛开所有的不同点，我们都是一样的，有相似的希望、梦想、恐惧、优势和弱点。有一天，我们可以站在一起，而不是彼此隔离。我们都能做到，待人如待己。

历史告诉我们，那一天永远不会到来。我们的差异让我们拥有不同的目标——好的或者坏的。有些人利用这些差异去攫取自己想要的，还有人抓住这个机会去贬低那些让我们感到畏惧的人。以前，当我欣赏舞蹈的时候，我会想象一个用音乐来定义我们的世界。节奏的起伏支配着我们的行动，我们的心和思想会随着节拍摇摆。每个人在舞台上都有自己的位置，每个人的声音都能被听到。美妙的旋律将弥合我们的差异，颂扬我们的相似之处。最终，我们因曾一起共舞而让自己变得更美好。

随着年龄渐长，我们懂得更多，更有智慧，我们知道无法舞动自己的人生。但我希望，我能找到一种方式，除去我身上的标签——女儿、记者、妻子以及即将离婚的人……不再让我束手束脚。相反，每一个新角色都代表着成长的机会，我会勇敢地迈出第一步。也许，我会在谦卑中收获自己的力量。在旅程结束之时，我希望我能学会在适当的时候示弱，以便让他人彰显自己的强大。

阿米莎

她愤怒地擦着脸上积聚的泪水。
"如果你视人命为草芥,我绝不会让步。
他是无辜的,
除了靠你提供的不公平的方式谋生以外,
他什么都没做。"
她不再跪着了,而是面对面地站在造物主面前。
"他不是一个人在战斗,
我想我刚才警告过你了。
我和他站在一起,
如果你想要他的灵魂,
你就必须先得到我的。"

三十三

迪帕克在长椅上腾出地方,让斯蒂芬坐在他旁边,他搂着斯蒂芬的肩膀说:"你能接受邀请来家里吃饭,真是太好了。"

当阿米莎的丈夫告诉她,他在维克拉姆家偶遇斯蒂芬并邀请了他时,她大吃一惊。迪帕克转述说,中尉欣然接受了。但她很想知道,他现在有多尴尬。

她花了一上午的时间和仆人们一起打扫房子,这是为了庆祝兄妹节——庆祝异性手足之间亲情的节日。詹娜身穿乔其纱纱丽,戴着金手镯,一边扇着扇子,一边小声地与孩子们聊他们的学校生活。詹娜是迪帕克最小的妹妹,她与阿米莎并不亲近,但她嫁得不远,只隔着一个村子,所以他们每年能见几面。

"她一定是在用扇子驱赶蛆虫。"当他们重新加热食物时,拉维小声对阿米莎说。由于迪帕克坚持不让拉维和比娜为客人服务,因此他们留在后面,帮助准备食物。"它们喜欢大便,各种样子的大便。"

阿米莎一边笑,一边发出嘘声阻止他:"小心她听到。"

他闭上嘴巴,但脸上仍挂着微笑。拉维一向不喜欢詹娜。自从他来到这个家,经常提醒阿米莎,她的小姑子控制欲强,睚眦必报。现在,拉维干净利落地把蔬菜盛进一个碗里,把汤舀进另一个碗里,他那灵巧娴熟的动作令阿米莎佩服。他往菜里加了柠檬和姜水,以帮助消化。

"晚饭准备好了。"阿米莎在厨房里喊道。

迪帕克示意斯蒂芬走在他们前面,他们一起坐在坚硬的地板上。阿米莎小心地端着三个碗保持平衡。她走进饭厅时,瞥了斯蒂芬一眼。迪帕克正忙着和他的妹夫讨论一种新作物的生产前景,几乎没有注意到她。当她向他们走去时,她的脚碰到了纱丽裙边。她猛地一跳,餐盘的重量差点让她失去平衡跌倒。斯蒂芬立刻把一只手臂放在身后,想站起来帮忙。阿米莎惶恐地迅速摇了摇头,坚持让他待在原地。如果他胆敢帮助她,这将被视为对迪帕克的侮辱。斯蒂芬明白了她的意思,仍然坐着不动,但他的目光仍关切地望着她。

阿米莎先后为迪帕克和斯蒂芬的盘子里装满咖喱蔬菜。她递给妹夫一叠馕饼,妹夫把饼递给另外两个人。吃完饭,她给他们每人一块湿布,饭后用来擦手。

"我们没有餐具,"阿米莎对斯蒂芬说,"我很抱歉。"

"阿米莎,你根本没必要担心,我们的朋友会像印度人那样吃饭。"迪帕克用手指捏着一小块馕饼,用它舀起一些蔬菜。斯蒂芬轻松地学他的样子,开始吃起来。

"你在你的国家吃不到这样的食物,对吗?"迪帕克咬了第一口后问道。

"你说得对,迪帕克。在我的国家,是不可能找到一个厨艺如此高超的阿米莎的。"他故意曲解迪帕克的话,他只能通过这种方式感谢阿米莎为他准备这顿饭。当他低下头喝汤的时候,他抬起眼睛去看她。这时,詹娜走进饭厅,他便立即把目光从她身上移开。

"中尉，这是你第一次品尝我们阿米莎的手艺吗？我很惊讶。"詹娜说，她的话语中带着一丝狡黠。她靠在门框上，继续扇着扇子。"阿米莎在学校待了很长时间了，是吗？"

阿米莎对她的举止感到厌烦，她偷偷瞥了迪帕克一眼，想看看他的反应，但他若无其事地继续吃着。

"詹娜，"她严厉地说，"我去学校学习和教学，不做饭。"

"是的，我们很幸运有阿米莎。"斯蒂芬停了下来，直视着詹娜。她不自在地把目光移开。"虽然很遗憾，但她是唯一愿意花时间帮助孩子们学习的人。也欢迎你随时来帮忙。"

"只是些闲言碎语，中尉。"詹娜的丈夫插嘴说。他没有注意到妻子脸上泛起的怒火，继续说道："詹娜整天忙着嚼舌根，没时间去教学。迪帕克，阿米莎有事可干真不错，这样就没人成天在你耳边喋喋不休地讲村民的八卦了。"

晚饭后，大家都聚集在客厅里。阿米莎点燃了油灯，在迦尼萨神的雕像前诵读了一段祷文。大家静静地站着，双手合十祈祷。

"迦尼萨的父亲在他童年时期创造了他。"詹娜的丈夫对斯蒂芬说。

他站在阿米莎的另一边，指着家中神龛里的雕像。阿米莎示意迪帕克和詹娜走近些。

"我在什么地方听到过。"斯蒂芬笑着对阿米莎说。

迪帕克开始祈祷，祝福他的妹妹一生快乐富足。祈祷的最后，他承诺，必要的时候，他会保护她。詹娜背诵了她自己的祈祷词，在祈祷词中，她承诺永远爱她的哥哥。

"愿众神赐予你应得的一切幸福，哥哥。"詹娜说。她把拇指浸在一碗朱砂里，然后按在迪帕克的额头上。

詹娜从阿米莎手里接过护身绳，那是一根神圣的金色、红色相间的绳子，把它绑在迪帕克的手腕上。绑好后，迪帕克送给詹娜一堆卢比作为感谢，结束了仪式。

"中尉，你觉得我们的传统怎么样？拉杰赞同吗？"阿米莎给大家上新鲜的印度奶茶时，迪帕克问道。他喝了一大口奶茶，等着斯蒂芬的回答。窗外传来孩子们在和一群散养的小鸡玩耍的声音。

刚才举行仪式时，斯蒂芬一直靠墙站着。他向阿米莎点点头，表示感谢，然后喝了一杯热茶。"我认为，贵国人民很幸运，有机会公开表达你们多么关爱自己的手足。"他以外交官的口吻回答，"对于我们来说，兄弟姐妹之间难得能有如此真挚的爱，所以就算有这个传统，怕也坚持不了几年。"斯蒂芬开玩笑地说，他的话引起了一阵哄堂大笑。

"中尉，你有妹妹吗？"詹娜也加入了谈话。

"没有，我可没迪帕克那么幸运。"斯蒂芬回答。他偷偷地瞥了一眼阿米莎，她用咳嗽掩饰住笑。"我没有妹妹。"

"真遗憾。"詹娜转向阿米莎，"中尉对你太宽厚了，让我们这样地位低下的人到他的名校去学习，你该对他表示感激才对。"

"妹妹，你在说什么？"迪帕克问道。

阿米莎看到迪帕克忍住没有叹出气来。她知道，当他们兄妹还住在一起的时候，他就不喜欢她那乖张的性格。詹娜是家里最小的孩子，所以比其他孩子更任性，她总是在举止得体和搞破坏之间保持着微妙的平衡。姐姐结婚的前一天晚上，詹娜抱怨自己的衣服不够漂亮，见没人把这当回事，她便把红色的指甲花染料撒得浑身都是，逼得父母不得不买一件新的给她。

"中尉，"詹娜没有理睬迪帕克，自顾自地说下去，"在印度教中，当一个男人对一个女人非常慷慨时，她会称他为'兄弟'。没有什么比兄妹节这天更能巩固你们的关系了。"

"妹妹，"阿米莎大声喊道，她神经紧张，声音却很平稳，"你把我们的信念强加给中尉是不合适的。他是我们家的客人，是来观摩的，不是来参与的。"她紧盯着詹娜,试图让自己急促的心跳平静下来。

"我相信中尉会感到很荣幸的。"詹娜回答,"是吧,哥哥?"她直接对迪帕克说。

迪帕克在考虑斯蒂芬的事,没有理睬妹妹。"你人真好,允许我妻子去学校学习。"他把喝完的奶茶放在桌上,等着仆人们稍后来收拾,"中尉,如果你能成为我们寒舍的兄弟,我会感到非常荣幸。"

斯蒂芬环视着房间,阿米莎无助地看着他。她不知所措,等着他说话,又害怕听到他的回答。

"我很荣幸接受这份礼物。"斯蒂芬说。

阿米莎震惊地望向他,忽而想起有人在等她说话。她感觉到斯蒂芬在注视着她,揣摩她会如何应对。

"不知道我们还有没有护身绳,"她嘟囔着,"我从庙里只买了一根开光的绳子。"

"我们可以用红绳。"詹娜走到查拉通常放针线的橱柜前,找到了一小段线。她拿着它,就像举着一件奖品。"有点细,但应该能用。"

阿米莎接过绳子,手指碰到的一刹那有些畏缩。她慢吞吞地走着,直到迪帕克叫她的名字时,她才意识到自己已经在离斯蒂芬一米远的地方停了下来。她抬眼看他时,他正有些好奇地看着她。

"阿米莎。"他又叫了一遍,给她打气。

"当然。"她向斯蒂芬走去的最后几步,感觉自己就像走在滚烫的煤块上,阿米莎宁可那是黑岩的蒸气。"把手伸出来,好吗?"她走到他跟前低声说。

斯蒂芬望着她,解开袖口,卷起袖子,露出了手腕。阿米莎从他的眼神中看出了他的关切,但这无法给她安慰,至少不是现在,在大家面前。阿米莎颤抖着双手,把绳子的两边系在他的手腕上。为了不让绳子绞住汗毛,她把一些汗毛拨到旁边。阿米莎听到他的呼吸,她的手开始出汗。当她开始把细小的两端绑在一起时,她用指甲偷偷去刮他手腕另一边的绳子,想把它弄断。

阿米莎不小心戳到斯蒂芬时,斯蒂芬做了个鬼脸。

"对不起。"她说,所有的注意力都集中在那两股绳子上。斯蒂芬假装帮她打结,把另一只手放在手腕上。她以为他是要阻止她,但却惊讶地发现他在用自己的手指帮她撕。

就在她把绳结扎紧的时候,下半部分在她手里断开了。她假装失望地把它举起来,给房间里的所有人看。

"妹妹,绳子不结实。真遗憾,要是你肯花时间去庙里为你哥哥买一个,现在我们就能有两个了。"阿米莎总算出了一口气,不去看迪帕克的脸色。

"没关系,"斯蒂芬说,眼睛盯着阿米莎,"我根本就不想当你的兄弟。"

三十四

雨季即将到来,拉维拿着锤子修理房子的壁板。去年,水渗进来,木质结构受损了。拉维和阿米莎花了好几个小时,才用毛巾和旧纱丽把水擦干。当时,男孩们在水里滑来滑去,玩得不亦乐乎。

今年,拉维从当地木匠那里买了钉子,木匠还免费送了他一些用过但仍完好无损的钉子。拉维一回来就开始忙活,希望当天就能干完。

中午的时候,阿米莎走出来,坚持让拉维进屋休息,吃午饭——这是一天中最重要的一顿饭。饭后,当正午的太阳从地平线上经过,便是印度人的午睡时间。

"拉维,要是你的身体被太阳烤焦了,可就再也奈何不了那些木头和锤子了。来吃饭,然后再工作。"阿米莎站在门廊上,用手挡住耀眼的阳光。

"夫人。"他继续叮叮当当地敲着,"我马上就来。雨很快就会来的,到那时,您一定希望我已经弄好了。"

"好吧。"阿米莎抓起一把闲置的锤子,开始胡乱地敲打木头。

"您在干什么?"拉维想把锤子从她手里夺过来,同时又要避免碰到她。她又把它拉了回去,不久,他们就开始拔河了。

"我想帮忙,雨很快就会来的。"她对他鹦鹉学舌。

他无可奈何地瞪着她。意识到她正在户外做苦力,感到十分不安,就放下钉子,径直进屋去了。阿米莎暗自笑了笑,把锤子放在其他工具旁边,也跟着他进屋了。

午后小睡的时候,开始下起雨来,到晚饭时,已经变成了倾盆大雨。拉维一言不发地瞅了阿米莎一眼,若是个地位卑微的女人,一定会感到难堪。而阿米莎对他眨眨眼,称赞他有先见之明,早早地开始干活儿了。

"雨水会软化木头。"阿米莎向窗外昏暗的天空望去,"你不用敲那么多了。"

"谢谢。"他话中带刺地说,"或许,我应该等到雨季结束,到时候,整个房子里全是水,我们就不需要木头了。我们可以像鱼一样在房间里游来游去。"他在头上缠上塑料来防雨。

"你生气了吗?"阿米莎问道。她眯着眼睛,望着门外的倾盆大雨,忧心忡忡地咬着下唇,直到流血了还浑然不知。

"生您的气吗?永远不会,夫人。"拉维把塑料扎好后,朝门口走去,"雨小点了,我应该能在一个小时左右干完。"

"拉维。"阿米莎想拖住他,担心他在昏暗的雨中工作会有危险。但她知道,他会争辩。她无意中听到他向迪帕克保证,他会在她丈夫回来之前完成这项工作。"天黑了,又下着雨,看不清楚。"

"夫人,请让我做我该做的。"他叹了口气,接着说,"这是我的责任。"

阿米莎默默地点了点头。虽然即使拖延了,迪帕克也会理解,但拉维永远不会原谅自己食言。

她在他身后把门关上,轻柔的雨声抚慰着她先前阻止他继续干活儿的内疚感。

突然,传来一声惊叫,随后是痛苦的呻吟声,阿米莎立刻冲了出去。拉维已经工作了好几个小时。雨停了,地上布满了水坑。房间里弥漫着寒意,孩子们裹着羊毛毯睡着了。其他的仆人已经回到他们自己的家里去了。

早些时候,阿米莎点了两盏油灯,拿到外面给拉维照明。她做了一些新鲜的奶茶给他取暖,把暖水瓶放在他脚边。两人都没有说话,但阿米莎知道,他不干完活儿就不会停下来,他们都知道,她会一直等到他干完活儿才会去睡觉。

阿米莎飞快地跑下台阶,见拉维紧紧捂着一条腿。他的大腿处裂开了一个大口子,血汩汩地渗出来,穿过捂着伤口的手指,在地上流了一摊。

"拉维,"阿米莎叫道,"发生了什么事?"

"刀。"刀就在他旁边的地上,沾满了血。"我想要砍一小块木头,失手了。"他说话不连贯,呼吸困难。

阿米莎迅速从上衣的下摆剪下一块布。她把他的腿拉到她的膝盖上,用棉布缠住他的腿,想要止血。

"别碰我,夫人。"拉维努力把他的腿拉开,"我的血,沾到你身上了……"

"闭嘴,拉维。"她把棉布绑紧,拼命想止住血,但没过几秒钟,纱丽就湿透了,没有了力道。"我得去请医生。"

"这个点没有医生会来。"拉维喃喃地说,眼睛颤抖地闭上。他在短时间内失血过多。

他没有说出他们都知道的事实——没有医生愿意治疗一个贱民。有时，他们出于内疚会分发些药物，但仅此而已。

"我必须赌一把。"阿米莎不能看着他死在自己的血泊中。她冲进卧室，把迪帕克放在书桌里的所有的钱都取出来。

"别麻烦了，夫人。"阿米莎回来时，拉维看到她手里拿着钱，就说，"医生宁愿看着我死去，也不愿碰我的血。"

阿米莎知道拉维说得没错：再多的钱也无法说服村医放弃偏见，帮助一个贱民。拉维努力睁开眼睛。很快，他就会失去意识，堕入一片黑暗之中，那时，他就不会再感到痛苦了。她又从衬衫上撕下一条，绑在伤口上面，比上次缠得更紧。

"你不能死，拉维。"她命令道。钞票掉到血泊里，被染红了。她止不住泪如雨下。"你听见了吗？"她恳求道，但他没有一点回应。

她别无选择，绝望步步紧逼，她站起来，飞奔而去，跑向她能想到的唯一可以帮助她的人。她不知道他能做什么，甚至不知道他是否会尝试，但她别无选择。如果有必要，她情愿乞求他，跪倒在他的脚下，苦苦哀求。

阿米莎跑到他的门口，砰砰地敲门，在狂风中大声疾呼。"斯蒂芬！"阿米莎尖声叫着。

"阿米莎？"斯蒂芬猛地把门拉开，一脸担心地看着她。他抓住她的手，想把她拉进屋里，让她不再淋雨。"出什么事了？"

阿米莎擦了擦眼泪，风把她蓬乱的头发吹到脸上，她的声音里充满了恐惧。"请帮帮我。"她叫道。她的手在他手里软弱无力。"拉维受伤了，我不知道……"

她两腿发软，瘫倒在他的门框上。她意识到自己来这里太傻了，除了接受她的朋友已经死了，或者快要死了这个事实，她还能做什么呢？

既然她无法强迫医生去治疗一个贱民,他们所有的钱和影响力又有什么用呢?

"我就来。"他冲回屋里。几秒钟后,他回来了,手里拿着钥匙。"我们走吧。"他们跑向他的小汽车。当他转动点火装置时,阿米莎跳上了副驾驶座。"你家吗?"他问道。

"是。"他们默默地在黑暗的小巷里飞驰,耳边只有雨刷的声音。汽车刚一停,两人就跳下车,朝拉维跑去。

"他还活着。"阿米莎先到了拉维那里。她把手放在他的胸前,感觉到它还在起伏。

"我们把他抬上车。"斯蒂芬把拉维抱在怀里,让他坐在后座上。他脱下腰带,用它作止血带,然后冲向驾驶座。

"我们要去哪里?"阿米莎打开副驾驶的车门问道。

"我要带他去军队医院。"他的目光越过汽车引擎盖望着她,说,"你哪儿也别去。"

"我要去。"他想要她做别的事,这让她感到惊讶,说,"我必须和他在一起。"

"我要开车经过三个村子。如果有人看见你和我在车里,迪帕克会怎么想?"

雨刚刚停了片刻,又开始下了起来。

不等阿米莎回答,斯蒂芬又问道:"你的孩子们又会受到怎样的影响?"

阿米莎没有回答他的问题,她慢慢地退了回去。如果拉维注定在今天离世,那么她不想让他孤独地死去,但是环境不允许她做这样的选择。

"好好照顾他。"她垂下头说。

~

当阿米莎走近神庙时,她的脚步慢了下来。夜幕笼罩着她的一举一动。她请邻居帮忙照看孩子们,以便她能来祈祷。以前,她从不相信祈祷可以决定命运。然而,现在,她愿意做任何事情来改变命运的走向。她的朋友正在走向死亡,也许任何人,包括斯蒂芬,都无法救他的命。

阿米莎步入圣殿,只有空荡荡的四壁注视着她。她向钟伸出手去,敲响了它,直到钟声响彻夜空。树上的鸟儿醒了,叽叽喳喳地抗议,但阿米莎并不在意。她一心想着拉维,只想让他活下来。

她点燃了一组茉莉香,跪倒在神像前。阴燃的香味包围了她,她的眼睛痛了起来,她分辨不出这痛究竟来自烟气还是眼泪。

"生命不应该成为赌注。"她说,逼视着全能的神的力量。

她是来乞求的,却发现自己是一副命令的口吻。关系到她朋友的生命,这没有一丝妥协的余地,她对命运和生命轮回毫无兴趣。在这场战斗中,她决不让步。拉维必须活下去,因为生命必须是公平的。

"我不会接受他死去。"她威胁道,此刻的她不再恐惧,而是出奇地冷静,"你没有权利要他的命,当他的生活终于开始有意义的时候。"她想到他快结婚了,"你不该剥夺他的幸福。"她想起了他的妻子和父母,他供养的兄弟姐妹,所有无条件爱他的人。

她愤怒地擦着脸上积聚的泪水。

"如果你视人命为草芥,我绝不会让步。他是无辜的,除了靠你提供的不公平的方式谋生以外,他什么都没做。"她不再跪着了,而是面对面地站在造物主面前,"他不是一个人在战斗,我想我刚才警告过你了。我和他站在一起,如果你想要他的灵魂,你就必须先得到我的。"

说完,她转身走出神庙,坚信神已经听见了她的话。

三十五

阿米莎茫然地靠在长椅上,荡来荡去,魂不守舍。她盯着无边的黑暗，任时间一分一秒地过去，直到它们变成混沌的一片，让她无法感觉到时间的流逝。她预感到，强烈的焦虑和恐惧会让自己失去意识。此时，突然响起了敲门声。她越过睡在地板上的孩子们，冲向门口，猛地打开门，迎向斯蒂芬。

"他还活着吗？"她绝望地问。

她的手紧紧地抓着门，手指抠进了木头里，疼得失去了知觉。

"他还活着。"斯蒂芬用一只手搓了搓他那疲惫不堪的脸，"我想，他肯定会痛几天，但一定会好起来的。"

"谢谢你。"阿米莎想要咽下喉头的哽咽，却只是徒劳。

睡梦中的杰伊听到母亲忧虑的说话声，动了动身子，嘴里胡乱地咕哝着。阿米莎示意斯蒂芬跟她到后面的房间去，免得吵醒孩子们。

走进屋里，身材高大的斯蒂芬让房间显得越发狭小。他关上门，目光在床上停留了几秒，便转向别处。桌上有盏昏暗的油灯，阴影在墙壁上跳动着。

"我不知道该怎么报答你。"在逼仄的空间里，他们四目相对。她用力眨了眨眼睛，想厘清脑海里纷乱如麻的思绪。"没有你，我不知道会发生什么。"

"你不用谢我。"他端详着她的脸，那张脸上布满了泪痕。他托住她的下巴，用拇指把泪痕擦掉。"我知道他对你有多重要。"

他的触摸让阿米莎不由得闭上了眼睛。昨天晚上的事故已经耗尽了她全部的精力，她无力告诉他不能这么做。相反，她把自己的手覆在他的手上，让他的手掌贴紧自己的脸颊，他的触摸让她感到安全。

"我知道……"她停顿了一下。他等着她把话说完，他用耐心抚慰着被恐惧感折磨了整个晚上的她。"我就知道，你会帮助他的。"她几乎说不出话来，"你把拉维的苦难当成自己的事，救了我的朋友。"

斯蒂芬走向她，比以往任何时候都要更接近。她看到了他脸上的迟疑，他确信她会叫他停下来，告诉他，他们不能这样做。她知道这是不正当的，如果别人知道了，会伤害到他们。但在这样的时刻，这一切都无关紧要了。相反，她走向他，头靠在他的胸前。他用双臂环住她的腰，把她紧紧地搂在怀里。她听到他的呼吸变得急促起来。终于，她把压抑了一个晚上的呜咽尽情地释放出来，她痛哭着，浑身发抖，泪水浸湿了他的衬衫。

"嘘。"他用手抚摩着她的头发和后背，安慰着她，"他没事了。"

泪水带走了阿米莎所有的不安。她已不再流泪，却依旧搂着他的腰。夜幕降临时，她曾那么孤独、那么恐惧。但是因为有斯蒂芬，拉维在与死亡的艰苦搏斗中幸存了下来。她情绪激动，把他抱得更紧了。今晚，在她需要他的时候，他义无反顾地来了。

斯蒂芬的手深深地按在她裸露的后背上，把她用力推向自己。阿米莎把手举到他胸前，开始在他心口的位置画圆圈。她想要触摸更多，于是把手掌平放在他的皮肤上，深深地按了下去，希望能触摸到他的灵魂。他也以同样的方式回应着，把另一只手埋进她的头发里。她感受着他怦怦的心跳声，她知道，他也能听到她急促的呼吸。

他的手慢慢地从她背上滑下来，抓住她的长衬衫。他停顿了一下，给了她一个拒绝的机会。阿米莎把手放在他的手上，头靠在他的肩膀上，深深地吸了一口气。她想要他。这个念头狠狠击中了她，让她无所适从。它威胁着她重视的一切，她没有权利和他在一起。她结婚了，有三个孩子，她有责任尊重迪帕克和他们的结合。她不能与斯蒂芬在一起，永远也不能。然而，一想到要把他推开，而不是和他在一起，她就更加痛苦。

她把手从他手上移开，等待着。他把手伸到棉布衣服下面，向下滑动，停在她的臀部下面。他的手散发出的热量穿透了层层衣服。他把她拉得更近了，直到她和他亲密地依偎在一起。他把她抱在大腿之间，他对她的反应很清楚。

阿米莎的双腿在他的双腿之间颤抖着。当他的手指再次从她的胸部两侧滑到她的臀部以下时，她的指甲扫过他的后脖颈，另一只手在他的衬衫下面蜿蜒移动，抚摸着裸露的皮肤。

"阿米莎。"斯蒂芬在她耳边轻唤。

"斯蒂芬。"

她感到他的身体在她双手的抚摩下绷得紧紧的。此刻，她的内心激情涌动，两人之间的欲望在积聚，让她感到虚弱无力，想要更多。这种陌生的感觉是她的母亲从未对她讲过的。

"没关系。"斯蒂芬把她抱得更紧了。他闭上眼睛，让两人慢慢地靠在墙上。

阿米莎感到自己在颤抖，这让她更加困惑。她和迪帕克在一起的时候，她看到他在释放之前，会有几秒钟脸部绷紧，身体紧张。她自己的身体却从来没有过这样的反应。她在他的触摸下感到过轻微的兴奋，但从来没有体验过现在这种感觉。

斯蒂芬的双臂紧紧地搂着她，用身体把她推到光秃秃的墙上。阿米莎贴近他，两人的嘴唇碰在一起，她张开双唇，迎接他的热吻。他的嘴唇从她的唇部移到她的面颊，继而又滑到她的脖颈。她听到他越发急促的喘息声，与此同时，自己却仿佛无法呼吸。她的手指猛地抓紧了他的前臂，双目紧闭，那一瞬间，周遭的一切仿佛都不复存在。

最终，她的身体得到了满足。阿米莎把头靠在他的肩膀上，感觉自己一丝不挂，就仿佛斯蒂芬为她脱去了衣服。她并不完全明白发生了什么，想要弄清楚这是怎么回事。他们没有做爱，却已经达到了她和迪帕克还没有经历过的亲密程度。她羞涩地松开了自己的手，轻轻低下了头。

"别这样，"斯蒂芬说，声音哽咽着，"别躲着我。"

"刚刚发生的事……"阿米莎迟疑着，没有说下去。

"这是因为我们对彼此有感觉。"

"你说过,这是友谊。"她提醒他。

"我说了你需要听的话。"他对她说,"为你找个借口,掩盖彼此的感觉。"

"我不知道我是什么感觉。"她确信自己能同时说服他们俩。

房间仿佛突然变得更加拥挤。阿米莎挣脱他的怀抱,走到一边。

"你在欺骗自己。"他说,但他丝毫没有批评的意思。相反,他的脸上写满了对她的理解和内心的痛苦。"很长一段时间以来,我们一直在回避自己的感受。"

"我结婚了,我没有权利对你有任何感觉。"羞愧使她无法理解当前的状况。"我们之间发生的事……"阿米莎的声音越来越小,无法表达自己的感受。

"我们……"

"不。"阿米莎不能让他说出口。因为那样的话,诸神就会听见,就会把它变成现实。她还没准备好面对这一切。"拜托,我不能。"

斯蒂芬揣摩着她的神情,他捧起她的脸颊,轻轻地吻了她。"好吧。"

阿米莎看出斯蒂芬的沮丧,内疚感重重地压在她的心上。尽管她想要寻找合理的解释或理由,但当晚的情绪波动已经令她精疲力竭了。

"晚安。"他温柔地抱着她的头,在她的唇边喃喃低语。他打开门,走了出去,过了好一会儿,阿米莎还在望着那扇门出神。

~

拉维从后门进来,打算开始干活儿。距离他受伤才过去了两天。阿米莎和孩子们去他家看望过他。拉维的家人簇拥着阿米莎,就好像她是皇室成员一样。她看出他们想要取悦她,便笑着告诉他的父母,他们是长辈,她理应来看他们。她给了他们一堆卢比,让他们给拉维看病用。

阿米莎在房间里撞见了拉维,他当即宣布:"我来干活儿了。"

"你应该卧床休息。"阿米莎责备道,扶他走进来,他挂着一根长棍当临时手杖。

"好让我能盯着天花板发呆?"他翻着白眼问道。

"好让你快点好起来。"阿米莎说,想让他到长椅上躺着。他没有理她,径直走向厨房开始洗碗。"回家去。"

"不。我很好。"他说。

"你差点流干了血死掉,现在你说你没事了?"阿米莎跟着他进去。比娜和另一个仆人去河边洗衣服了,只有阿米莎一个人在家。

"是啊,真是个奇迹。"拉维拿起一只还没有清洗的锅。

"接下来的奇迹是你回家睡觉。"她猛地把他手里的锅夺了过来,不料,他又拿起另外一只去洗。

"如果我睡觉,谁来工作?"拉维问道。

他提起裤腿,蹲在地板上,开始认真地擦锅。

"还有其他仆人。"

"但谁也没有我做得好。另外,我必须把你给我家人的钱还给你。"锅一擦干净,他就开始把锅和盘子分开。由于阿米莎还没有时间清洗,脏盘子堆得很高。

"很好,你那么想干活儿,那就干吧。但如果你哪里疼了,可别跟我抱怨。"阿米莎一脸担忧地说。

"那我就默默忍着。"拉维说,咧嘴一笑。

"就算你疼得哇哇大哭,我也不会理你。"阿米莎回敬道。

"那再好不过。"

上午剩下的时间里,拉维和其他仆人一起干活儿,阿米莎在一旁帮忙。她给孩子们喂饭,清洗他们第二天上学要穿的衣服。然后,他们跑去玩,一直玩到睡觉时间。其他的仆人在傍晚时分回家去给他们的家人做饭。

"谢谢您。"拉维不知疲倦地工作了一整天,直到所有的杂务都做完。

"谢谢我允许你干活儿?"阿米莎问道。

拉维用手掌按住了伤口,表情扭曲,她知道他很疼。

"谢谢您救了我的命。"

"没有。"阿米莎转身走开,不听他说,"根本没有。"

拉维不为所动,一瘸一拐地朝她走去。"没有您,我现在就不会站在这里。"他双手合十,"我感激不尽。"

"好吧,但现在我不想让你待在这里。如果你继续胡言乱语,我就再让你受一次伤,好让你闭嘴。"阿米莎仍然记得那天晚上的每一个细节,还有他生死未卜给她带来的深深恐惧。现在,最重要的是,他还活着,还能让她跟他斗嘴,这让她十分感恩。

"您为我所做的……"拉维停了下来,感动得说不出话来。

"你是我的朋友。"阿米莎不动声色地说,好像其他的解释都是多余的。

"人有很多朋友。"拉维回答。

"我没有。"阿米莎冲他耸了耸肩。他不再说话,她开始叠衣服。她回味着刚刚说出的话,感到有些失落和不安。

"你的中尉不允许我去死。"拉维最后说,"他命令我活着。"

"他不是我的。"阿米莎说,他的话让她感到一种意想不到的温暖。那晚的情景一直萦绕在她的脑海,无论如何都摆脱不掉。

"为什么去找他?您走的时候,我还以为您去找医生了呢。"

"没有医生会来的。"她不想对他说谎,"我不能看着你死掉。我和中尉相处的这段时间里,觉得他十分关心他人。"

"他一定非常在乎你,才愿意为我做那些事。"

"就算不是你,他也会去做的。"阿米莎说。

"夫人,"拉维透露道,"当我们到医院时,我听到管理人员和他争吵。他们坚持说,医院是为拉杰成员服务的,不是为街上的随便什么人服务的。中尉威胁说要联系拉杰的一名指挥官,命令他们协助,他们才肯帮助我。"

阿米莎尽量不动声色,徒劳地想要掩饰自己的感情。"我不知道这些。"她说。

"您把我当成朋友,这是我的幸运。现在看来,他也是您的幸运。"

三十六

阿米莎把头靠在枕头上,摆弄着毯子。每当她想躺下时,她的肚子就会咕咕叫着,要吃东西。她想写点东西,但写不出来。她饿得连最简单的家务都没力气做。

"你已经三天没吃东西了。"拉维没敲门就进了卧室。他还是一瘸一拐的,但他的腿好多了。"他还没有来。"

"他会来的。"阿米莎说。

拉维出事的那天晚上之后,她和斯蒂芬就没有再见过面。由于节日期间学校放假,阿米莎并没有耽误教学。

"宝宝好吗?"她牵挂着帕雷什,问道。

"他已经不是宝宝了。"阿米莎知道比娜已经给他洗过澡,穿好衣服,"比娜带他去市场买东西。"拉维坐在椅子上,翻了翻阿米莎弃置的一捆文稿。"他不愿意拉着比娜的手,坚持说自己和哥哥一样,是大孩子了。可刚过五分钟,他又让她帮忙换衣服,因为牛奶洒到上面了。"

"他长得太快了。"听到这个故事,阿米莎笑了,"我所有的宝贝都是。"她想到了她的孩子和他们的父亲,笑容变得有些迟疑。"迪帕克没来电报吗?"她问,急切地想知道答案。

"没有,夫人。"拉维仔细地看着她,"他一定是忘了这个节日了。"

阿米莎松了一口气,点点头:"这样最好。"

她又向后躺下,拉维显得很焦虑。

"我到学校去一趟吧?"他问道。

在拉维告诉她斯蒂芬在诊所的举动后,她意识到他们之间的关系比她想象的更加亲密。他总是耐心听她倾诉,不去随意评判。当她告诉他,她在今天——也就是女人节(Karva Chauth)这一天的计划时,他也尽力支持她。

全国各地的妇女都会庆祝这个节日。白天,她们会斋戒,不吃不喝。当晚,月亮升起时,她才会喝下她为之禁食的男人端来的第一口水。神会对她的这种牺牲施以回报,保佑她的男人健康长寿。

"不要。"阿米莎不想让拉维帮忙,"他必须主动来。"

"自从我出事以后,您就没去过学校。"拉维很困惑,"他怎么会知道要来呢?"

"如果他不知道,那我就是个傻瓜。"那个夜晚,他们在一起的情景在她的脑海中浮现。她已重温了几百遍,不知道自己该不该那样做。"但我相信,我不是。"话音刚落,便听到了敲门声。

听到比娜开门时,拉维立刻站了起来。从她的问候声中,两人都知道是斯蒂芬。她松了口气,快乐涌遍全身。尽管她尚未厘清他们之间的关系,但她终究还是懂他的。

比娜把斯蒂芬领向卧室。他站在门口,先关切地看了看阿米莎,之后又转向拉维。

"先生。"拉维双手合十,鞠了一躬,"呐嘛斯嘚。"

"呐嘛斯嘚。"斯蒂芬瞥了一眼拉维的腿,显然很高兴看到拉维站起来走动。"你怎么样了?"

"我能走了,我要感谢你,先生。"拉维说。站在斯蒂芬旁边,他显得有些瘦小。"我欠您一个大人情。"

"你什么也不欠。"斯蒂芬轻松地回答,"请你一定多保重,不要再出事了。"他瞥了一眼阿米莎,"我不知道阿米莎还能不能受得了。"

"我会尽力的,先生。"拉维示意他走进房间。

"维克拉姆说迪帕克在孟买?"斯蒂芬对他们两人说。

拉维抢先回答说:"早在我出事之前,他就去了孟买,先生。他还要一个星期才会回来。"

"我知道了。"

他走进房间,径直走到阿米莎的床前,紧紧盯着她的双眼,问道:"你怎么了?"两人几乎没有听到拉维离开的声音,"你需要看医生吗?"

"不,我很好。"她一直盼着他来,一直寄希望于他。她已经三天水米未进,声音沙哑而虚弱。"你来了。"她用手指拨弄着毛毯,努力控制住自己的感情。

"学校放假了,但我希望你能来上课。没有你的消息,我很担心。那天晚上之后……"他的声音越来越小,眼睛探寻着她的目光,"我挂念你,但不确定你是否想见我。"

他的关心让她感到温暖,她想让他安心,于是说:"那么,按照印度神话的说法,我们都会活到一百岁,因为我也挂念你。"

她不愿玩这样的文字游戏,但又犹豫着是否告诉他,她现在虚弱地躺在床上究竟是为了什么。她没有邀请他,但却为他的到来赌上了一切。

"从那以后,我就没见过你……"她迟疑着谈起那晚的事。

每个日日夜夜,她满脑子都在想这件事。她努力说服自己,那天晚上,他们的行为不过是一种应激反应。但是,一天又一天过去了,记忆依然温暖着她,她对他的思念与日俱增,她不得不直面她一直想要否认的事实:在她心里,这个男人比自己更重要。

当她和斯蒂芬在一起的时候,她体验着从未有过的快乐。她曾努力抗拒这份感情,但如今已毫无胜算。她喜欢他,这并没有给迪帕克带来任何损失。他只需要她照顾家庭,养育孩子。这两件事她都做得很好,任劳任怨。

"我有个请求。"阿米莎说。

"您的食物,夫人。"拉维端着一个装满食物的托盘和一杯椰子汁走了进来。"您能帮个忙吗,先生?"拉维把托盘递给斯蒂芬,装作没有看到阿米莎犀利的眼神。"她已经三天没吃东西了,我要去做饭,如果您能帮她倒水喝,那就太好了。"斯蒂芬点点头,拉维放心地走了出去。

斯蒂芬拿起托盘里的杯子,把剩下的食物放在桌上,然后挨着她坐到床边。

"发生了什么事,阿米莎?"

她感到害羞,没有立即回答。和斯蒂芬在一起,她兼顾彼此的生活方式,希望找到一种平衡。她根据自己的所知判断,拉维出事当晚,她与他的行为是应该受到谴责的。

然而,她无法说服自己那是错的。哪怕是与他最轻微的接触,她都觉得比人生中以往的任何事情都对。父母把她交给了迪帕克,她只能与他一起生活,别无选择。但斯蒂芬是她第一次遵从自己的内心做的选择。她对他的感觉是属于她自己的。因此,当女人节到来时,她毫无疑问知道自己会怎么做。

自结婚以来,阿米莎每年都为迪帕克禁食。斋戒结束时,迪帕克给她水和食物,然后便匆匆返回磨坊。阿米莎从来没有在意过,她说服自己,她的行为不是徒劳的。她不希望迪帕克对她挨饿所持的无所谓的态度让她的牺牲变得不值得。

今年的女人节,迪帕克出门在外,对她不闻不问。拉维在斋戒那天准备了一顿丰盛的晚餐,但阿米莎只给孩子们吃。当拉维问为什么时,她告诉他,她在斋戒,但不是为了迪帕克。

"夫人?"拉维问。斋戒的第一天,月亮已经升起来了,村子里的妇女们正在享用她们当天的第一顿饭。"您打算怎么办?"

"等他来。"阿米莎相信自己的判断。

"要是他不来呢？"

"那我就饿着。"阿米莎说，但她相信，他一定会来。

他会及时来找她，那么她就可以保佑他长命百岁。但现在，斯蒂芬就坐在她旁边，她却为自己的行为感到尴尬，担心他可能不理解这个对她来说意义重大的仪式。

"阿米莎？"斯蒂芬又叫了她一声，等待着她的回答。

"印度妇女中有一种习俗。在一年一度的女人节，女人禁食一天一夜，希望这种牺牲会得到回报，神会赐予她为之斋戒的男人——通常是她的丈夫——幸福长寿。月亮升起后，女人等着男人喂给她第一口食物和第一口水。"阿米莎尽可能简明扼要地讲述了节日的目的，然后等待他的回答。

"你没吃东西吗？"斯蒂芬往后坐了坐。

"没有。"她饥饿地盯着桌子上的食物。

"三天了？"

"我得等着人来喂我。"

"迪帕克没有喂过你吗？"

"我不是为他禁食。"阿米莎说，用她唯一的方式表达对他的感情。

她忐忑不安地等待着他的回答。一生中，她有过无数次的犹豫或胆怯，而哪一次也无法与这次相比。她刚刚用行动告诉他，她在乎他。

对她而言，他的重要性绝不亚于迪帕克。如果她误解了他那天晚上的行为，那么她就会觉得自己像个傻瓜，因为她刚刚坦白了自己对他的感情。

"如果我没有来呢？"他担忧地皱起了眉头。

"可是你来了。"阿米莎慢慢地说，仍在琢磨他的反应，"现在，我在等你。"

斯蒂芬慢慢地靠过来，把她脸上的几绺头发拨开。他探寻着她的目光，而她从他的眼睛里看到了与自己一样的困惑和忐忑。看到他在犹豫，她把脸转了过去，确信自己犯了个错误，向他袒露了太多心事。他捧起她的下巴，慢慢地把她的脸转向自己，用拇指温柔地抚摸着她的脸颊。

他轻轻地把杯口贴到她的嘴边，看着她把一杯水一饮而尽。他伸出手，帮她抹去下巴上流下的一滴甜甜的液体。然后，撕下一块馕饼，蘸上扁豆汤，喂她吃。他的手指一直在她的嘴边忙碌着。

"谢谢你。"他轻轻地说，声音哽咽，"谢谢你的付出。"

"现在，你可以长命百岁了。"阿米莎松了一口气。尽管他们已经越过了友谊的边界，但她知道，他们永远不可能在一起。尽管他们进退两难，但她仍然为保证了他的生命而感到高兴。这是她对他的无声告白，告诉他，她对他是多么重要。

"那么，我该怎么报答你呢？"沉默了一会儿，他问道。

"永远不要死。"她回答道，然后躺了下来，胃部的满足让她昏昏欲睡。

嘉雅

现在，
当我听到我的外婆在女人节之夜所做的牺牲，
即便看不到未来，
她依然愿意向斯蒂芬表达她的爱，
我不禁想，
当我们别无所有时，
当看不到答案时，
信念便是我们最伟大的盟友。

三十七

第一次流产后,我在床上躺了两天。然后我便开始自责,心想,如果我提前做些准备,也许这件事就不会发生。我开始阅读每一本关于流产以及如何预防流产的书。我去向医生朋友咨询,还加入了一个互助小组。我的当务之急是,尽一切可能确保下次我不再出差错。

帕特里克支持我的努力,他似乎理解我想要掌控这件事。我以为他同时也在做他该做的,于是,一天晚上,读完另一本关于女性和女性身体的书后,我问他他为此做了些什么。

"没什么,"他说,"该来的时候,总会来的。"

他的反应让我一连几天都闷闷不乐。也许,我认为他没有那么在乎,也许认为他的不作为是对我的痛苦的背叛。于是,我默默拉开了与他之间的距离。现在,当我听到我的外婆在女人节之夜所做的牺牲,即便看不到未来,她依然愿意向斯蒂芬表达她的爱,我不禁想,当我们别无所有时,当看不到答案时,信念便是我们最伟大的盟友。也许对帕特里克来说,这是他不得不坚守的唯一答案。

我敲了敲拉维的门,等着。在我的脑海里,阿米莎的故事和我的故事交织在一起。每当我外婆面临别无选择的境地,我都会想起所有那些我可以自由选择的事。每当阿米莎悲伤不已时,我都会想起,多少次,我假装自己不在乎。每当我看到阿米莎的光芒,我便想起自己的暗淡。

米莎打开门,冲着我甜甜地笑。她的一部分头发已经扎成辫子,其余的还披在肩上,手里拿着一把发刷。

"嘿,孩子。"我很高兴见到她,搂过她的肩膀,拥抱了她。我听到拉维在厨房里忙活,便喊道:"你怎么没告诉我,你漂亮的曾孙女今天要来?"

拉维手里拿着毛巾走过来:"我漂亮的曾孙女今天要来。"米莎咯咯地笑了起来,拉维看着她,也笑了。

米莎回到镜子前,吃力地梳头发。我轻轻地把梳子从她手里拿开。"我来帮你吧?"她点点头,我为她把头发理顺,小心翼翼地,怕扯痛她。我把几束头发编成一个辫子。"那么,下午有什么计划?"拉维曾提到要抽出一天时间,多看看村子和周围的社区。我欣然同意了。

"去收容所。"看我一脸困惑的样子,拉维便解释道,"一个孤儿院,我和米莎经常去,米莎想让你也去看看。"

"我长大后想当老师。"米莎宣布。

我和她坐在黄包车的后面,拉维坐在前面。当车子在有石子的路面颠簸时,她便抓紧我的手。

"太好了。"我说,"什么样的老师?"

"一个好老师。"我大笑起来,她不解地扬起眉毛,"如果我们答错了,老师就用尺子打我们的手掌。但如果我们答对了,他就会给我们糖果,所以我总是答对。"

我对这种老套的奖惩方法感到吃惊,瞥了一眼拉维,他平静地说:"尺子是用泡沫垫做的,除非你有神力,否则是伤不到人的。"

剩下的时间里，我们和米莎一直在聊天。从一个话题跳到另一个话题，从做饭给她的朋友吃，到她生活的每一个细节。等我们到达目的地时，她已经把她三岁以后的故事全都讲了一遍。

我跟着拉维和米莎走上台阶，那是一座平淡无奇的建筑，设计简单，只有一层楼高，棕色的玻璃窗覆盖着破旧的白漆木头。走进笨重的大门，经过堆满了杂物的门厅，我们来到一个大房间。虽然在街头的所见所闻和在书中读到的信息让我有了一定的思想准备，但眼前的景象还是让我大吃一惊。地板上铺着地毯，床单就铺在地毯上，到处都是无人照看的婴儿和蹒跚学步的孩子。房间里一片哭声，弥漫着尿液和粪便的臭味。我捂住嘴，忍住不吐出来。

"拉维？"我扫视了一下整个房间，想看看有没有成年人，"这就是？"

"是的，"他平静地说，好像早就预料到我的反应，"这里是很多孩子的家。"

这座楼里共有四个房间，一个比一个小。厨房里储存着扁豆和大米，这就是孩子们的主要营养来源。放牛奶的玻璃罐用冰块保鲜。他们只有一个小冰箱，就是我在大学宿舍里用的那种。

后面的一间屋里存放着社区捐赠的洗涤用品和备用衣物，胡乱地扔在一个箱子里。有的孩子正在睡觉，身上盖着破旧的毯子，而那些刚学会走路的孩子在哭的时候，得不到毛绒玩具的安慰，只能彼此紧紧地抱在一起。这里没有枕头和床垫，铺着地毯的地板和床单就是他们的床。

"保育员到哪里去了？"我轻声问道。

"神庙给的钱只够雇两个人的。"拉维看着米莎在跟一群孩子玩，"有些父母养不起孩子，还有的不想要孩子，就把他们遗弃在这里，其中很多是残疾。"

一个婴儿的哭声引起了我的注意。我脱下鞋子，温柔地把哭泣的婴儿抱在怀里。他面部扁平，脖子很短，是典型的唐氏综合征面容。我一边摇晃着这个小男孩，一边环顾四周，我发现，后面有两个孩子四肢残缺，还有相当多的孩子都有着各自的缺陷。

拉维说："两个保育员的主要任务是准备食物和尽可能地给孩子们搞卫生。如果孩子能活过六岁，他就会被送到邻村的孤儿院。自来水紧缺，政府会限制用量，一天中的大部分时间都是停水的。有时，水被细菌污染，孩子们就会生病，他们胃痛，不明原因地出皮疹。"他摇了摇头，"那些日子最难熬。"

接下来的几个小时里，我们帮助保育员给孩子擦洗和喂饭。然后，我和小不点儿们玩耍，给他们唱歌。我教他们玩"鸭子鸭子鹅"的游戏，但大多数孩子把这个游戏变成了你追我赶。在那里待了几个小时之后，我已经筋疲力尽了。我非常想休息一下，在后面的房间里找到了拉维，他正躺在一张折叠椅子上。

我背靠着墙坐在地板上。"只有两个成年人，她们是怎么做到的？"

拉维简单地说："有一些人，在印度过着国王般的生活。但更多人只能拼尽全力过日子。"一个蹒跚学步的孩子走了进来，拉维用拐杖逗他，孩子笑着跑了出去。"我想你们国家也是这样，对吧？"

"你们为什么要来这里？"我问。

他说得对，每个人都必须根据自己的情况，以自己的方式，找到自己的路。

拉维扫视着大房间寻找米莎，发现她正和一群孩子玩得热火朝天。

拉维说："她非常努力地适应着自己身体上的不便。但有一天，她跑来问我，'达达，为什么神让我比别的孩子更虚弱？'所以我就带她来到这里。我想让她知道，她不是最弱的，还有一些人比她更不幸。"

我注视着她和跟她一起玩的孩子们说："所以你告诉她，神让她带护具，是因为她在其他方面太完美了？"

"你不觉得我的曾孙女是完美的吗？"拉维问道。

他大声喊米莎，让她道别。

"在印度神话中，当月亮遮住太阳时，黑暗的力量就会笼罩你的生活。"他慢慢地走出房间，朝出口走去，"但并非只有太阳才会发光。在黑暗中，我们必须寻找星星，点点星辉也有它自己的力量。"

"你为什么带我来这儿，拉维？"我问。

他苦笑着说："你告诉我，你来印度是为了逃避痛苦。我想过，如果你外婆在这里，她会对你说些什么。"他低下头，"我从来没有想过要代表她说话，但是……"

"但是什么？"我问道，等待着。

他环顾四周。"今天，在你帮助别人减少伤痛时，是不是自己也没那么痛苦了？"

我笑了，意识到他是对的。在这几个小时里，看着这些孩子的笑脸，我的哀伤已经没有那么痛彻心扉了。

~

"请出示您的票。"

一个女人坐在大巴车下，穿着卡其布短裤和白衬衫，头发塞在一顶宽边帽子下面。当我把票递给她时，她友好地笑了笑，用流利的英语说："欢迎光临，请往里走，随便坐，稍后我们会供应饮料。"

我提到过我很想在本地多看看，拉维给我推荐了一趟有导游的旅行，途经风景如画的中央邦瀑布镇。在安装了空调的长途汽车里，我坐在靠前的座位上。安顿好后，我看着其他乘客陆续把座位填满，直到只剩下几个空位。我饶有兴趣地听着操着各种口音和方言的旅客在互相交谈。

"欢迎。"检票的女人跳上大巴车的台阶，站在前面，"我叫莫娜，这位司机叫赞恩（Zane），泽夫（Zev）的简称。"大家都笑了，她也报以微笑，"今天，我是你们的导游，我们的旅行大概需要三个小时。"她匆匆挑选了些饮料和免费零食。"我们的第一站是贾巴尔普尔地区的敦达尔瀑布 (Dhuandhar Falls)。"

汽车在高速公路上慢吞吞地行驶，我向窗外望去，这条路迂回曲折地穿过现代化的基础设施，朝着树木繁茂的方向延伸。出了市中心半小时左右，空气就变得十分潮湿，窗玻璃蒙上了一层薄雾。

莫娜开始用喇叭详细介绍这个邦的历史，先是用印地语，然后是英语。

"由于其地理位置，中央邦被称为'印度的心脏'，人口超过两千万，在印度排名第五。"巴士继续爬坡，她说，"在英国占领期间，他们把邦并入了中央省、贝拉尔省和中印度区。印度独立后，中央邦成立。"莫娜提高了音量，盖过远处传来的水的轰鸣声。"该邦矿产资源丰富，钻石和铜储量位居全国第一，超过30%的地区覆盖着森林。"

当巴士到达终点站时，莫娜宣布："现在，我们已经到达了目的地，这将会是你见过的最壮观的瀑布之一。瀑布的水源自讷尔默达河（Narmada River），这条河流经世界著名的大理石岩，随后变窄，流入敦达尔瀑布。"

我跟着其他乘客下车。莫娜补充说："三十米的落差激起一团奔腾的雾气，威力巨大，从很远的地方就能听到它的轰鸣声。"

闪闪发光的水流过岩石，汇入波光粼粼的水池。一道彩虹挂在悬崖边，闪着微光。水花喷溅到我们身上，像一阵小雨。父母们坐在柔软的草地上，孩子们则在扔石子，想要击中游得飞快的鱼。

"这里和乡村真是大不一样。"我自言自语地说。

莫娜回答说："印度幅员辽阔，地形多种多样。"她帮助一对夫妇拍了几张照片，把相机还给他们，"类似美国。"我看了她一眼，她笑了，"我在芝加哥大学获得了商学学位。"

我很钦佩，问道："你想念美国吗？"

"想念其中的一部分。"她又帮一家英国人拍了一张照片，"但印度是我的家。另外，我很高兴能创办自己的公司。"

"这家公司是你的？"我问。

"这是我的第二辆大巴，"她自豪地说，"我的第一辆是用银行贷款买的。这辆是我自己赚钱买的。"

"真了不起。"我惊叹她有这样的商业头脑，说，"你一定很自豪吧？"

"我家在市郊的一个村庄。"她说着，若有所思，"我父亲是个农民，母亲是个日工。看到他们开开心心的，我觉得很快乐。"

"创业的感觉怎么样？"我本不愿问这么私人的问题，但她激起了我对当今女性的兴趣，想知道与我外婆那一代人有什么不同。

"很艰辛。"她回答，然后难为情地笑了，"如果我早知道那么艰难，我可能就不会去做了。我能实话实说吗？"她等我点头后才继续说，"美国的商学院是最好的，但也是最糟糕的。它的教育是首屈一指的，但它让我错误地估计了自己的能力，令我确信我能做任何事。"

"我个人认为，你离目标不远了。"我友善地说。

"我有一些女性朋友，她们创业失败了很多次。"她指着我们周围，"印度是许多人旅游的目的地，我们邦处处都是美丽的自然风光。"她笑了，"我很幸运，在对的时间来到对的地方。"

作为一名记者，我执迷于挖掘更深更多的信息："作为一名女性，你认为在这里女性创业比男性更容易吗？"

"不是这样的。"她停顿了一下，然后解释说，"我们国家正在努力跟上发达国家的步伐。所以，当务之急便是为所有人打开所有渠道，不论性别。这是一个充满机遇的国家，我只是其中一个受益者。"

她笑了笑，便走开去回答其他客人的问题。我看着她和乘客们打成一片,其乐融融。既能让人开心,又能让人增长见识。我想,如果此刻阿米莎也在这里,她一定会为她的国家自独立以来所取得的长足进步感到自豪。整个下午,我都面带微笑,一边拍照,一边听着激流拍打岩壁的声音。

~

我穿着传统的旁遮普套装——一件长长的丝绸上衣搭配合身的裤子——去和拉维的家人共进晚餐。他们邀请了我,我很高兴能见到他们全家人,欣然赴约。这件衣服的淡黄色料子和我深棕色的头发相得益彰。

我抓起床边的礼物袋,和拉维一起来到客厅。他从我手中接过包,朝里面看了看。

"这是给我的吗?"他问道,"你真好,但是我早就不玩玩具了。"

"本该我请他们去我家吃晚饭,"我说,"不该麻烦你的家人。"

"你忘了,我可领教过你的厨艺。"拉维回答说,"另外,我儿子对我说,米莎一直把你挂在嘴边。你和他们一起吃饭是在帮他们的忙,哪怕只是为了让米莎开心。"

我们坐着黄包车来到他们村里。沥青路变成了土路。一群简陋的小屋与大一点的棚屋分散而立。每户人家前面都堆放着成堆的垃圾。这些住宅相互重叠,中间几乎没有空间。一群妇女在水泵旁排成长队等着抽水,每个人都提着两个水桶。

她们一边等,一边说说笑笑。孩子们在街上自由玩耍和奔跑,所到之处尘土飞扬。

拉维带我来到一个小一点的棚屋群。

"这些住房更实惠。"房间没有门,用一个门帘遮住入口。他把它推到一边,宣布说:"我们到了。"

两个男人立即迎上来,都穿着传统服装,双手合十。

"呐嘛斯嘚,欢迎光临。"拉维的儿子说。

他是他父亲的年轻版,而拉维的孙子长得像阿米特。

孙子用生硬的英语说:"谢谢你能来。"

"谢谢你邀请我。"我端详着拉维的儿子,想象着外婆在世时拉维的样子。我双手合十,向跟在后面盯着我看的两个女人微微鞠了一躬。"你们好,你们的家很漂亮。"

墙是泥砖砌成的,茅草屋顶覆盖着这间小屋。撕破的床单和地毯盖在硬邦邦的水泥地板上。半面墙把厨房和客厅隔开。只有一把椅子,几个枕头散落在地板上。一个狭窄的开口通向一个大厅,在那里,有两个门对门的小房间。

"拉维达达对你赞不绝口。"米莎和阿米特的奶奶说。她的儿媳没有搭话。"很荣幸你能光临我们家。"

一声欢乐的尖叫打断了我们。米莎从大厅那头的房间里飞奔过来,阿米特紧跟在后面。她径直跑进我的怀里,我拥抱着她,她的快乐感染了我,能和她在一起,我很感恩。

"我们一整天都在盼着你来。"她说。我紧紧地搂着她,用手抚摩着她的头发。"我还帮妈妈和奶奶做饭了。"

"我等不及要吃你做的东西了。"我搂着米莎,看了一眼阿米特,他安静地站在一旁。

"呐嘛斯嘚,孩子。"

"欢迎,"他的英语很标准,"你想参观一下吗?"

我拉着米莎的手,阿米特带我参观他们简陋的家。除了厨房,还有三个小房间。我们最后走到堂屋,角落里堆放着十几只上釉的陶瓶。一面墙上挂着绣花地毯,上面绘着奎师那神的故事。

"这是我儿媳做的。"拉维注意到我在欣赏陶器,补充说。

"我可以摸摸吗?"她点了点头,我用手摸了摸陶瓷,"真了不起。"

每一件陶器都被漆成蓝色和紫色的深色调。她看着我把它们分类,欣赏着那些细致的配色手法。

"这些是 gharas，"她指着我正在观赏的水壶说，"Surahis- 水罐，gamlas- 花盆。"每一件都有着独特的设计，用大象、鸟和蛇的形象来装饰。

拉维说："她用这些作品来贴补家用，她是个出色的艺术家，是吗？"

"是的。"我说，"你的作品不同凡响。"

她挑了一个最好的递给我。

"送给你。"她说。

"不，我不能收。"我把它还给她，但她又把它推到我面前，我便用眼神向拉维求助。

拉维高兴地说："这是一份礼物。她以前从来没有送过人，你应该感到荣幸。"

"谢谢你。"我伸出手去拥抱她。她犹豫了一下，似乎有些惊讶，但还是拥抱了我。"我会好好珍惜的。"

我跟着女人们走进厨房，那里点着一个小煤油炉。拉维的儿子正待在休息区抽卷了烟草的蔬菜叶子。大家开始准备晚餐时，我问我是否能帮忙。

"你是客人。"拉维的儿媳说，"不用干活儿，等着吃就好了。"

"晚饭后，我可以带你到附近转转，"阿米特插了一句，"有很多可看的。"

当他们开始把菜端到堂屋时，我坚持要帮忙。米莎端起一盘开胃菜，小心翼翼地走向堂屋。她有两次差点绊倒，阿米特想过去帮她，她摇了摇头。但他还是跟着她出去了。她的妈妈和奶奶都关切地看着她，直到她进入堂屋。

"她很漂亮。"我说。

"谢谢你。"奶奶用米莎听不见的声音悄悄对我说，"她是神赐给我们的天使。"她笑着。"来,咱们开饭吧。"

在堂屋里,他们把餐盘和碟子放在床单上。大家都盘腿坐着。米莎坐在一把小椅子上。我坐在她旁边,像其他人一样盘起腿。阿米特坐在拉维旁边。

阿米特的妈妈分发食物,每个人都把盘子里装满了食物,碗里装着薄荷姜水。有一盘用奶油沙司炒的什锦蔬菜和一盘热气腾腾的馕饼。我撕下一块馕饼,舀起蔬菜,品尝着辛辣的混合物。

"来点自制的脱脂奶吧?"拉维的儿媳给了我一杯浓浓的白色液体。

"谢谢。"我喝了一口奶油状的液体来缓和食物的辛辣,"这很好喝,饭也很好吃。非常感谢你们邀请我过来。"

"这是我们的荣幸。"拉维的儿子搓了搓阿米特的头发,"我孙子告诉我们,你是个记者。"

"是的。"我向米莎眨眨眼,她把手伸到我的手里,"我知道米莎想当老师。你呢,阿米特?"我笑着问他。

"他应该当记者。"米莎替哥哥回答,"像你一样。"

大家都笑了,她毫不掩饰对我的崇拜之心。

"我还没想好。"阿米特安静下来,突然变得有些矜持。拉维瞥了他一眼,但什么也没说。

"他一直想成为一名医生。"阿米特的妈妈说,她满怀爱意地望着儿子,"他想帮助那些像他妹妹一样的孩子。"

"不,妈妈。"阿米特对她摇着头说,"这是不可能的。"

房间里静了下来。阿米特的爸爸垂下头,专心吃饭。

"阿米特,你为什么不能成为一名医生?"我问。

阿米特的妈妈替他回答:"他成绩很好,但上大学并不是那么容易的事。"

"妈妈,我可以干别的。"他摆弄着餐巾,把吃了一半的盘子推开,

"我会找到别的工作的。"

我想起了我在旅行中遇到的那个年轻女子。我讲了她的经历,然后便等待着他们的反应,没有把想问的话说出口。

"印度很大,"拉维解释说,"没有谁的经历是相同的。我们每天都在进步,这给了我希望。"但当他望向阿米特时,他的眼中充满了对后辈的关切,以及对他拥有更美好未来的热切期望。

"你会选择干什么?"当大家都不再说话时,我问阿米特。

"可能当记者吧?"他说,每个人都笑了,气氛轻松起来。

我回想起当我宣布我想成为一名记者的时候,妈妈并不赞成我的决定。尽管如此,她还是为我支付了学费,并祝贺我的每一次成功。在流产之前,我很少遭遇挫折,但每当我灰心丧气时,我的父母总是默默站在我身边支持我。我妈妈说她只想让我幸福,这让我领悟到,如果只希望孩子得到最好的,这对父母来说意味着什么。不知道该说些什么,我默默地吃完了饭。

阿米莎

直到有一天，
斯蒂芬走进了她的生活。
他给了她一种她从未想象过的自由。
他重视她的想法，
鼓励她说出自己的心声。
从童年起，
她就一直在按照别人期望的样子生活，
而他给了她另一个选择，
也因为这个选择，
她爱上了他。

三十八

"爸爸回来啦!"当他们走近房子,看到灯光时,帕雷什兴奋地叫了起来。雨停了,阿米莎和比娜带着孩子们出去吃了冰激凌。杰伊和萨米尔跟着弟弟一起跑进了房子。

从拉维出事之前一直到今天,阿米莎还没见过迪帕克。想到她和斯蒂芬之间发生的事,她不禁又感到一阵内疚。但是,正如无法阻止每年的雨季一样,她也无法平息对他的感情。

没有选择的余地,她唯一能做的决定就是在爱慕斯蒂芬的同时,继续履行她对迪帕克的责任。

她抚平衬衫的前襟,从简单的动作中寻求勇气。她抬起头,跟着孩子们走了进去。

"我和萨米尔打板球,我赢了。"帕雷什依偎在父亲的臂弯里,把迪帕克不在时错过的一切都告诉了他。杰伊和萨米尔站在父亲身边,朝他微笑。

"欢迎回家。"

阿米莎望着她的丈夫出神，就好像第一次见到他一样。在她与斯蒂芬交往的短暂插曲中，她觉得自己像个女人，自己是有价值、有能力的。有那么一刻，她相信自己有了生活的目标。

现在，迪帕克回来了，她不知道怎样才能回到现实，安分守己地待在原地。她想象着自己大声说出她"做不到"，如果可以选择，她想要别的东西。

就在这时，萨米尔对他的弟弟大叫起来，把她从遐想中惊醒。望着他们，她知道，不管她内心的选择是什么，她永远都不会付诸行动。

"我给你做晚餐吧？"她问道，立刻进入了自己的角色。

"我在火车上吃过了。"迪帕克低声说，眼睛盯着她，"你们去哪里了？"

他的语气里有一种阿米莎从未听过的刻薄。

她的舌头感到沉重，汗水不停地流下来，凝结在胸衣里。他知道发生的事情了吗？但她知道斯蒂芬永远不会背叛她。

"我带孩子们出去吃东西了。"

他从长椅上拿起一个包裹，扔给了她说："给你的。"

阿米莎惊讶地打开，里面整整齐齐地叠着一件华丽的纱丽——她只在电影里见过这种款式。

"真漂亮。"她的声音颤抖着，问道，"适合什么场合穿？"

他没有吭声，而是给孩子们分发礼物。阿米莎看着他，感觉到有什么不对劲。

她向房子快速扫视了一遍，确信没有什么不妥。阿米莎看了比娜一眼，比娜耸了耸肩。

"你这趟出差顺利吗？"阿米莎疑惑地问，"这些礼物是为了庆祝吗？"

"我为家人花钱需要理由吗？"他反问。

"我们很感激。"阿米莎从未见过他像今天这样。她用一只手臂保护她的孩子们。"对吧,儿子们?"

"比娜,看着孩子们。"迪帕克不等孩子们回答就说,"阿米莎,我们去另一个房间说话。"

阿米莎冲着孩子们笑笑,好让他们安心,然后便跟着他走了进去,关上了门。迪帕克从桌上拿起一张纸递给她。

"这就是你在学校做的事情吗?教孩子们去寻死?"

阿米莎不用看就知道,这是妮玛关于选择的最后一个故事。早些时候,她读过这个故事后,就把它放在桌子上了。她惊恐地看着他把它撕成碎片,扔在她脚边。

"你干了些什么?"她一边哭一边收拾碎片。

"如果家长们知道你用这种垃圾填塞孩子们的思想,我们在这个社区的名声就毁了。"他生气地提高了嗓门,"你知道你都干了些什么吗?"

迪帕克的怒吼声传到卧室门外,男孩们玩耍的声音戛然而止。

阿米莎把碎片收拾好,放在桌子上。

"这个女孩的婚姻不如意,她只是借由文字来发泄情绪。"

"那个女孩是谁?"迪帕克质问道。

阿米莎突然感到反胃,她竭力抑制着:"妮玛。"

他勃然大怒道:"原来是那个自焚的女孩。"他听到过关于那个女孩的流言。他把目光移开,等他再次望向她时,是一副不容置疑的表情:"你不要去学校教书了。"

"什么?"听到他的话,阿米莎的胃部感到一阵剧痛,她痛苦地抱着自己的肚子,"学生们都指望我。求求你,我必须……"

"就这么定了。"他把桌子上的碎片捡起来扔进了废纸篓,"这样,你才不会连累我们一家。"

阿米莎彻夜难眠。她想到了斯蒂芬,想到了学校,想到了就凭迪帕克的几句话，她就失去了一切。早上，她给孩子们吃过早餐，当拉维来的时候，她正在送他们出门。

"你起得很早，"拉维评论道，"平常这个时候，你正急得团团转，对孩子们大吼说他们都会迟到，而孩子们却在笑你，觉得你很滑稽。"

"平常这个时候，我会告诉你，说话不能这么耿直，但自从你差点死掉，我发现，只要你还能站在这里说话，我就很感恩了。"

阿米莎没有告诉他，迪帕克的决定让她一夜无眠。也没有告诉他，她一想到不能在学校教书，再也见不到斯蒂芬，就心痛不已。

拉维把夹克和午餐递给迪帕克。他匆匆穿上鞋子，没有和阿米莎道别就离开了。拉维觉察到他的冷淡态度，等到迪帕克关门离开后，立刻转过身来问她。

"您今天为什么没去学校？"

"他看到了妮玛写的故事，不许我再去学校教书了。"阿米莎轻声说。

"夫人。"阿米莎不允许自己难过，但却在他的声音里听到了全部的悲伤，"您说服不了他吗？"

"是的。"

阿米莎草草给斯蒂芬写了一张字条，详细地写了给孩子们布置的作业。她把字条连同给孩子们批阅好的作业一起塞进书包，递给拉维。

"请你把这个拿给斯蒂芬，好吗？"

"如果他问起你为什么没来，我该怎么说呢？"拉维问道。

自从三天前斯蒂芬喂她吃饭以后，她就没见过他。如今，她也不知道他们什么时候会再见面。

"告诉他……"她一时语塞。这会再次提醒斯蒂芬一件他们俩已经知道的事实——她属于另一个人。"迪帕克回来了，他需要我待在家里。"

"如果他问起你什么时候能回去上课呢？"拉维的眼神中闪烁着真诚的同情。

"等我能回去的时候,我就会回去的。"她说,知道这个决定权掌握在迪帕克的手中。

阿米莎站在门廊上,看着拉维朝学校走去。直到他消失在视线里,她才回到屋里,关上门。

拉维带着斯蒂芬的字条回来了,阿米莎用颤抖的手打开它。

阿米莎:

拉维把消息带给我了,但我担心他言不尽意。在我了解清楚之前,我暂且相信他说的。孩子们一定会想念他们的老师,我也会想念我们的辅导课。没了你的笑容和笑声,连花园也变得空荡荡的。当你能回来的时候,你的教室会等着你,我也会等着你。

斯蒂芬

阿米莎紧紧抓着信,又读了十几遍,然后给他回了信。带着一颗破碎的心,她告诉了他真正的原因,用文字告诉他,她不能当面说的话。最后,她告诉他,她会比他想象的更想念她的学生和他们的辅导课。

拉维立刻把信送了出去。从那时起,他们每天都通信,拉维做了两个星期的信使。这些信件的篇幅越来越长,内容也越来越坦诚。虽然不能取代面对面的交谈,却能让阿米莎不那么孤独。

她没有一天不想念他。无法见到他的空虚感在她心中形成了一道深深的鸿沟。但是,如果只有通过信件她才能听到他的声音,了解他的想法,她依然很满足。

为了让自己忙起来,她开始每天带着帕雷什出去散步。自从迪帕克做出那个决定,两个星期已经过去了。一天,阿米莎在村里听到了一阵骚动。女人们向镇边涌去,男人们则呼喊着,让人们跟上。

"出什么事了?"阿米莎问一个匆匆加入人群的路人。

"英国人拘留了一个男人。"

阿米莎抱起帕雷什,跟着人群来到村子的外围。在那里,在一大群人当中,她看见了斯蒂芬。她一看见他就吓了一跳。一大群人包围了他和其他英国军人。前面站着一群印度人,他们都戴着手铐。

"根据大英帝国的法律,你被捕了。"斯蒂芬紧紧抓住一个虚弱的印度男人。步兵继续铐着其他人。

"你们凭什么在我们国家指手画脚。"那个男人反驳道。为了激起民愤,他大喊:"他们逮捕我,是因为我在自己的国家违反了他们国家的规定。"

他的话立刻引起了一阵骚动,人群开始大声抗议。一些青少年捡起石头扔向英国人。看到一块石头击中了斯蒂芬,阿米莎担心地叫出声来。

"发生了什么事?"她问站在她旁边的一个女人。当那些十几岁的孩子继续向军官们扔石头时,她的心紧张得怦怦直跳。

"那个男人,"她指着那个说话的人说,"散播甘地的那些争取自由的言论,后来,人越聚越多,一名军官命令他闭嘴,他不听,所以被逮捕了。"

"他被打了?"她看到他的额头上有血滴落下来。

"他和他们搏斗,"女人解释说,"一个军官用棍子打了他。"

阿米莎没有问哪个军官打了他。她知道,斯蒂芬不得不采取行动,但她不想知道,是不是他向她的同胞动了手。

军官们抓住了那些惹是生非的青少年并控制住他们。于是,他们的父母开始出手抗议,英国人便不论男女,一通乱打,试图控制住人群。

"不。"阿米莎惊恐地捂住嘴。她把帕雷什拉近身边,想挡住他的视线。骚乱愈演愈烈,阿米莎抱起帕雷什,准备离开。

就在这时,斯蒂芬与她的目光相遇了。在他眼中,她看出了他的困惑和疑问,她茫然不解,又与他对视了几秒钟,便走开了。

263

三十九

"你已经好几个星期没见到他了。"拉维说。阿米莎在为男孩们缝补衣服上的洞,比娜提了几桶水来洗碗。"是不是因为这样,这些信才那么重,带在身上快把我的背压断了?"

"如果你的背那么脆弱,几封信都能把它压断,那只能说活该。"阿米莎突然失手,扎破了手指,立即把手指伸进嘴里,"如果我去学校,我担心迪帕克会怎么说。"她放下手中的针线活儿,"每天我都不能和斯蒂芬说话,我感到很孤独,尽管我的家人和朋友都在我身边。"

"你喜欢他。"拉维用肯定而不是疑问的口吻说。

"超过了我应该控制的程度。"

自从暴乱的那天起,阿米莎就没有见过他。她从其他村民那里听说,他们逮捕了十几名男子和青少年。她很难再把他看作她认识的那个军官。她想念花园里的那个她熟悉的人。

暴乱发生后,斯蒂芬在一封信中谈到了他在这个国家的位置和他的目标。虽然他没有为自己的行为道歉,但阿米莎能感觉到他的后悔和困惑。

"我结婚时,只知道自己有哪些责任和义务。"她耸了耸肩,注视着窗外,"也许除了这些,我什么也不该想。"

"你对他抱有什么希望吗?"拉维问道。

"如果我还是个孩子,我对未来会有梦想。"她慢慢地说,"但我不是孩子,我也不至于那么愚蠢,相信自己除了命运赋予我的以外,还能拥有更多的东西。"她绞着双手。"我能知道的唯一的未来就是迪帕克。"

拉维还没回答,迪帕克就从村里应酬回来了。等到其他仆人都进了厨房,阿米莎斟酌着措辞,小心翼翼地说:"我离开学校已经好几个星期了,我该回去了。"

"为什么?"迪帕克漫不经心地问道,"维克拉姆说中尉要走了,我想,新校长一定会找别人来教你们班的。"

"什么?"阿米莎结结巴巴地说,她双手颤抖着。她想,自己一定是听错了。"什么时候?"

"他马上就走了。"迪帕克拿起报纸,粗略地浏览着新闻,"好像是他要求调任,他要奔赴战争前线。"

阿米莎的心沉了下去。她看到拉维向她投来的眼神,知道他看到了她平静外表下的伤痛和震惊。

迪帕克没有注意到她的反应,说:"我太久没打理生意了,我想今晚乘火车走。你和孩子们去看看你的父母吧?"

"去我父母那里?"阿米莎茫然地问,"不。"她必须要去见斯蒂芬,问他发生了什么事。"我不能去。"

"什么?"迪帕克问道,"为什么?"

"是,呃……"她一时语塞,不知道该怎样回答。

"孩子们计划今晚去我家住。"担心迪帕克生疑,拉维马上插了一句,"他们兴高采烈,盼着我老婆和父母好好款待他们呢。"

多年来,拉维的父母与孩子们相处得就像亲祖孙一样。

"那就下次吧。"迪帕克瞥了一眼时钟,"我得赶紧赶下一班火车。"收拾好行李后,阿米莎在门口等着,看着他坐上黄包车离开。

"我要带孩子们到我家过夜。"拉维轻声说。

"拉维?"阿米莎不确定地问。

"去问问他为什么。"拉维平静地说,"否则,你是不会安心的。"

~

拉维带着孩子们离开后,阿米莎站在空荡荡的房子里。她的胃里翻江倒海,她的脑海里闪过一个又一个的念头,一个比一个更急迫。就在昨天，她还在请求迪帕克允许她在这所学校教书。这种绝望与眼前的事情相比，显得微不足道。

那时，她是为自己的思想而战，而此刻，她想要努力守住自己的灵魂。

空虚嘲弄着她。卧室使她想起了她和斯蒂芬的短暂插曲。自从他和她的家人一起吃过饭以后，她仿佛随时能看到他在厨房里。无论她走向哪里，似乎都能听到他的呼唤。她不敢去想他参战的事，如果他在战争中丧生，她该如何活下去？

阿米莎等到天黑才离开家，这样就不会有人看见她了。她必须去恳求他不要去，她朝着他住的方向跑去。到了那里，她深深地吸了一口气。上一次站在斯蒂芬的门口，是因为她的朋友要死了，她不顾一切，想救他的命。

而这一次，她要救的是自己的命。她抬起手敲门，感觉自己的胃抽紧了。他一打开门，她便急急地唤他的名字。

"阿米莎？你来这里干什么？"他看到了她痛苦的神色，她看到了他一脸的担忧。

"我可以进来吗？"她从他身边走过，走进了那间小房子。它比学校早几个月建成，拥有许多相同的现代设施。她擦擦眼泪。

"阿米莎，快告诉我，怎么了？"他轻声说。

她看见他手里拿着毛巾："你在准备洗澡吗？"

她只希望继续闲聊，任何话题都可以，只要能避免他说出真相。因为一旦他说了，就无可挽回了，那件让她痛彻心扉的事情就必然会发生。

在她人生的大部分时间里，阿米莎都生活在阴影中。她隐藏了写作的梦想，仿佛这是一件令人蒙羞的祸事。她为迪帕克生了儿子，满足他的所有需求。但她内心的故事不会消逝。当她写作时，她会神游到一个地方，在那里，她会发现真正的自己，那个在现实中永远不能成为的自己。

直到有一天，斯蒂芬走进了她的生活。他给了她一种她从未想象过的自由。他重视她的想法，鼓励她说出自己的心声。

从童年起，她就一直在按照别人期望的样子生活，而他给了她另一个选择，也因为这个选择，她爱上了他。在拉维受伤的那天晚上，她接受了自己需要他的事实。但是现在，她没有什么能够给他，可以让他留下来，向他表白她的爱。

他把毛巾扔到椅子上，用手捋了捋头发，然后交叉双手，放到脖子后面。她看到了他的痛苦，她因此而倍加痛苦。

"刚才，我听到你的声音，还以为是我的幻觉。"

阿米莎走近他："他们说，你要走了。"

他闭上眼睛，走开了，不忍面对她。

"我必须这么做。"他说，他的话刺痛了她的心。

"为什么？"阿米莎问道。

"印度，"他顿住，深深地吞咽了一下，"我不属于这里，这不是我的战斗。"

骚乱发生的那天，她看到了他的困惑和厌恶。他的同胞与她的同胞针锋相对。她知道她和斯蒂芬不能再像以前那样继续下去了——书信往来，偶然见面。

他还年轻，值得拥有自己的生活，而她什么也给不了他。

"你打算告诉我吗？"阿米莎低声说。

"我不知道该怎样告诉你，"他苦笑了一下，说，"每天都见不到你。"他摇着头，他的痛苦显而易见。"我一直在想你。"他停顿了一下，"但你我都知道，我们无法选择。"

"你会死的。"她抽泣着说。

"不会的。"他伸出手，但在碰到她之前停了下来，"我向你保证，我不会死的。"

阿米莎相信他会坚守诺言。但是生活并不总是公平的，她知道，这可能是她最后一次见到他了。她若是逃避自己的感情，便是对他的侮辱，也是对他们彼此之间感情的侮辱。她厌倦了在命运为她设定的界限之内止步不前。

她抓住胸前的纱丽，轻轻一拉，丝衣便飘落在地板上。很快，她身上就只剩下一件贴身衬衫和纱丽下面的裙子。

"斯蒂芬。"她说，然后向他伸出手去。

他转过身来，眼前的一幕让他吃了一惊。她站在那里，袒露肌肤，脆弱不堪，用她唯一知道的方式呼唤着他。

"不，"他说，他的手指弯成拳头放在身侧，"别这样。"

"还要我求你吗？"她问道，双手无力地放在身体两侧。

他用手指捂住她的嘴。他的手落在她的脖子上，她给了他触摸她的自由。她呻吟了一声，他猛地把她拥进怀里。当她整个人都依偎在他怀里时，他不由得发出一声叹息。他和她紧紧地拥抱在一起，仿佛两人的身体已经融为一体。

她张开双唇，迎接他的亲吻。她配合着他的狂吻，双手与他的头发纠缠着，使两人的头对齐。她渴望与他赤诚相见，于是动手去解开他衬衫上的扣子。

阿米莎本能地知道，斯蒂芬会渴望她触摸他，看看他的身体。她探索着他暴露的肌肤，当她终于脱下他的衬衫时，他胸前又粗又软的汗毛让她着迷，她俯身去吻他。

阿米莎听到斯蒂芬轻轻地吸了一口气，便移开嘴唇，问道："我弄痛你了吗？"

"完全没有。"他又把她拉了回来。

她用一切她想被爱抚的方式抚摸着他。当她的手指在他的腹部舞动时，她感到他沉重的呼吸。她品味着他有力的臂膀和温柔的双手。当她碰到他裤子的搭扣时，她犹豫了，羞涩地迟疑着。他拉起她的手，举到唇边轻吻。随后，解开她的上衣，解开她的胸衣，用他的手释放她所有的束缚。她的眼泪倾泻而出，当透过盈盈泪光，与他四目相对时，她看到他也是满脸泪痕。

他慢慢地帮她褪去衣服，让她的身体毫无保留地呈现在他面前，他再次亲吻她。"我们可以这样吗？"他用强壮的臂膀把她抱起来，准备走向卧室。

"是的。"她回答，没有迟疑。因为，就在那一刻，她拒绝属于那些声称拥有她的人。她拒绝属于她的父母，他们生养了她，并为她决定了共度余生的伴侣。她拒绝属于她的丈夫，那个为了生儿育女和料理家务而娶了她的男人。她也拒绝屈从于内心深处对自己的道德期望。唯有今夜，她完完全全地属于她自己。

他把她放在床上时，她向他张开了双臂，热烈地期待着他。当他用膝盖分开她的大腿时，她把双腿伸开，环绕着他的腰，等待着他。当他越过她的障碍，迷失在她的身体中时，她看到生活中所有的阴影已经消散，光终于照了进来，灿烂无比。

那一夜，阿米莎和斯蒂芬一直在一起。在黑暗中，他又有两次将火热的身体转向她。第二天一早，她吻他的脖子唤醒他。他把她拉到自己身边，鼓励她去尝试。在明亮的晨光下，她羞于对着他袒露自己的身体。于是，他只是用手抚摸着她腹部三次怀孕留下的纹路。

她在他的浴缸里洗澡，享受着室内沐浴的乐趣。她穿衣服时，他准备好了早餐，她却什么也吃不下。

"阿米莎。"斯蒂芬坐到她身旁。

"我们要说'再见'了吗？"她问道，泪水顺着脸颊汹涌而下。

他已身心俱疲，别无选择，他说："战争结束后，我会争取回来。"

"然后呢?"她问道,为他和自己感到害怕,"那时,我还是个已婚妇女。"

"我知道。"他温柔地说。

他不再说话,她轻轻地吻了他。他加深了吻的力度,久久地拥抱着她,直到她离开他的怀抱,默默坐了片刻,然后返回家中,等她的孩子们回来。

四十

每一天,阿米莎都感到身体乏累。斯蒂芬离开后,阿米莎得到消息,学校不再需要她去工作。

日子一天天过去,她在床上躺的时间越来越长。拉维和比娜常常守在她的床边,给她拿来食物和当地的全科医生开的药品。

与斯蒂芬共度的那一夜已经过去了六个星期,她开始反胃。她从床上爬起来,冲到屋外呕吐,直吐到腹中空空。拉维递给她一杯水和一块湿毛巾。

"夫人?"拉维凑近,表情有些不自然地问道,"庆祝的时间到了吗?"

"庆祝?"阿米莎恍然大悟,瘫倒在房子的墙边,靠着墙,让自己站稳。"我怀孕了。"她哽咽着,把手放在腹部。她突然明白了这些天来的症状意味着什么。已经生过三个孩子的她,不敢相信自己居然忽视了这些征兆。

"老爷会高兴吗?"拉维问道。只有他们两人明白这个问题的含义。

阿米莎盯着他,拉维是唯一知道她对斯蒂芬的感情的人。

"不是他的。"幸福的感觉在她身上流淌。她已经失去了斯蒂芬,但如今有了他的孩子,她就会永远拥有他的一部分。"你把孩子们带到你家的那天……"该是阿米莎与斯蒂芬的那一次共眠。在他夺走她的心很久以后,她把她的身体给了他。"他离开之前。"

"好好休息。"他催促她。难得的是,他听到真相后,什么也没说,但阿米莎知道,他会保守她的秘密。"你得为宝宝着想。"

"我必须……"她闭上了嘴。她突然想到了她的儿子们,以及她怀孕背后的真相,这令她不寒而栗。

"夫人?"拉维站在她身边,被她苍白的脸色吓了一跳。

"永远不能让迪帕克知道。"她瞪大眼睛,绝望地盯着他,"我的孩子们——我做了什么?"她倒在地上,双手保护着她未出生的孩子。

~

阿米莎精心计划着迪帕克回家后的行动。但每一步,她都被欺骗的重担压得喘不过气来。

但是,她别无选择。如果迪帕克知道她做了什么,即便她身怀有孕,也会被赶到街上。

无论斯蒂芬身在何处,她依然爱着他,否则,她不会一想到他就心痛不已。

但她首先,而且永远是个母亲。辜负了她的儿子们,就是辜负了上天赋予她的唯一责任,她不愿这么做,因此,她只能等迪帕克回来,然后启动她的计划。当他两天后到家时,她已经做好了准备。

"你今晚很主动。"当阿米莎走进他们的房间时,迪帕克说。晚饭后,她早早地让孩子们上床睡觉,打发仆人们回家,包括拉维。

"我丈夫回来了,我难道不感到高兴吗?"阿米莎在小镜子前梳头发。

"当然可以。"迪帕克有点惊喜地看着她。正如她所希望的那样,他领会了她微妙的暗示,走近她,从她手中拿走梳子。"仆人们说你病了。"

"仆人们太小题大做了。"她说。

他关上门,把灯里的油减少些。他脱下她的衣服,溜到床上,默默示意她跟过来。阿米莎暂时模糊了她上次和一个男人上床的记忆,她把斯蒂芬抱着她的记忆深深地抛在脑后。

现在,她准备迎接迪帕克的触摸。她未出生的孩子是她和斯蒂芬共度的那个夜晚送给她的礼物。

阿米莎解开纱丽,钻到被子里。她感到他冰冷的身体和自己温暖的身体靠在一起。当他的手游走到她的胸部以下时,她轻轻地把它拉了回来。她不能冒险让他察觉到她微微隆起的肚子。即使他注意到了,也没说什么。很快,他就做好了准备,把她拉到身下。

"是时候了。"当他准备进入时,阿米莎喃喃地说。

"什么时候?"他停下来,问道。

"再要个孩子。儿子们想要个小家伙儿来逗着玩呢。"她屏住呼吸,等他回答。

他咧嘴笑着,点点头,当他滑入她干涩的身体时,她在枕头上痛苦地呻吟着。他开始晃动身体时,她无声地乞求着上天。

当他的精子在她体内流动时,她祈祷他的精液渗透到胎儿周围的液体中,让他的精子在她的子宫里与胎儿结合,渗透进胎儿周围的保护层。她希望孩子能吸收些迪帕克的特点,这样,TA出生时,他会感到熟悉。这个孩子会把迪帕克当作亲生父亲,不会对真正的父亲留下任何记忆,也不会怀念他,而TA的亲生父亲也永远不会知道TA的存在。

四十一

怀孕六个月后,强烈的反应依然折磨着她。早上,她已经吐了两次了。她咬了一点饼干,喝了几口生姜水,希望能止住恶心。她的一只脚踩在地上，在长椅上晃荡着。

"孩子们很早就去上学了。"她对拉维说。迪帕克是三天前乘火车离开的，在怀孕期间，他很少在家，尽管阿米莎几乎没有注意到。"一切都好吗？"

"他们一早就被你的呼噜声吵醒了，穿衣服也比以前更快了。"拉维一边给她倒水喝，一边说，"恐怕他们还不懂什么是同理心。"

趁着另一波恶心尚未袭来，阿米莎对他挤出了个笑脸。她苦笑着，用手抚摩着微微隆起的肚子："也许，这是对我欺骗行为的惩罚。"

"你相信这是惩罚吗？"拉维把一个碗放在她身边，以防她再次呕吐。

阿米莎想到了斯蒂芬和他们孕育的孩子。他们的爱已经强大到足以创造生命，而这个小生命就是他们的纽带。

"如果是，那么我欢迎它。能认识他，付出任何代价都值得。"

"那您就很幸运，夫人。"拉维说，"人们很少能认识到他们拥有的东西的价值。"他把脏衣服收起来，扔进篮子里，准备去洗，"在你需要我的时候，我会永远站在你身后。"

"谢谢你，拉维。"阿米莎把头靠在枕头上。

比娜和另一个仆人今天都请了病假，待在家里，所以当敲门声响起时，她只能自己去开门。

"稍等一下。"阿米莎大声说，以便来访者能听见。她擦了擦手上的饼干渣，打开了门。

看到斯蒂芬的瞬间，她的双腿仿佛突然失去了力量，泪水迅速盈满眼眶。她用手揪住胸口，一阵痛楚袭上心头。

"你来了。"她确信这只是个幻觉，于是伸出手，握住他的手，两人四目相对。他的头发长了，脸也消瘦了些，但是他凝视着她时的灼灼目光依然没变。

"我来了。"他走进屋子,随手把门关上,"迪帕克出差了吗?"他的眼睛紧紧地盯着她。

"是的。"阿米莎沉浸在见到他的惊喜里,她相信他并不是幻觉。自从他走后,她便把那揪心的悲伤深深埋在心里,没有把他变成活下去的动力。"怎么会是你?"

"我来了,阿米莎。"斯蒂芬轻轻地扶着她的肩膀,目光掠过她的脸,"有人在家吗?"

阿米莎摇了摇头,他一下子把她拉进怀抱,让彼此之间没有距离。她把头埋在他的胸前,自从他离开以来,她的灵魂一直不堪重负,渴望着放松的一刻。他捧起她的头,另一只手放在她的腰上。他怦怦的心跳声在她耳边回荡。她努力让自己平静下来,可是几颗眼泪滴落,打湿了他的衬衫。很快,她就忍不住痛哭起来,浑身发抖地抽泣着,自从他离开以后,她的难过已经被压抑了太久。

"嘘。"他试图安慰她,但无论他说什么都无法减轻她的痛苦。白天,她整日都在为他担心,到了晚上,常常梦见他身在遥不可及的地方。

"你离开了我,"她哭着说,回忆萦绕着她,"没有你,我崩溃了。"

"阿米莎。"他开始说话,这时,他感觉到纱丽裙下她腰部的柔软隆起,"什么?"

他的眼睛里充满了疑问,想为她脱下纱丽。

"不要。"她想往后退,但他紧紧抓住。她知道他感觉到了他们在一起那晚之后她的变化。

"TA是谁的?"他盯着她隆起的腹部。

阿米莎站在人生的十字路口,虽然她只有一条路可走。斯蒂芬是她唯一爱的男人,也是她永远想要的男人。在遇见他之前,她已经接受了自己的人生走向,但他的出现,让她又有了梦想。他是她的精神支柱,而她正在撕裂它。

"迪帕克的。"

"不。"他转过身去。

"我很抱歉。"阿米莎泪流满面,而他只能在心里默默流泪。"这个孩子……"

"配得上 TA 的父亲。"斯蒂芬答道,神情很是失落。

"我爱你。"阿米莎坦白道。

"我的爱对你来说无关紧要。"

"你的爱是我的救赎。"她喘息着,压制着喉咙的哽咽,勉强发出声音来。她怀上的孩子是他们结合的礼物,让她得到了他的一部分,却也迫使她离开他而生活。

"我得走了。"他后退了一步,给了她需要的距离。

"去哪里?"阿米莎需要知道他不在她身边的时候会在哪里。

"我不知道。也许回家吧?"他的目光停留在阿米莎的腹部,"我只是回来看看你。"

斯蒂芬向门口走去,胡乱地伸出手去抓门把手。

"等等。"她一边抹着眼泪,一边冲进卧室。她从床底下拉出一叠写好的故事。她亲手写下的每一个字都整整齐齐地排列在一起。所有从她内心涌出的故事,都是用英语和印地语写的。她站在卧室门口,凝视着他。她知道,此生她与他再难相见,她要把他的一切都铭刻在记忆里。她缓缓地走向他,试图让那不可避免的分别来得再晚些,她回到他身边,把一摞纸递了过去。

"这是什么?"他透过模糊的泪眼看着那捆纸。

"我写的故事。"

"不。"他想还给她,但她拒绝了。

"它们是你的,斯蒂芬。"她坚持说,"自从你离开的那天起,我就没有再写过,一个字也没写。当我知道你不会再和我在一起时,我便不再有灵感了。"她停下来,深吸了一口气。

"那就来吧。"他恳求道,"跟我一起生活。"

"这里才是我的世界。"她指着四周,"我的孩子们和我一样,都属于这里。你和我,我们曾经尝试过。在我们的花园里,种下了属于我们的玫瑰,但它们有刺,已经刺伤了我们。我们的幻梦如今只剩下血泪。"

斯蒂芬低下头,无法辩驳。

阿米莎望着与她同样痛苦的他说:"而这里,是一个对你毫无用处的村庄。"

"阿米莎,"他说,有着明显的痛楚,"我们可以一起生活。"

"在哪里?"阿米莎问道,"在你们国家,我是被歧视的棕色人种。在我们这里,人们都恨你,没有我们的容身之地。"他想说些什么,但被阿米莎打断了。"趁我还能说话的时候,请让我说完。"她已经耗尽了力气,于是把手放在他的双臂上,从他身上获得一点力量。"我多希望能和你一起生活。没有你,我永远不会再有幸福。"

"你跟我在一起会很安全的,我向你保证。"

"那我就没办法和孩子们在一起了,我不能为了选择你而放弃他们。所以,我会屈从我必须遵守的规则。但同时,我向你和诸神保证,只有我们在一起的时候,我才会再次写作。既然命运把我放在这个世界上,那么我就应该在这个世界上生活。"阿米莎咬牙切齿地发誓说。

"这不是你能做出的牺牲。"

"你带走了我的心,斯蒂芬。"她抽泣着说,"没有它,我写不出任何故事。"阿米莎感到她的世界在改变,她的平衡消失了。失去的痛苦比他们拥有过的幸福更强烈。

在她创作的故事里,她可以尽情幻想,并有权决定结局。但是在她真实的故事里,却只有一个可能的结局,她无法扭转它,无力改变它预定的方向。命运让他们体验过那般幸福,也让他们付出了代价。这段感情没有给他们留下任何东西,除了一段他们永远不会再体验到的爱情回忆。

斯蒂芬用手抚摩着她的脸颊,把她拉近。他把手放在她的肚子上。"如果这个孩子是我的,我愿意付出一切。"他低声说,"即使TA不是我的,孩子也是你的一部分,正因为如此,我希望TA能快乐地生活。"他弯下腰,嘴唇在她的嘴唇上轻轻拂过。然后,他放开了她,走了出去,没有回头。她孤独而崩溃地瘫倒在地板上,腹中的孩子是他留给她的唯一纪念。

嘉 雅

来到这里的父母都已接受了梦想破灭的现实。
他们屈从现实,
顺从命运的安排。
虽然不能拥有亲生的孩子,
但他们依然保有一颗愿意接纳的心。
于是他们走进门来,伸出双臂。
在那一刻,
那个孩子让他们拥有了一个完整的家庭。

四十二

拉维讲完后，我擦了擦眼中的泪水。我们一起沿着河边走。

"她非常爱他。"

"是的，"他轻声说，"他们的爱是真挚的，忠诚的。"

"我妈妈知道吗？"虽然我认为答案必然是否定的，但我还是问了，"斯蒂芬是她的亲生父亲这件事？"

"从来没有人告诉过她。"拉维平静地说。

"为什么不告诉她？"她本来可以得到全心全意的爱，可是，在她的人生中，她从来不知道父母是多么想要她，"为什么要等这么久？"

"我不能说，"拉维慢慢地说，"直到现在。"

"因为我的外公？"我问。

"是的。"

"她有权知道。"我对我出生前的情况感到愤怒，我多希望妈妈能得到她父母的爱和支持。"她应该知道她亲生父亲的事。"

我母亲过去的秘密已经隐瞒了两代人。被她当作父亲的人从来不想要她，而那个会无条件爱她的父亲却根本不知道她的存在。我痛心不已，既为了外婆那迫不得已的选择，又为了妈妈那从未知晓的秘密。

我因为没有孩子而感到空虚，正如我的妈妈因为没有父亲而感到空虚一样。我们都曾失去过，这将会联结起我和妈妈——那个我仿佛刚刚才开始认识的女人。

"斯蒂芬会是个好父亲，"拉维哽咽着说，"他是个特别好的人。"

"他还活着吗？"我满怀希望地问道。

"不，"他低声说，巨大的失望刺痛了我，"不在了。我想，他们两个，谁也不能独活在这个世界上。"

他们之间的深情让我感动得几欲落泪。

"我来印度时，从未想过会听到这样的故事。"

"也许冥冥之中这就是你来这里的原因呢？"拉维说，"你外婆希望我能把这个故事讲给她女儿听，但也许，你才是那个注定要听到这个故事的人，对吧？"

"也许吧，"我说，"我正在把这个故事慢慢讲给妈妈听。"

"你会告诉她这件事吗？"他问道。

"暂时不会。"当她听到这属于她的特殊遗产时，她应该需要我的父亲站在她身边，"等我回去的时候，我会把一切都告诉她。"

远处，妇女们站在齐腰深的水里洗衣服。孩子们在附近玩耍，一边在温暖的水中洗澡，一边互相泼水嬉戏。男人们把牛牵到河边饮水。拉维花了一上午的时间讲完了这个故事，然后建议我们去散散步。

"小心脚下。"他领我离开河边，走到草丛里去，"草下面可能藏着蛇。"

"什么？"我停下来，在地上搜寻滑行的动物，"蛇？"

"是的。"拉维毫不在意，在我们走路的时候，不时地随意翻起石头。

"但是，那么多人都在水里。"我指了指那群人，"有人可能会被蛇咬伤。"

"万一碰上蛇，那些女人只要把蛇推开就行了。"拉维看着那些孩子，嘴角垂下来，"我担心孩子们会把蛇当作玩具来玩。"

"他们不是应该杀了它吗？"我大声说，"有可能是毒蛇啊。"

"啊，但是，难道不是我们在打扰它们吗？"他用手杖指着河，"这片地归谁，由谁说了算呢？蛇会认为是我们打扰了它的家，它的毒液可能是它唯一的防御手段。"

恰恰在这时，一个孩子的尖叫声打破了寂静。一个小男孩把一条小蛇举了起来，就像拿着一件珍贵的东西，然后扔向他的朋友们。

"我讨厌蛇，我不想让它们靠近我。"我用双臂环抱着自己，感到脊背发凉。

"所以，你是说，你的权利高于它们的权利？"

"是的，我就是这么想的。"我狠狠地瞪了他一眼，想激起他的反驳。

"那么，我建议我们远离水，到城里去。否则，我担心，当我们遇到一条蛇，你狼狈逃窜的时候，你会发现你其实没什么优越感。"

拉维和我回到村里时，听到一阵响亮的宝莱坞音乐声和笑声。我们看到一大群穿着牛仔裤和衬衫的年轻男子和穿着彩色及膝短裙和衬衫的妇女。突然，人群安静下来，只见一个穿着红色刺绣结婚礼服和奶油色裤子的年轻人骑着一头小象进入了村庄。

"他们在干什么？"我问。

男人们把骑象人扛在肩上，送到帐篷旁边的桌子那里。女人们挽起手臂，围成一堵人墙，阻止他接近坐在桌旁的一位年轻女子。

"这是彩绘仪式，"拉维说。"那个人，"拉维指着刚才骑在大象上的年轻人说，"是新郎。桌子旁的女孩是新娘。"

新郎向新娘猛冲过去，但女人们坚守阵地，挡住了他接近未婚妻的企图。每次他失败时，人群中都会爆发出笑声。

"这是婚礼神圣的一部分。虽然婚礼是一种身体行为,但它的精神层面是最值得赞颂的。"

婚礼那天,我穿着传统的白色婚纱,我们在海滩上举行了婚礼。我从没想过要举行一场印度婚礼。"为什么说它是神圣的?"

"她们在她的手上用指甲花彩绘。复杂的图案象征着婚后丈夫对她深深的爱。"新娘的朋友们坐在旁边,给新娘的手和脚涂上彩绘。新郎再次佯装跑向她,而他的朋友们则站在一旁大笑。"艺术家会巧妙地将他们的名字融入设计中。新婚之夜,新郎必须找到它们,才能与新娘圆房。"拉维笑了。"听说,有很多新郎整夜都在找。"

新娘的女伴们开始用印地语唱歌,很快,男人们也加入进来。他们似乎一点也不怕热,即使汗流浃背、衣服湿透也毫不在意。

"那些女人在唱什么?"虽然我能听懂其中的一些词,但我还是不能理解整首歌。

"他们在取笑新娘的丈夫和未来的姻亲。他们说,他会变胖,如果有一天他在她身上睡着,她就会被困住。他们警告她,不要把饭做得太好吃。"

人越聚越多。随着活动的继续,父母们也加入了孩子们的行列。

"那些人是谁?"

"印度婚礼的规模可以小到二百人,也可以大到六百人。"

在小堆的篝火前,祭司切了一个椰子,并在旁边放上鲜花和生米。

拉维解释说:"椰子象征着生育能力,花代表美丽,生米象征着食物。"

祭司把融化的奶油倒在火上,使火继续燃烧。

夕阳西下时,聚会已如火如荼。乐声渐响,每个人都舞动起来。准新娘和她的未婚夫在一起。他对她说了些什么,她仰起头笑了。

我羡慕他们的幸福。生活在他们的前面展开,蕴含着无限的机会。

在我结婚的那一天,我坚信没有什么能拆散我们。我们在一起是那么快乐,痛苦和忧伤仿佛永远不可能发生在我们身上。我想起阿米莎和她的选择。看着这对夫妇,我不禁心怀感恩。在那些我和帕特里克共同度过的日子里,我感受到了真正的幸福。尽管后来我们经历了绝望,但我曾爱过他,虽然我不知道我是否会永远爱他。

四十三

两天后,早上醒来,我忽然想起,几年前的今天,正是我第一次流产的日子。我穿上从市场上买来的一套衣服,走了出去,虽然我很清楚我要做什么,却有些疑心自己的选择是否正确。

来到神庙,我脱掉鞋子,爬上台阶。

"呐嘛斯嘚。"庙里静悄悄的,只有几家人。

"欢迎。"婆罗门接受了我奉上的一盘水果和鲜花,"谢谢。你会吉祥如意,长命百岁。"

"我很感激。"我瞻仰着神像的面容,每一尊都令人着迷。

"你有什么乞求吗?"婆罗门问道。

"我只是来问问……"我停顿了一下,寻找合适的词,"不是问——也许,想得到一些答案,"我重新回答,"那是帕尔瓦蒂女神吗?"

"是的,那是杜尔迦。"他指着她旁边的雕像说,"都有非常强大的力量。"

我跪在两尊和谐优雅的女神雕像之间。她们的眼睛是水晶薰衣草的颜色,手是金色的。我闭上眼睛,想象着我的孩子们在玩耍,他们的笑声抚慰着我久久不愈的伤口。当他们哭泣时,我会用怀抱抚慰他们。当他们欢笑时,我会与他们一起分享。为了他们,我甘愿付出更多,超过其他任何事。

"我的外婆来过这座神庙，"我对沉默的雕塑说，"我从未见过她，但我毫不怀疑她比我任何时候都更坚强。"在这一刻，我感到自己变得更年轻，甚至更天真。"我来到这里，想求你赐给我一个孩子。"我轻声说。我的眼泪滚落，我的悲伤依然痛彻心扉。我把脸埋在膝盖上，避开婆罗门和女神的眼睛。我躲避着世界，躲避着我自己，我依然没有找到自己的位置。

"嘉雅？"阿米特惶恐不安地走近我。

我赶紧擦干眼泪。几个小时过去了，神圣的雕像已经笼罩在阴影中。

"阿米特？你好吗，孩子？"

"我很好。"他端着一个装满鲜花和水果的盘子。他注意到我脸上的泪痕："你没事吧？"

"你的曾祖父说，这些神庙有强大的力量。"我最后一次用手拂过脸庞，希望抹去所有的泪痕。"我可能是被这股神力攫住了。"我用一只手臂搂住他的肩膀。"想不到大白天能在这里见到你。你没去上学？"

"我们今天很早就放学了。"他看向别处，"我能问你一件事吗？"

"当然。随便问。"我带他走到神庙的外边，那里有一点私密空间。

"你相信奇迹吗？"他犹豫着问道，但似乎很想听我的回答。"你看上去很聪明。"他一脸钦佩地说。

我微笑着对他说："根据你的拉维达达给我提供的信息，我知道，我的数学比不上你，我听说你是班上第一名。"听到我的赞美，他脸红了。"我相信什么并不重要。"我闪烁其词，没有直接回答他的问题，"重要的是你是否去做。你相信奇迹吗？"

"米莎。"他犹豫着，但过了一会儿又说，"小儿麻痹症——我们什么也做不了。"他盯着大理石柱子。"所以我每天都带着礼物来这里，希望神能治愈她。"他顿住，喉咙哽咽，"那样，她就可以像我们一样跑步和玩耍了。"

我望着面前的这个男孩,他稚气未脱,却已经是个男人了。我不敢相信,一个家族,一个血缘,对彼此的亲情竟如此深厚。

"你的拉维达达知道吗?"我问。

"我不想让他知道,我的希望太不切实际了。"阿米特凝视着远方,"在美国,你见过祈祷得到回应的奇迹吗?"

"每天都有奇迹发生,"我说,尽管我从未见证过奇迹,在流产后也不再相信奇迹,"你希望奇迹发生在妹妹身上吗?"

"是的,"他回答。他朝雕像走去。"除了祈祷,我什么也做不了。"

~

那天晚上,我去了咖啡馆,在电话亭里拨了一个我熟记的电话号码。远方的铃声越来越响,我屏住了呼吸。

"喂?"

帕特里克的声音沿着电话线传了过来,听起来和我们上次谈话时一样。我意识到,他那边快到午夜了。我突然觉得自己很傻,不知道是不是有人在他身边。

"嘿,"当他再次向我打招呼时,我说,"是我。"

对他的声音,我毫无抵抗力。刚开始约会的时候,我们有着说不完的话,常常一聊就是几个小时,直到深夜。不久后,每当我大发雷霆时,他的声音会让我平静下来。每当我踌躇满志时,他的声音会给我莫大的鼓励。可是,后来,当我在悲痛中迷失了自己时,我竟忘记了我曾多么需要他。

"嘉雅?"我听到电话背景中有窸窸窣窣的声音,我猜想,他在把枕头竖起来,靠在上面,"我没料到你会打来,一切都好吗?"

"嗯,"我很快回答,"我知道很晚了。我刚才没注意,我拨完电话才算出时间。"我语无伦次,但我无法控制自己。"如果史黛丝在那里,我感到很抱歉……"

"史黛丝不在这儿，"帕特里克轻声说，打断了我的话，"自从我告诉你这件事以后，我们就再也没有见过面。"

"哦。"我感到诧异，一时无言以对。我曾坚信，悲痛让我们的婚姻摇摇欲坠，而她便是压垮骆驼的最后一根稻草。我想弄明白，想追问下去，但我忍住了，我早已不再是他的红颜知己。"我很遗憾。"

"你好吗？"他的声音低了下来，即使我们相隔千里，我仍能感觉到他的疑惑。"我给你拨过几次电话，但总是断线。"

"我听到了你的声音，但你听不见我的。我给你回了电话，但是……"我的声音越来越小。那次通话已恍若隔世。当时，外婆的故事才刚刚开了个头，我从未想过，它会引我走向何方。

"你挂了电话，因为史黛丝。"他打破沉默说。对于他已经知道的事实，我不需再肯定。

"我打电话来，是想对你说声'谢谢'，在我流产期间，谢谢你一直陪伴着我，"我迅速地告诉他，"今天是第一次流产的纪念日。"电话里传来他深呼吸的声音，我努力忍住喉头的哽咽，祈祷自己不要哭出来。"那时，你努力陪在我身边，我却视而不见，但现在，我看到了。"

"我想你。"他说。我愣住了，我万万没有想到他会说出这句话。我听到他把电话从一只耳朵转到另一只耳朵，我知道，他正在打开床头灯。"那时，我也想你，非常想。"

希望不期而至，在我心中绽放，我想念有他的生活。阿米莎的故事让人明白爱是多么珍贵。我曾以为，我们的爱是理所当然的，当它变得难以维系时，我便选择了逃离，坚信独自面对会让我更坚强。但爱他并不是负担，也不是福报，是两个倾心相爱的人共同寻找生活的意义。和他在一起时，我是那么自由，那么幸福。

"我迷失了。"我轻声说。我把膝盖蜷缩在胸前，用另一只手环抱着。"悲伤让我的世界一片黑暗。"

他诚恳地说:"我很抱歉,没能帮你渡过难关。"长久以来,痛苦一直紧抓着我的心,而现在,它似乎松开了魔爪。"我很想帮你,但我不知道该怎么做。"我再也忍不住,终于啜泣起来,我听到电话那端的他深深地吸了一口气,我知道,他在努力控制着自己的情绪。

"谢谢你努力过,"我告诉他,"对不起,我从来没有对你说过这样的话。"

"我们是夫妻啊,"他说,似乎没有意识到自己用错了词,"这是我该做的。"听到我沉默不语,他突然说,"我一直在读你的博客文章,写得太棒了。"

我不禁破涕为笑,开玩笑说:"你还是那么盲目乐观吗?"

无论我修改过多少次,帕特里克总是说我的作品很棒。

"谢谢提醒。"

他跟我一起笑了起来,然后,我们都沉默了。我有很多话想对他倾诉,但我如今已没有权利了。他不是我的参谋,也不是我的知己。当我选择逃离婚姻的那一刻起,我便失去了我最好的朋友和爱人。

"我想你。"我坦承,"超出我的想象。"

每当听到朋友宣布离婚的消息,我总是感到疑惑,为什么双方会如此决绝,为什么曾经的刻骨铭心转眼就成过眼云烟。当帕特里克和我分开的时候,我一心想着是什么让我们渐行渐远,却忘记了是什么让我们走到一起。现在,一粒希望的小种子已经破土而出。但同时,内心深处有一个声音在提醒我,慢慢来,走好每一步。

"你什么时候回来?"他问道。

"我不知道。"我的编辑最近给我发了一些我可以远程完成的任务。除了写博客外,还能工作,这让我很高兴。"在这里……"我想起了阿米莎的故事和她的人生,"我相信能帮助我痊愈。"

"这样很好。"他停顿了一下,我在想,他是否像我一样,依然不敢对我敞开心门。"我一直和你父母保持联系,"他说,这让我感到惊讶,"我让他们为我保密,"不等我抱怨,他解释道,"我只是想确定你没事。"

"帕特里克。"我欲言又止。我想再仔细考虑一下措辞,但已经脱口而出:"我真希望没有流产过。"我轻声诉说。内心的理智告诫我要谨慎隐藏自己的想法,但我厌倦了压抑自己的感情:"我多想和你一起建立一个大家庭,我渴望我们两个成为父母。"

"我知道,亲爱的。"他的声音充满了痛楚,"我也一样,比什么都想。"

我泪如雨下,泣不成声。他一直守在电话旁,静静地听我哭泣。跨越千山万水,他给了我安慰,那是自从我被伤痛击倒以来,第一次让他走进我的内心。

四十四

我到孤儿院的时候,夜已经深了。我本想睡觉,但一想到和帕特里克的谈话,我就睡不着。我们一口气聊了好几个小时,回忆我们的过去,以及那些无法克服的伤痛。我把拉维给我讲过的故事讲给他听。起初,我还有些犹豫,但他感兴趣的样子鼓励着我讲下去。在那几个小时里,我们好像从未分开过。

我爬上台阶,觉得自己很傻,在孩子们熟睡的时间来看他们。我轻轻地敲了一下门,如果没人立即应答,我就回家。

"来了。"我上次拜访时见过的保育员打开了门。她认出了我,惊讶地睁大了眼睛:"夫人,你怎么来了?"

她把我领了进去。房间很暗,只有一盏小油灯在后面的房间里摇曳。大多数孩子都睡熟了,但仍有几个身子还在动。

"我很抱歉,我知道很晚了。"我压低声音说,"我不知道孩子们什么时候睡觉,但我想着,可以过来……"我耸了耸肩,把手插进裤兜里,"看看能不能陪他们一会儿。"

即便保育员觉得我深夜造访很奇怪,她也没有表现出来。

"总会有一两个孩子会饿醒。"小厨房里,牛奶在炉子上的平底锅里热着,"你能把它倒进瓶子里吗?"

"当然。"我看到有些干净的瓶子放在餐巾上晾干,"你整晚没睡?"

"晚上给我们帮忙的那个女人生病了,所以我们要轮班。"

保育员工作又麻利又高效。她的衣服上有牛奶和食物的残渍。她把头发挽成一个紧紧的发髻,有几缕发丝从她脸的一侧垂了下来。

我刚刚把瓶子装满,房间里响起一个孩子的哭声。保育员刚要向他走去时,我问:"可以让我来吗?"

她点点头。

我过去,把哭泣的孩子抱在怀里,用奶瓶喂他。

我背靠着墙滑下来,坐在自己的腿上,怀里抱着他。他饥渴地吸吮着奶瓶,直到快喝光为止。躺在我旁边的孩子向我偎过来,在凉气袭人的夜晚寻求温暖。我幸福得快要落下泪来。

"你做得很好。"保育员在附近喂另一个孩子。

"他太饿了,只顾着吃,没在意我的笨手笨脚。"当牛奶喝完后,男孩还在吮吸着。我轻轻地把奶嘴从他嘴里拔出来,免得他吞进空气去。我用手指抚摩他的脸颊,擦掉他下巴上的奶滴。

"你为什么选择这个工作?照顾这些孩子?"我把孩子抱到我的肩上,轻轻地拍他,拍了几下后,他才打出嗝来。他慢慢睡着了,身体放松下来,我轻轻地把他放下。

"我在孤儿院长大。"她摇晃着还在哭的孩子,她的哭声越来越大,她努力安慰着她。"所以,我想为孤儿院工作。"我递给她另一瓶,"你没有自己的孩子吗?"

过了好一会儿,我才说:"你怎么知道?"

我不想谈这个话题。我不想让别人知道,我曾尝试过做一个母亲,但失败了。

"你抱孩子的样子像个新手妈妈,不够自信,但很兴奋。"她说。

我退回到自己的世界里,回忆起我读过无数的书,从如何安抚一个挑剔的孩子到怎样养育一个快乐的孩子,我学习了所有的事情。但再多的研究也比不上照顾一个真正的婴儿。即使周围有一屋子的孩子,我依然是孤独的。

我深吸一口气,让自己平静下来,问她:"你有孩子吗?"

"他们就是我的孩子。"她打了个哈欠,疲惫不堪的样子,"我的家人抛弃了我,这些孩子的家人也抛弃了他们。"她满脸爱意地扫视了一下房间,"我们只有彼此。"

"他们很幸运有你。"

"在这样的夜晚,我必须同意你的看法。"那个女人笑了,同时努力忍住再打一个哈欠,"那么,半夜里什么风把你吹到我们这里来了?"

"我想起我那些没能降生的孩子,不知不觉就来到这里了。"我说,我发觉自己比想象中更加坦诚。

"你想领养一个吗?"

"什么?"虽然帕特里克提到过领养,但我们从来没有进一步讨论过。我梦想中的小孩,应该是由我的子宫孕育的生命,长得像帕特里克或者像我。领养就像承认失败,而我对此毫无准备。"没有,我从来没有想过。"

"很抱歉。我误解了。"

"这里的孩子有很多被领养吗?"

"运气好的年份,会有几个被收养。"有个大点的孩子哭着醒来了,保育员唤了她一声,小女孩跑过去,依偎在她的大腿上。"他们来到这里时是孤零零的,离开的时候就像我们的一个家人。如果绝望不是唯一的动机,会有更多人享受到领养孩子所带来的真正快乐。"

"我不懂你的意思。"

"所有的父母都梦想有自己的孩子,生下一个酷似他们自己的人,对吗?"她问道,"来到这里的父母都已接受了梦想破灭的现实。他们屈从现实,顺从命运的安排。虽然不能拥有亲生的孩子,但他们依然保有一颗愿意接纳的心。于是他们走进门来,伸出双臂。"

"但这个孩子既不像他们,又没有延续他们的血脉。"

"没错,但在那一刻,那个孩子让他们拥有了一个完整的家庭。当父母们离开这里的时候,他们知道,成为父母是人生的馈赠,无论是通过怎样的途径达成的。"她把睡着的孩子放回去,"我希望,不只是少数被迫走上这条道路的人应该懂得,更多的人也应该懂得,用心去爱一个非亲生的孩子,你会获得怎样的回报。"

我等待着来自我身体的奇迹,但它拒绝了我。这些孩子在等待他们自己的奇迹——等待命运把他们带给爱他们的人。我想象着如果他们中的一个是我的,那会是什么样子。我的心突然轻松起来,思绪也变得无比平静。我待在那里帮忙,直到太阳升起,带来新的一天。

阿米莎

她无法想象生活在一个没有他的世界里,
这是支撑她活下去的唯一信念,
即使他们的出身决定了他们不能在一起,
但他们都生活在同一个世界上。
他们在同一片星空下入睡又醒来,
同一个炽热的太阳炙烤着他们的白天,
同一个月亮照亮他们的夜晚。

四十五

与斯蒂芬共眠的那个夜晚已经过去了九个月零两天,在新月的阴影下,阿米莎开始分娩。尽管她继续履行着对孩子和家庭的责任,但她已丧失了所有的使命感。奇怪的是,分娩成了一种解脱——她腹部撕裂般的疼痛让她从数月的麻木中清醒了过来。在她的孩子挣扎着来到这个世界的那几个小时里,阿米莎忘记了她的失落。

孩子的哭声把她的思绪拉回现实,她激动地看着产婆把沾满鲜血的小身体从她的子宫里拉出来,割断了脐带。

"是个女儿。"产婆从桶里舀水,把血洗干净,"在新月夜?"她迅速地从婴儿嘴里吸出黏液,然后把孩子裹在毛毯里。"你被诅咒了。"这是一个众所周知的迷信——出生在新月夜的女儿会带来厄运。

阿米莎摇了摇头,不同意这个女人的说法。她疲惫不堪,无力与她争辩,急切地想看看自己的初生宝宝,于是她伸出双臂,迎接女儿。当那酷似斯蒂芬的婴儿回望着她时,她屏住了呼吸。她把孩子抱过来,带着对孩子父亲所有的渴望和爱亲吻了她。

"你不是诅咒,而是礼物。"她对着婴儿的耳朵低语。她无声地呼唤斯蒂芬。"我们的女儿降生了。"她悄悄地说。她最大的愿望便是他们能一起分享这一刻。"谢谢你把她给了我。"她流着泪说。

拉维在得到产婆的同意后走了进来。他站在床边,看着孩子哭着要吃奶。

"她太漂亮了。"

"她和她父亲长得一模一样,"阿米莎不假思索地说,"她叫莉娜。"

迪帕克付钱给产婆后进来了。拉维立刻离开,开始打扫。迪帕克盯着正在吃奶的女儿,大吃一惊,忍不住叫道:"她的皮肤怎么那么白?比婆罗门的肤色还要浅。"

"这是福报。"阿米莎想到了一个可信的说法。"你妈妈对我说过,如果一个孩子皮肤白皙,那她就是女神的孩子,女神把她赐给我们,让我们来好好照顾她。"迪帕克又盯着婴儿看了一会儿,然后又望了望阿米莎的脸。她焦虑地等待着,终于,他点点头,接受了这个说法。

"她这样的肤色,将来一定会有很多小伙子在门口排队等着求婚。"在印度,肤色浅是地位高的标志。最后,迪帕克笑着说:"我很高兴,能省下不少嫁妆。"

"她必须去美国。"阿米莎用尽力气大声说,"她的新郎必须住在美国。"

这是唯一能减轻她的内疚的方法,因为她没有让女儿和父亲一起在英国生活。她自己无法得到的机会,她必须为莉娜争取到。这是阿米莎送给女儿的礼物,也是送给莉娜永远也不会知道的父亲的礼物。

"阿米莎。"她的坚持让迪帕克惊诧不已,"不用急着做决定,还有很多年的时间,我们不知道……"

她举起手,阻止他说下去:"迪帕克,我尊重你和我的地位,但是,这一点我不能妥协。现在,当着天堂守护者赐给我们的孩子的面,答应我。你不会随便答应别人对她的求婚,她必须去美国。"

阿米莎知道,迪帕克很可能会在不征求她和她女儿意见的情况下,就把莉娜的婚事定下来。就像男人们常做的那样:也许是在一起抽烟的时候,或者在神庙里祈祷的时候,随时可能把婚事谈妥。等丈夫回家时,就会告诉他的妻子和家人,婚事已经定下来,不久就会交换红糖,象征已经订婚。

"阿米莎。"他又开始说,眼睛盯着她怀里的孩子。

"答应我,迪帕克。"阿米莎拉过被单,裹住女儿,挡住迪帕克好奇的目光。"求你了。"

他终于点了点头:"我答应你,阿米莎。"

"谢谢你。"阿米莎平静地闭上眼睛,终于睡着了,把她新生的宝宝放在她身边。

莉娜出生后的几周,日子过得很平静。晚上,婴儿吮吸着阿米莎的乳房。莉娜的眼睛很快从浅棕色变成了偏绿色——和斯蒂芬的眼睛一样的颜色。有一次,阿米莎发现迪帕克一直盯着她们看,便抱起女儿,离开了房间。生活在继续着,迪帕克负责养家,阿米莎照顾孩子,操持家务。

"美国吗?"几个月后的一天,当他们独处时,拉维问道,"为什么去那里,夫人?"

"如果印度没有任何改变,那么去了美国,她就有机会成为她想成为的人。"阿米莎说,"无论她想做什么。"他仍然疑惑地盯着她,她便继续解释道,"你和我的人生是怎样的?我们没有自由,无处可去,只能听天由命。"

"这是中尉对你说的吗?"拉维问道。

"是的。"阿米莎承认。她仍然清楚地记得他们谈话的细节。"在美国,"她复述着斯蒂芬对她说的话,"莉娜可以选择婚姻,她可以为自己发声，拉维。她命中注定应该得到自由。"

"但是，为什么要去世界的另一端？"拉维追问道，"你唯一的女儿与你相隔那么远？"

"等着瞧吧。"阿米莎微笑着，一想到女儿的未来她就兴奋不已。"她会回来的，这个孩子。"她吻了吻婴儿的前额。

"我们的中尉怎么办？如果他回来，你怎么办？"拉维开始打扫房子。无情的大雨倾盆而下，日夜不停，淹没了街道，在他们家的地上打出许多小水坑。

"他不会回来了。"阿米莎说，神色黯淡下去。

上次的告别无疑是一场永别。无数个日日夜夜，她都在想他在哪里，他过得怎么样。在她心里，她相信他一定也重温过他们在一起的时光。她一直忍不住去幻想，如果有机会，他和她在一起，他们会做些什么。

"你觉得战争结束后，他还活着吗？"拉维问道。战争结束了，印度摆脱殖民主义的希望也随之而来。

"是的。"阿米莎知道斯蒂芬一定还活着。她无法想象生活在一个没有他的世界里，这是支撑她活下去的唯一信念——即使他们的出身决定了他们不能在一起，但他们都生活在同一个世界上。他们在同一片星空下入睡又醒来，同一个炽热的太阳炙烤着他们的白天，同一个月亮照亮他们的夜晚。"如果他死了，我会感应到。"

"是的，"拉维赞同，"我见过你因失去爱而心碎。"他瞥了莉娜一眼，笑了。"也见到一个新生命的诞生，她重新点亮了你的生活。"他走向厨房帮忙准备晚餐，"单凭这个原因，他就必须还活着。"

四十六

阿米莎守着自己的承诺，莉娜出生一年多了，她仍然没有再次拿起笔来。她的脑海中再也没有什么词可以串成美妙的句子,也没有什么人物萦绕在她夜晚的梦里,她的梦境里只有斯蒂芬。

雨季已经结束,不出所料,暴雨之后,虫灾尾随而至。它们在水坑和下水道中疯狂繁殖。在这里,一个无家可归者随时可能暴尸街头的国家,蚊子只不过是个讨厌的小东西而已,没有人会在意。

拉维在他们睡觉的地板上搭起了蚊帐,但清晨和日落之后的叮咬是无法防范的,孩子们经常抓痒抓到流血。

"需要我去请医生吗?"拉维把一件旧纱丽撕成小块当作毛巾。阿米莎正拖着一桶水进屋,给莉娜冷水擦浴,因为孩子发烧了。

"我们先观察她今晚会怎样。她今天早上咳嗽,一定是着凉了。"阿米莎对着自己裸露的手臂猛拍了一下。"哎哟。"水桶从她手里掉了下来。

"怎么了?"拉维问道。

"一只讨厌的蚊子。"蚊子掉到地板上时,阿米莎狠狠地踩了一下肇事者。

"你的皮肤上正在升起一个蚊子包。"拉维指着她手臂上的红疹。

阿米莎笑着说:"很好。这是我打死了那可怜的小东西该受的惩罚。"

他们进去时,水溅了出来,洒到了阿米莎的脚上。

在阿米莎被蚊子咬了三天后,她开始出现抽搐的症状。半夜的时候,阿米莎开始发烧和恶心。她跌跌撞撞地朝房子后面走去,刚走到外面就吐了出来。她浑身发抖,牙齿打战。

"萨米尔,"她大叫着爬回屋里,"萨米尔!"

"妈妈?"他半睡半醒地找她,发现她躺在地上,赶紧跑过去扶她起来,"妈妈,你怎么了?"

"快去找拉维。"她有气无力地说。萨米尔按照她的吩咐跑出去了。当恶心再次袭来时,她勉强回到了外面,把胆汁都吐了出来。现在,她腹中空空,什么也吐不出来了,只能不停地干呕。

"夫人,"拉维看到她时叫了起来。他穿着睡衣,头发乱蓬蓬的。"你怎么了?"

她又开始干呕。拉维把她的头发拉到后面,叫萨米尔给她拿水来。阿米莎的大儿子很快端来了满满一杯水。拉维小心地把她的头抬起来,用杯子给她喂水。

"小口喝。"他提醒她。阿米莎把它推开,但拉维又轻轻地把它拿了回来。"你必须喝点,夫人。"她喝了一半,剩下的顺着下巴往下流。他用袖子擦了擦她的额头和下巴。

"有点不对劲。"阿米莎紧紧抓住他,"我的身体感觉……"一阵阵的疼痛击中了她身体的每一个神经点。她的头上仿佛压了一个重物,昏沉沉的,她的目光游移。

"你会没事的。"拉维说,似乎在安慰他们俩,"你是个好妈妈,你吸收了莉娜的病气,把自己的病也加重了一倍。"他和萨米尔一起把她抬进屋里,从地上其他孩子身边走过。刚把她安置在床上,拉维就吩咐萨米尔:"我们需要请个医生,快去。"

在为阿米莎做了彻底检查后,医生从包里倒出一些小药丸,递给了萨米尔。

"这是病毒引起的。每四个小时给她吃一粒药,帮助退烧。"

"她会病多久?"拉维靠墙站着问道。

此时,床上的阿米莎已经陷入了半昏迷状态。

"一到两天就会好的。"医生回答说,"她需要补充水分。病毒不会伤害她,但脱水的后果很严重。"

拉维从柜子里数了些钱,递给萨米尔,萨米尔把钱递给了医生。

"如果病情恶化,就去叫我。"医生对钱的厚度很满意,笑着说,"随时找我。"

"睡吧,孩子。"医生离开后,拉维对萨米尔说,"我守着她,明天早上，我们会给你父亲发电报。"萨米尔刚要反对，拉维说，"孩子，如果她需要什么，我会叫醒你。"他用手摸摸他的头，安慰他，"睡吧，如果你明天上学迟到，夫人会很失望的。"

萨米尔揉揉疲惫的眼睛："你会叫醒我吗？"见拉维点点头，他的脸上掠过一丝宽慰的微笑。他爬到两个弟弟中间，也就是阿米莎通常躺的地方，把他们拉近。随着他们平稳的呼吸节奏，他终于睡着了，而拉维一直在守护着阿米莎。

两天后，迪帕克回来了，发现阿米莎连在椅子上坐直的力气都没有了。拉维一直不停地给她喂柠檬果子露。

迪帕克抓住她的肩膀："阿米莎？"

"她太虚弱了。"拉维提醒道，语气恭顺。

"阿米莎。"迪帕克摇了摇她的肩膀。看到她的眼皮动了下，他松了一口气。他拿起那杯果子露，往她嘴里塞。"你需要喝水。"他说。液体顺着她的下巴滴到她的大腿上。

阿米莎慢慢睁开眼睛，盯着他们两个。"你来了。"她看到了斯蒂芬，轻声说。她喝了一大口果子露，脸上露出了灿烂的笑容，为他们亲密的举动感到高兴。她感到头上仿佛压着什么东西，但她努力抵抗着，想要抓住这一刻。"我以为，再也见不到你了。"

"我一收到电报就回来了。"迪帕克说。

"你看到你女儿了吗？"她迫不及待地想让斯蒂芬看看他们共同创造的美丽的孩子，她急急地环顾房间找莉娜。"每天，我唯一的愿望就是你能见到她。"她没能找到，便恳求拉维，"请把孩子抱来。"她抓住斯蒂芬的手，"她笑起来很像你。"

"夫人。"拉维强颜欢笑，提高嗓门盖过她的声音，"老爷知道你们的女儿有多漂亮。但是现在，他更关心你。"他走到阿米莎面前，伸手去拿那杯果子露，"我一定让她把剩下的喝了，老爷。"

"医生怎么说？"迪帕克问道。在他们身后，阿米莎又昏睡过去。

"说是病毒引起的。他给我们开了退烧药，并向我们保证她会好起来的。"拉维指着药片说，"我把药碾碎加进果子露里面。"

"一定让她把果子露喝完。"听到诊断结果后，他脸上的焦虑消失了，"我到磨坊去。如果有什么变化，就派人来找我。"

四十七

三天过去了，阿米莎的病情几乎没有什么变化。拉维和比娜照顾孩子并做家务，而迪帕克在城里工作。第三天晚上，当拉维喂阿米莎馕饼和土豆时，迪帕克出现在门口。

"她在吃东西吗？"迪帕克在门口问道。

"吃了一点点，"拉维说，告诉他这个好消息，"吃得比以前多点了，是好事。"

"阿米莎。"迪帕克在床上挨着她坐了下来。虽然阿米莎坐直了，但她的眼睛很少睁开。"我有东西要给你。"他大声说，想引起她的注意。他的眼圈发黑，下巴紧张得绷紧。

阿米莎曾向拉维吐露，她担心孩子们把迪帕克看作是他们最喜欢的叔叔，而不是父亲。虽然他们的血管里流着他的血，每当他回家时他们都兴奋不已，但他并不了解他们。他不知道他们怕什么，也不知道怎么安慰他们。他不了解他们的志向，也不知道他们跟他一样，打算子承父业。但是，自从他回家来，孩子们不停地向父亲问东问西，他则尽可能地回答他们。

阿米莎终于转向他。她的下唇低垂着，眼神涣散。她掉了将近五千克，瘦得皮包骨头。他打开她的手，把一串钥匙放在她的掌心。她看了看钥匙，然后困惑地望着迪帕克。

"这是什么?"她努力吐出几个字。

"学校的钥匙。"迪帕克看到阿米莎惊讶的眼神。他向拉维瞥了一眼,停顿一下,似乎在寻找合适的措辞。"我知道,这对你很重要,所以我想你会喜欢的。"

"你买下了这所学校?"阿米莎用手指摸了摸斯蒂芬每天上学时带在身边的钥匙。英国人离开后,学校就关闭了。"怎么办到的?"

"维克拉姆说学校对政府没有用处,而我希望,它能帮助你。"迪帕克摇了摇头,似乎不明白为什么这栋建筑对他的妻子有价值。"你在那儿教书的时候,看起来很开心。"

"你注意到了?"阿米莎轻声说。迪帕克耸了耸肩,她很想问问他为什么不让她继续去那里了。最后那几个星期,他不允许她去学校,当时她确实恨过自己的丈夫。"这对你很重要吗?"

"我看到你现在这样子,被病毒折磨得奄奄一息——我想,我愿意付出任何代价让你恢复如初,"迪帕克真诚地回答,"回到你在学校时候的样子。"

阿米莎强忍住即将夺眶而出的泪水。这是第一次,迪帕克用这么多的话告诉她,他爱她。在斯蒂芬占据她全部心思的这段时间里,她几乎忘记了他的存在。现在,虽然他们还不那么了解彼此,他却在努力想对她好些。

"收购学校花了我们一大笔钱,"迪帕克打破沉默,开玩笑说,"我们恐怕只能节衣缩食,才能撑到孩子们成年。"

"谢谢你。"最后,阿米莎低声说。她看着他离开,把钥匙放在身边,睡着了。

~

阿米莎花了几天时间才攒了一点体力出门。她向学校走去,拉维紧跟在她身边守护着。她已经病了八天了,每一天都消耗掉她更多的能量,令她更加虚弱。阿米莎来到那所永远改变了她生活的学校，慢慢地走上台阶，用颤抖的手把钥匙插进锁里。自从斯蒂芬离开后，她就再也没有踏进过那幢大楼。她把这里当作是她的过去，虽然离她家只有几个街区，但她知道，她的生活注定和学校永远不会再有交集。现在，她拥有了它，可以自由自在地在空荡荡的大厅里漫步，参观它的花园，而不用担心遭到报复或质疑。这是她的，是她背叛过的丈夫送给她的礼物。

她和拉维刚刚走进来不久，她就神思恍惚起来。她看着空无一人的教室，回忆如影随形。他们的脚步声在寂静中回响，仿佛他们是最先走过空荡荡的大厅的人。然而，阿米莎却看到，这个空寂之地到处都挤满了人的灵魂。她听到学生们的笑声，听到老师们板着脸授课，似乎想掩饰自己对教学的热切渴望。阿米莎用手摸了摸黑板和黑板擦，然后走向通往花园的门口。

"这是真的吗？"当她打开通往操场的门时，拉维惊叫道。

"这就是天堂，我的朋友，就在我们的小村庄里。"

她的凉鞋深深地扎进松软的地面。在鲜花盛开的花丛下，在树根旁，埋藏着她对斯蒂芬的回忆。在这里，幽灵们并没有缠着她，而是向她招手致意，希望她忘记失爱之痛，为曾经爱过而感激。她渴望回到她和斯蒂芬在一起的时光，即使回到他们还保持着距离的时候也好。在属于他们的花园里，随着无声的音乐起舞。

"我快不行了，拉维。"在她那棵山毛榉的树荫下，阿米莎对拉维说。在贫瘠的土地上，那棵树已经顽强地长出了枝条。她站在它的对面，直面她以前无法接受的东西。"我要你答应我一件事。"

"夫人。"拉维说，拒绝听她的遗嘱。

"听我说。"阿米莎命令道。她担心最坏的情况会发生。她的身体日渐孱弱，她常常精神恍惚，分不清过去和现在。她甚至会弄混儿子们的名字，无法区分他们的脸。这一切让她无法理解，让她心惊胆战。她的身体还活着,但她的思想却在萎缩。"我死后,你必须把我的故事告诉我的女儿。"

"阿米莎,别说了。"拉维第一次直呼她的名字。他必须让她相信,她不会有什么可怕的事情发生。她还要活下去,他们的友谊将永远长存。"不要让老天听到你说的。他们也许会相信你的话。"

"虽然每天阳光明媚,但老天已经显露出了那只黑暗之手。"阿米莎哭着说,"今天我已落魄至此,叫我如何相信我还有明天呢?"她泪如泉涌,"如果你答应我,会胜过任何药物。求你了,拉维。"她双手合十恳求着。

"我答应你,夫人。"拉维抓住她的手,紧紧地握着。她知道,他会答应她任何事——她只需一声令下。

"谢谢你。"阿米莎说着,意识渐渐模糊。"拉维?"她的声音颤抖着。她靠着那棵树,拼命地想得到它的支撑。

"需要我叫医生来吗?"拉维问道。

"不用。"她摇了摇头,感觉昏昏沉沉的,但无论她怎么努力,那重量都丝毫不减。她揉搓着头皮,然后开始扯头发,拼命地想减轻那份重压。她的动作越来越疯狂,把头皮拉出了一个肿块。

"别这样,夫人,别这样!"拉维试图把她的手拉开。她反抗着他,渴望着扯落头发的痛苦能转移她的彻骨之痛。

"出去。"她叫道,没有看他。她努力集中注意力,想记起眼前的人是谁,但却发现他是个陌生人。她向他的头和肚子打过去,她听到一声喊叫,但没有意识到那是她自己的声音。她捶得越来越重。

她笑了起来,因为有个声音告诉她,这是一场游戏。

"我在写一个故事。"她说,"我的孩子们在玩耍。"

她的三个儿子把一个球扔给了她,她高兴地笑了,因为那是无比美好的一天,阳光灿烂,万物明媚。

"斯蒂芬。"阿米莎伸出手,双臂环抱着空气,"你有女儿了,我们俩的女儿。"阿米莎快乐地拍着手。她左顾右盼地寻找她的孩子们,找到了男孩子们。"萨米尔,杰伊,过来,孩子们,带着弟弟。"她的脸上闪着幸福的光芒,"斯蒂芬在这里,他会像帮助我一样帮助你的,拉维。"阿米莎说,眼神涣散。

她对着斯蒂芬低语:"我很抱歉让你离开了。"

接着,她又开始抽搐,无法发出声音。她用手去摸舌头,但头上的压力让她不堪重负。她拼命睁大眼睛,却什么也看不见。她想伸出手去,但她的胳膊一动也不动。她想要尖叫,告诉他们事情不对劲。

"别走!"她绝望地尖叫。

但斯蒂芬向后退去,把莉娜也带走了。她的儿子们又回来玩了,但很快就不见踪影。她试图抓住拉维,但够不到他。天渐渐黑下来,只剩下她一个人了。她摸索着找了根树枝,但世界依旧在不停地旋转,过了一会儿,她就倒在了她那棵山毛榉树的遮蔽处。

拉 维

他重复着这个动作,
抽打自己的背部,
直到血从他皮肤上的伤口滴落下来。
他借着一次次鞭打自己的身体,
来减轻鞭打她给他带来的痛苦。

四十八

"婆罗门说,这是暗能量。"迪帕克刚刚从庙里回来,在那里,他与祭司谈过了。"恶魔进入了她的身体,玩弄着她的思想。"医生已经放弃了,他告诉迪帕克,现在,只有神才能救她。迪帕克的目光投向熟睡的阿米莎。她的手腕和脚踝被绑在床上,以免伤到自己。"他们要来举行一个仪式。孩子们不应该留在这里。"

"比娜会马上把他们送到你妹妹那里。"拉维说,他的神经绷得紧紧的。

拉维和比娜领着孩子们走出屋子,去找一辆黄包车。

"我不去。"萨米尔说,其他孩子在一旁看着。自从阿米莎生病以来,萨米尔就一趟一趟地来看望妈妈。"我要留在这里。"他的下巴颤抖着。

"婆罗门会帮忙治愈她。"拉维想让这个男孩冷静下来,他已经看到了太多。为了不让他看见更多让他伤心的事,他不得不努力去保护他。他不愿把恶魔的事告诉他,便说他们要为她祷告。

"那我就跟他们一起祷告。"萨米尔双臂交叉,抱在胸前。

拉维知道，这个孩子也想像他一样——尽自己所能帮助她。他紧紧抓住小伙子的手。"神会比任何人都更愿意倾听孩子的祈祷。但是，你爸爸已经要求把家里空出来，好方便婆罗门做事。好吗？"

孩提时代，大人就教导拉维说，死亡只是一个时间问题，不必害怕，也不必抗争。生命是一种惩罚，活着的每一分钟都是折磨。对一个贱民来说，死亡意味着从生活的悲苦中解脱出来，回归虚无，令人期待。

拉维不知道死亡是否意味着与神重聚。问题是，如果神确实存在，为什么会有贱民呢？小时候，拉维亲眼目睹他的叔叔婶婶们在街角死去。大人告诉他，他们深深地睡着了。就像他睡着的时候，世界在黑暗中变得更柔软，他们也会睡着。

死亡是老天给他们的礼物，因为他们一旦死了，就不必再惧怕生活。死后，他们不再害怕孩子们为了寻开心而向他们扔石头。他们不再需要和流浪动物抢食，一旦赢了，就会被人暴打。死亡意味着自由。当死神向你伸出手时，永远不要与之抗争，相反，应该像欢迎救世主一样，欢迎他走进家里。

然而，面对阿米莎每况愈下的健康状况，他拒绝听信这些教导。她的病既不值得庆祝，也不值得欢迎。他不会接受她的去世是上天的礼物。为了救她，他愿意做任何事。

萨米尔终于点头同意了。比娜把孩子们带上黄包车。拉维站在后面看着，直到阿米莎的孩子们安全上路，他才转身回到她的家里。

拉维靠在墙边，看着祭司们把三十个碗里装满灯油，点燃棉灯芯，把香烛放在小黄铜烛台里，屋里立刻烟雾缭绕。

年轻的祭司们晃动着手摇铃，而年长的祭司则开始吟唱。当火焰在他们的碗里舞动时，他们召唤神灵，制造出一片烟雾。两个祭司站在阿米莎的头顶上方摇铃，拉维痛苦不堪地望着这一切。祭司们唱得越来越响，在她周围疯狂尖叫，希望把恶魔赶出去。

烟气充满了阿米莎虚弱的肺部，她开始咳嗽。

"水，"她呻吟道，"快。"

拉维闻声朝她走去，但迪帕克举起手，默默地命令他退后。拉维不能违抗他，只好留在原地。每烧完一炷香，他们就再点燃三炷，屋子里的氧气已经耗光。阿米莎痛苦地尖叫起来。他们继续举行着仪式，没有理会她的哭喊。拉维本能地走上前去，不顾一切地想把他们推开。无论如何，他必须保护她——守护她的安全。

"退后。"迪帕克命令道。

"没有恶魔。"拉维喊道，听到她的哭声，他的心都碎了，"请叫他们停下来。"

"你能治好她吗？"迪帕克问道。拉维无言以对，迪帕克说："我就知道，你也没办法。"

拉维转过身去，不忍目睹。她的尖叫声越来越惨烈，他逃离了房子。当他匆忙跑开时绊倒在地，让他想起了她第一次邀请他去她家时的情景。他低下头，喘息着，调整着呼吸。当他没有理由活下去的时候，她让他走进了她和她孩子们的生活，是她让他第一次感到自己是有价值的。

他从地上爬起来，继续逃离，越跑越快。汹涌的泪水模糊了他的双眼，但他没有停下奔跑的脚步，不顾一切地想逃得更远。阿米莎给了他一切，而现在，当他看到她被剥夺了一切，一无所有时，他却什么也做不了，只能拼命奔跑。

四十九

迪帕克握着皮鞭的木柄。

"神庙的祭司们认为，这是我们最后的选择。黑暗能量已经包围了她，所以我们必须把它从她身上赶走。"他很快地说。

拉维呆呆地盯着他，仿佛他是个陌生人。

"你决定鞭打她？"他没有掩饰自己的愤怒，"她那么衰弱无助。"

"别质疑我！"迪帕克喊道，"这是唯一的办法，否则她就会死。这就是你想要的吗？"

"不该这样对待她。"拉维争辩道，他很惊讶，自己竟然有勇气这么做，但他再也不在乎了。即使迪帕克打他，或者把他开除，他也毫不在意，他不允许这种事发生在她身上。

迪帕克说："如今，她这样的状况，也不是我该承受的。"他的话在寂静的空气中回响，嘲弄着他们两个人。"孩子们需要妈妈。没有她，我们怎么办？这你是知道的。你认为这样不对，那你来告诉我，我还能怎么做？"

"她会好起来的。"拉维坚持说，尽管他心里并不相信。

"我没猜错，你也没有办法。"迪帕克把鞭子扔向拉维。鞭子掠过他的身体，落在他脚边的地上。"祭司会把她绑在花园里的山毛榉树上，举行仪式。然后你用鞭子抽。他们说，晚上一次，早上一次，承诺只需要几天就好。"

拉维惊恐地瞪着他："你想让我去做？"

迪帕克望了望外面的雨水，回答道："你认为，她更愿意让谁来做这件事？"他眨了眨眼睛，拉维看到他在控制自己的情绪。"她曾经告诉过我，她会用她的生命来信任你。"

"我做不到。"拉维的身体颤抖着。

"好吧，那我会雇其他人来做的，从磨坊里找个人。"迪帕克厌恶地转过身去。

"不。"他不能让他们这样对她，把她当动物一样鞭打。"我会做的。"他伸手去拿鞭子。

迪帕克从地上捡起来，递给了他。

"她很快就会好的。"

~

拉维望着迪帕克,见他凝视着那个给他生了四个孩子的女人,从他成为一个男人之前,她就一直陪伴在他身边。在学校的花园里,婆罗门用绳子把她的胳膊和腿紧紧地绑在山毛榉上,让她的肩膀和肚子裸露在外。她的头向前耷拉着,眼睛闭着,身体显得毫无生气。

"你会留下来吗?"拉维问迪帕克,他流着汗,手颤抖着。迪帕克摇了摇头,拉维一反常态,带着轻蔑的语气冷冷地说:"那就走开,好让我静下心来完成你交给我的事。"

他的态度让迪帕克吃了一惊,他们都凝视着这个共同爱着的女人。这个曾经改善了他们的生活的女人,现在,该为自己的生活而战斗了。迪帕克一言不发,默默走出花园,离开了学校。

拉维跪在阿米莎面前,双手放在她的脚上,她多年前就不让他行此大礼。

"请原谅我。"他轻声说。他的眼泪落在她的脚上,他马上擦掉了,为让自己的眼泪碰了她而感到羞愧。

他慢慢地脱下外衣,露出后背和胸部。他拿起鞭子,一手握着把手,一手抓着皮鞭。他猛地一拉,皮鞭在他手中"啪"的一声,把他的手抽出血来。拉维又举起另一只手,把鞭子往后一甩,抽打自己的后背。然后他把鞭子向前拉,故意削弱自己的冲力,让鞭子在阿米莎的肚子上划了一下。她叫了一声,她混沌的大脑已无法分辨这刺痛从何而来。

他重复着这个动作,抽打自己的背部,直到血从他皮肤上的伤口滴落下来。他借着一次次鞭打自己的身体,来减轻鞭打她给他带来的痛苦。他的皮肤先是红肿,而后便萎缩了。每抽打一次,她就发出一声令人毛骨悚然的尖叫。

阿米莎恳求那个陌生的袭击者停下来,她恳求他宽恕她。她在道歉,痛苦地号叫着，恳求他的原谅，原谅她做过的让她遭受这种惩罚的行为。每一次请求，拉维都更用力地抽打自己，泪水模糊了他的双眼。直到他流了一摊血，双手失去知觉时，他才停了下来。

阿米莎的脸垂了下来，她终于失去意识，昏了过去。拉维瘫倒在她的脚下，脸紧贴着地面，身体无比痛苦地抽搐着。

"对不起，"他泣不成声，"夫人，我很抱歉。"

他请求宽恕，因为她曾把他当作朋友，握过他的手，而他却用那只手伤害了她。因为他是她信任的、关心的、主动结交的伙伴，而他却抽了她的血。当她的血和自己的血混合在地上的水坑里时，他仰望着天空，仰望着一位他从未与之交谈过的神，为他最亲密的朋友祈求死亡的礼物。

~

在拉维鞭打过她之后，阿米莎继续被绑在树上整整两天。祭司们坚持认为，恶魔们会失去耐心，转而去折磨其他人。

当迪帕克命令他再次鞭打时，拉维对他说："如果再让我做这样的事，我就先砍掉我的手。"

"这是唯一的办法，"迪帕克坚持着，"如果你不干，那我就带别人来。"

"那就带两个来，因为我会站在她面前，你的人必须先杀了我才能碰到她。"拉维说，他不想沉默下去。即便这没有用，但是当阿米莎无法为自己发声时，他必须站出来，为她代言。"她活不了多久了，就让她平静地离去吧，这是她应得的。"

迪帕克逃到了磨坊。一天后，拉维派人去找他，迪帕克给医生打了电话。阿米莎被绑在树上的身体软绵绵地耷拉下来，医生检查了一下脉搏，她已经死了。

他们准备把她火葬。拉维帮忙解开绑着阿米莎尸体的绳子。他们轻轻地把她放在木担架上，抬到火葬坛上。木头堆得很高，阿米莎的尸体穿着白色纱丽,被放在上面。迪帕克和长子萨米尔拿着一根燃烧的树枝,点燃了她。人们聚集在一起,看着舞动的火焰吞没了她的身体。

  阿米莎香消玉殒,化为灰烬。迪帕克打开了骨灰瓮,让她的骨灰自由自在地飞向空中,飘散在大地上。其中那些更轻盈的骨灰,飞得更高、更远、更自由,飞到云端,飞出地平线,终于,把阿米莎带到了她魂牵梦绕的地方。

嘉 雅

正当我确信灯塔也无法指引我回家时,
我听到了外婆的故事。
她的抗争和决心教给我,
每一天都弥足珍贵,
爱是一件无价之宝,
需精心呵护,
而那些能找到并拥有真爱的人,
都幸运无比。

五十

我们坐在门廊上,清晨的太阳洒下万道光芒,村庄瞬间焕发生机。当拉维讲到阿米莎的死时,眼泪顺着我的脸颊流了下来。

"她的死因到底是什么?"我轻声说。

"咬她的蚊子传播的脑炎。"拉维不停地吞咽着,努力不让自己情绪失控。我也尽力压抑自己的悲痛。"幻觉是由大脑肿胀引起的。"

"一只蚊子?"我难以置信地问道。

"唯一令人感到安慰的是,你外婆把它打死了,它没有继续伤害到别人。"拉维抓住他的手杖,把它拉近。

"你是怎么知道脑炎的?"

"几年之后,这种疾病开始流行,越来越多的人感染,才引起了政府的重视。"他低声说,"政府警告季风季节过后,尽量待在室内,外出时遮住身体,防叮咬。"他生气地摇着头,"症状是一样的。"

"妈妈对此一无所知。"人们什么也没告诉她,我为她感到难过。她有权知道过去的故事,因为那塑造了她的未来。

"是的,"拉维确认道,"后来,你外公很少提起你的外婆。"他双手合十,放在膝盖上,"这是我们的秘密——我们曾在你外婆临终前那样对待她。"

"为什么打她?为什么要弄得乌烟瘴气?"我不想让自己的声音听上去那么痛苦,但我没能做到。

"我们那个时代不一样,嘉雅。"拉维说,但他的声音里充满了遗憾和心碎。"我们的选择有限。我们获得自由以后,在很短的时间里,我们的国家取得了很大的进步。"

"我要是认识她就好了。"我想念我从未见过的外婆。我为她的死而悲伤,为她死去的方式感到痛心。

"你外婆会为你感到骄傲的。"拉维说。当我与他对视时,他说:"但我想,她知道自己没有白白牺牲,一定会安息的。你的人生充满了可能性,对吧?"

"但我妈妈的人生不是,对吗?"我问,"外婆死后,妈妈的心就碎了。"

"是的。"他慢慢地说,"你外婆去世后,她几乎失去了一切。"

"拉维。"我开始问,迫切地想知道更多,但他举起手,阻止了我。

"今天,我想让你给我点时间。"他用饱经风霜的手擦去脸上的泪水,"我本以为,她去世后,没有什么事会让我更悲伤了。"他叹了口气,"恐怕我想错了。"他拍拍我的肩膀,把我独自留在门廊上,朝家走去。

~

我心神不定地在村里的街道上游荡。每走一步,我都会想,我的外婆和妈妈是否也曾踏过脚下这同一条路。我向市郊漫无目的地走去。走着走着,我忘记了我走到哪里,走了多远。

从我记事起,母亲就一直坚持冥想。她双目垂帘,沉浸在冥想的世界里,仿佛那一刻的她是最快乐的。她说她从儿时起,就开始冥想了。

看到她对此那么热衷,这些年来,我也曾尝试过多次。每一次,我都无法驱除心头的杂念,我的大脑里一直充斥着工作、怀孕以及其他乱七八糟的事情,无法静下心来。当我向她讨教秘诀时,她说,要想在那一刻找到平静,你就必须放弃对生活的控制。我当时并不明白她的意思。但现在,我想,她那么小就失去了那么多,这或许是唯一能让她坚强活下去的办法。

过去几周以来,我听到的故事深深地震撼了我的心。当初我来到印度,只是为了逃避生活中的曲折,寻找一种方法来面对我失去的一切。而现在,我发现自己无法理解外婆和妈妈曾失去的东西。阿米莎的故事把我带到了一个陌生的世界,但它既是妈妈和我的一段历史,也见证了我们与阿米莎共有的血缘。无论我与阿米莎的时代相隔多远,如果没有这个村庄和它那挥之不去的历史,我就永远不会成为现在的样子。

我发现自己已不知不觉来到学校门口。我从拉维藏钥匙的地方取出钥匙,打开锁。虽然拉维和我曾无数次漫步在空无一人的大厅里,但现在,我独自一人,从另一个视角去看它。我走进花园,想象着阿米莎在那里寻找自我,却最终找到了斯蒂芬。

我的外婆从不相信爱是她的权利,也不相信她会因写作找到自身的价值。而我虽然从来没有为此做出过任何牺牲,却在这两方面都取得了成功。当被迫做出抉择时,她不忍离开需要她的儿子们。

但与此同时,她做出了牺牲,留在印度,为我的妈妈争取到了去美国的承诺。我从未见过我的外婆,为此我感到悲伤。我渴望认识那个与我血脉相连的女人。但直到现在,流动在阿米莎血液中的力量却一直在躲避我。

孤儿院保育员的话在我的脑海中回响。拉维给我讲过的故事一幕幕在我脑海中回放着,直到我听不到别的声音。我凝视着花园,苦苦思索着如何纪念阿米莎,如何传承她的精神。

~

那天晚上，我刚回到家，就看见房子前面有一辆没熄火的黄包车。我很好奇，走近去看，只见一个男人刚给司机付完钱，走下车。当他转过身时，我惊讶地屏住了呼吸。

"帕特里克？"我轻声说。他风尘仆仆的，衬衫和牛仔裤也皱皱巴巴的。他的一只肩上挎着一个大行李袋，另一只肩上背着电脑包。"你怎么来了？"我朝他走了几步，伸出手想去拥抱他，但突然间有些犹豫，退了一步。自从上次谈心后，我觉得我们的心靠得比流产前更近了，但我们之间毕竟发生了那么多事，我仍然有些迟疑。

"我是来看你的。"他牵起我的手，把我拉到怀里。他的胳膊环绕着我的腰，紧紧地抱着我。我穿着平底鞋，踮起脚尖，把头靠在他的肩膀上。浓浓的爱意和想念包围着我，令我想起曾经的我们。"我希望你不介意。"他的气息吹着我的头发。

"当然。"我退后一步，呆呆地望着他，仍然不敢相信自己的眼睛，"一点也不介意。"

希望萦绕着我，但我提醒自己，仅凭一次沟通并不能抚平多年的伤痛。我把手指蜷曲在掌心里，竭力克制着不让手指拂过他脸颊上的胡须，拂过他衬衫的前襟。

"我们能找个私密点的地方说话吗？"他的声音里透露着疲惫和紧张。

"好的，当然。"我示意他朝房子走去，"我们进去吧。"

他跟着我走上台阶，等着我开门。进到屋里，他把包放在门厅里，四下望了望："这是你妈妈儿时的家吗？"

"是。"这里环境简陋，我却深感自豪，"这是我外婆写故事的地方。"

我试着用他的视角去看，回想起我初到这里时的反应。当时，眼前的一切在我看来微不足道、无足轻重，现在的我知道，正是这一切孕育了决定我家庭命运的一系列事件。

"在这里，我逐渐认识到我是谁。"我轻声地说。

"那么，你是谁呢？"帕特里克问道，他走过来，站在我身边。他追寻着我的目光，等我回答。

我轻声说："我需要把有关我的所有碎片重新拼成我自己。我必须去探索……"我停顿了一下，"我必须去探索我是谁，我妈妈是谁。无论我在生活中扮演什么角色，我都要相信自己。"

他点头表示理解。

我问："你为什么来这里，帕特里克？"我需要他告诉我真相——告诉我他心中所想，哪怕只是为了帮我看清我的内心。

他向别处望了一眼，又缓缓将目光投向我。"你不是唯一一个在流产中失去自我的人，我也曾痛不欲生。"他承认道。他的手滑过脖子，然后塞进牛仔裤口袋。"我曾想去拯救你，拯救我们，但似乎选择逃避会更容易。"

"史黛丝。"我说，他点点头。

"我以为她会帮我忘记痛苦。我真傻。"他伸出手去摸我的脸颊，但似乎突然意识到自己在做什么，停了下来，"你是我的全部，我只需要你。"他深深地咽了一下，眼里噙满了泪水。"很抱歉我离开了。"

"发生了什么事？"我问道，仍然不敢相信。

"没有你，我度日如年。"他慢慢地说，"虽然，我们的婚姻最后好像只剩下痛苦，但当我搬出去的时候，我想念你的一切。你的笑容，你的笑声，你对文字必须完美地执着。"他深吸了一口气，"我想念我最好的朋友，我想念我的妻子。"

他的话语驱散了盘踞在我心中的最后一团黑影。我想起了我的外婆，想起她曾在这所房子里，在爱情和生活之间做出抉择。任何人都不该被逼着去做那种选择，但她做得很优雅，始终把他人放在第一位。

我一直深爱着帕特里克。即使在我心碎的时候,那颗破碎的心也是属于他的。当我迷失自我时,我确信我已经失去了他。而现在,他就站在我面前,向我张开双臂,打开心扉。我的泪水猝不及防地夺眶而出,幸福涌上心头。

"这是快乐的眼泪吗?"他的拇指拂过,把它们轻轻擦去。

"是的。"在漂泊了这么久之后,我不敢相信,我又重新找回了他。"我爱你。"我轻语,我已经许久没有这样轻松了,"我一直都爱着你,即使在我不记得我爱着你的时刻。"

"亲爱的。"他的嘴唇找到了我的,我张开双唇,热情地迎向他,迎向所有的回忆、欢笑、痛苦和爱。"我爱你。"他的泪水和我的泪水融合在一起。我渴望触摸他,把他的上衣撩了起来。他退后一步,让我脱下他的衬衫,抚摩他的胸膛。他试图解开我脖子后面陌生的纽扣,看到他笨手笨脚的样子,我忍不住笑了。

我自己动手解开了它。他望着我说:"你看上去真美。"我身上穿着村里妇女常穿的那种款式简单的棉布长衫,他用手抚摩着它,"我从来没见你穿过这种衣服。"

扣子解开后,我抬起双臂,他把衬衫拉起,从我的头上脱下来。我们慢慢地宽衣解带,品味着彼此。

他用手掌轻柔地抚摩着我的腹部,那个曾短暂孕育过我们孩子的地方。我盖住他的手,把我的前额靠在他的额上,与他一同哀悼。我们的双唇再次邂逅。

我们曾被卷入一场风暴,事实证明,有那么一段时间,这场风暴比我们都更强大。怒号的狂风折断了我们的帆,我们在急流中濒临窒息。

正当我确信灯塔也无法指引我回家时,我听到了外婆的故事。她的抗争和决心教给我,每一天都弥足珍贵,爱是一件无价之宝,需精心呵护,而那些能找到并拥有真爱的人,都幸运无比。

他抱起我,把我放到长椅上,在那里,我们静静地抚慰着彼此的伤口,尽情释放着对彼此的热爱。当我们的身心终于合二为一,我闭上双眼,紧紧地拥着他,我终于又找回了自己的爱人。为此,我满怀感恩。

拉 维

当她低下头准备上车时,
她的目光越过引擎盖与拉维的目光相遇。
当她看到他泪流满面的样子,
不禁停住了脚步,脸上充满了困惑。
拉维举起一只手,
向阿米莎的女儿表示祝贺和告别。

五十一

迪帕克花了两个月零两天的时间征婚。他向周围的社区传话说,会免除新娘的嫁妆。詹娜帮他筛选了有意向的女方父亲们,但迪帕克拒绝了所有人。詹娜很沮丧,威胁说,不想再帮他了。"阿米莎死了。"詹娜咬牙切齿地说,"你越早接受这一点,孩子们就会越快有个新妈妈。"

在比娜做饭的时候,拉维陪莉娜玩,他对征婚的事一直保持沉默。当迪帕克在寻找新的妻子时,他们已经接管了抚养孩子的工作。

"给我选个人,"迪帕克最后说,"她是谁并不重要,只要确保……"他停了下来,注视着莉娜,她正用小勺子对着锅敲敲打打,"确保她愿意爱孩子们。"

詹娜挑了一个家境富裕但内心冷漠的女人。迪帕克的新娘奥米对于随婚姻带来的几个孩子毫不关心。她经常抱怨说,无论她走到哪里,村民们都只谈论阿米莎多么体贴和爱孩子们。

婚后几个月过去了。

一天,奥米大叫道:"我一直生活在殉难者的阴影下!"

莉娜被尖叫声吓坏了，哭了起来。

"闭嘴。"奥米喊道。

对奥米来说，莉娜是在她之前那个女主人的化身。莉娜没有立刻安静下来，奥米便扇了她一耳光。莉娜倒在地上，疼得哇哇大哭。拉维想冲到她身边安慰她。

"别碰她，"奥米喊道，"如果你这样做，我就继续打她。"

拉维不得不停下了脚步。

"求你了。"拉维替那个还不懂为自己求情的孩子哀求。

"你在为杀死你的夫人的孩子求情吗？"

"什么？"拉维听得清清楚楚，"杀了夫人？"

"她是在新月之夜出生的。"

如果一个女儿在新月之夜出生，当她完全被阴影笼罩时，就会给这个家庭带来黑暗。但莉娜不会，阿米莎宠爱的这个小女孩不会的。"那是不可能的。"

奥米说："孩子出生在黑暗的笼罩下，后来恶魔杀死了母亲。像你这样身份的人会想要保护她，倒是正合适。"

奥米把莉娜推到墙上，任由她吓得痛哭不止。

从此，那个女人常常虐待莉娜。莉娜稍有过失，便会招来奥米的毒打，以至于后来，她一见到奥米就瑟瑟发抖。男孩们长大了，他们要么在学校，要么出去与伙伴一起玩耍来躲避继母。但是莉娜无处可逃。

很多次，拉维站在这个女人和阿米莎的孩子之间，想要保护莉娜。有两次，她打了他，但他不在乎，因为莉娜可以少受伤两次。无奈之下，拉维借助难得的去镇上的机会，晚上到磨坊去找迪帕克。

"她一直在伤害莉娜。"拉维一有机会便立即告诉迪帕克。再婚以后，迪帕克在外面待的时间更长了，有时甚至几个月都不回家。"求你让她别再这样了，"看到迪帕克无动于衷，拉维又说，"她是死去的夫人的孩子。"

"也是中尉的。"迪帕克说。

听到这句话,拉维大惊失色。

迪帕克观察着拉维的神色,摇了摇头。"看来你知道。"他发出一阵断断续续的苦笑,"当然。你死守着她所有的秘密。奥米发现了阿米莎和中尉的通信——那些情书。"他用手抹了抹他那双疲惫的眼睛。他压低声音,一字一句地说:"我的妻子背叛了我。她是一个骗子。"

"不,她……"拉维竭力想解释。他忘了还有那些信。即使在阿米莎临死前,她也没有提起过,拉维以为信已经不在了。"她是个好人。那些信代表不了什么。"

"别骗我了!"迪帕克怒吼,"阿米莎背叛了我。"他瞪大了眼睛,厌恶地撇着嘴,"奥米在抚养一个杂种。我应该感谢她才对。"

"莉娜只是个孩子,她不该被虐待。"拉维恳求道,希望让他明白,"你不知道看着她哭是什么滋味。"

"那就别看她好了。"他怒气冲冲地说。他看着拉维,沉思了一会儿,似乎做出了一个决定:"奥米经常向我抱怨你在这个家里太不见外了。阿米莎这样的人或许可以接受,但奥米应该得到更好的待遇。"

"你在说什么?"拉维小声说。

"你不能再在我家里工作了。"迪帕克开始翻看书桌上的文件,"今天是你待在我家的最后一天。你用不着再操心莉娜了。"

拉维目瞪口呆。"求求你,老爷,"拉维恳求道,"我无意冒犯。我愿意做任何事。孩子们——"

"不劳你操心了。"迪帕克打断了他的话,"你被解雇了。"拉维开始恳求他,求他再给他一次机会。迪帕克说:"还有一件事——如果你对莉娜或任何人提起她的亲生父亲,我就把她送到城里的孤儿院去,再也不管她了。我要维护自己的名声。"他站起来,猛地把门打开,"既然你那么善于保守秘密,这对你来说也不是什么难事。"

拉维不甘心:"中尉,他会把孩子带走,请打电话给他。"

迪帕克摇了摇头:"中尉出意外死了,维克拉姆几周前就知道了这个消息。"

拉维很伤心,强忍住不哭出来。他想起了阿米莎的话,她唯一的安慰就是他们生活在同一片天空下。阿米莎确信她会感知到他的生死。拉维不知道中尉是否知道她死了。但是如今,莉娜的父母都离世了,她完全孤身一人了。伤心欲绝的拉维只能点头告别。

他在城里找了一份工作,捡拾流浪动物的粪便。多年来,他每周都去找阿米莎的儿子们,了解他们和莉娜的最新情况。他们断断续续地对拉维说,奥米已经不再打莉娜了,但称她为"灾星"——不祥之兆。莉娜尽量表现乖巧,不惹继母生气。迪帕克还是常常不在家,但他即便在家,也几乎不和莉娜说话。

拉维忧心忡忡,每周都去打听消息。他鼓励男孩们好好学习,当他们过生日或取得成绩时,他会给他们带糖果来庆祝。拉维和男孩们保持联系很容易,但莉娜被管得很严,没有多少自由,所以他不可能见到她。

几年过去了,萨米尔和杰伊违背迪帕克的意愿,前往英国学习。帕雷什也不顾父亲的反对,准备去澳大利亚。临行前,他找到了拉维。

帕雷什说:"有两个人向莉娜求婚。"他的五官和迪帕克相似,声音也很像他父亲。"其中一个人的家在另一个邦,家里是做裁缝的,奥米希望她嫁得远一点。"

他停顿了一下,拉维问道:"另一个呢?"

"另一个男孩要去美国当医生。"帕雷什用手抚摸着他的后脖颈,"没有其他人了。"

当莉娜还小的时候,奥米就四处散播,说她是个灾星。她提醒村民们,为了自己着想,最好与她离得远远的。她把莉娜母亲的死归咎于小女孩,并定期举行祈祷仪式,以便清除她的负能量。尽管莉娜一直是个可爱的小姑娘,但她谎称莉娜行为古怪。很快,人们就对奥米的话信以为真,为了孩子和家人的安全,他们都不与莉娜来往。看着莉娜受罪,似乎能给奥米带来一种奇怪的快乐。

"她告诉我,她想嫁给那个将来当医生的男孩,但是……"帕雷什说着说着,突然停了下来。

"但是什么?"

"奥米拒绝了,因为嫁妆太高,"帕雷什说,"他很受欢迎,因为他要在美国当医生。"拉维看出帕雷什努力想善待妹妹。"莉娜一直在哭。她和男孩曾擦肩而过,两人一见钟情。她恳求爸爸,但他根本不听。我也试过去求爸爸,但没有成功。"

阿米莎死后,迪帕克离家在外的时间越来越多,父子之间已经有些疏离。而他放任奥米虐待莉娜,更加深了隔阂。拉维很感动,多年过去了,孩子们仍然信任他。萨米尔和杰伊对拉维在家里时的记忆最为深刻,经常说起阿米莎是多么珍惜和拉维的友谊。帕雷什相信他的哥哥们,便也愿意和他亲近。

"爸爸过几天就要宣布订婚的消息了。"帕雷什盯着村子的方向,若有所思地望着熙熙攘攘的人群,"如果莉娜被迫与裁缝家的男孩共度余生……"他停了下来,深深地吞咽了一下,"她本该过上幸福的生活。"

~

拉维在户外厕所里洗澡,那是他和他的家人与其他十个家庭公用的厕所。他用一块肥皂把工作后身上和头发里的污秽洗干净,迅速穿上一件崭新的束腰外衣和裤子,用一把破梳子把打结的头发梳理整齐。

他穿上凉鞋,向磨坊走去。当他快到工厂时,想起了第一次见到阿米莎的情景,这让他紧张的心稍稍平静了一些。

"如果你能听到我的话,夫人,"他低声说,"就请帮帮我,为你的女儿争取到这件事。"

他推门进去,门上的铃铛叮当作响。经理已经不是数年前的那位了。

"老爷在吗?"拉维问道。

拉维一边等着,一边用汗津津的手掌拍了拍裤子。五分钟后,迪帕克跟着经理走了出来,拉维见到他的瞬间,不由得吃了一惊。迪帕克头发灰白,脸上沟壑纵横。他消瘦了很多,衣服空荡荡地挂在虚弱的身体上。

"拉维。"迪帕克说。他的脸上再也看不到十五年前的那种愤怒,而是一脸疲惫的样子。"很多年没见了。"他示意拉维跟着他走进办公室,在为来访者准备的椅子上坐下。"你和比娜好吗?"

"我们都好。"拉维没有告诉他,比娜整日念叨着她爱过的那些孩子,就像谈论自己的孩子一样。他深吸了一口气,鼓起勇气说:"我听到了一个好消息,莉娜快要订婚了。"他已经在心里把每个字都排练了一百遍,"帕雷什告诉我,他妹妹想嫁给一个日后会成为医生的人。"

"你跟我儿子聊过?"迪帕克问,但他没有发火,只是一副无精打采的样子,"你把那个秘密告诉他了?"

"没有,"拉维急忙向他保证,"我向老爷保证,我一个字也没说。"他努力重新组织语言,担心自己让事情变得更糟。"他随口对我说的,出于对他妹妹的关心。"

"和医生结婚是不可能的。"迪帕克说,似乎接受了他的解释,"奥米觉得,嫁给裁缝更好。"

"阿米莎想让她去美国,"拉维说,他的语气比他想象的更刺耳,"莉娜出生的那天晚上,你答应过阿米莎,还记得吗?"看到迪帕克眼中回忆的光芒,拉维知道,他还记得。

迪帕克说:"在我不知道实情的情况下,我答应我的妻子把另一个男人的孩子送到美国。"他的脸上燃起了怒火,嘴角垂了下来,"我真蠢。

那孩子有着棕色头发、白色皮肤和绿色眼睛。当阿米莎告诉我莉娜是我的孩子的时候,我居然相信了她的话。我为什么没有想到别的?"他厌恶地摇摇头,"我没有理由遵守诺言。莉娜将嫁给那个裁缝。"他站了起来,表示讨论已经结束。

"他来找过她。"拉维绝望地说。迪帕克停下了向门口走去的脚步,迷惑地盯着拉维。"中尉爱她。他想让她和他一起去英国,答应把男孩们当作自己的孩子抚养成人。"

"一个印度女人?"迪帕克无力地靠在桌子上,"和拉杰的一员?"

"是的。"拉维默默地祈求得到指引,"阿米莎拒绝了,她知道自己怀的孩子是他的,"拉维缓缓地说,让这句话慢慢地渗透进对方的心里,"但她还是拒绝了。"

"为什么?"迪帕克迫切地想要知道,声音嘶哑地问,"如果她知道那孩子不是我的,为什么要骗我?"

"因为她爱你。"拉维撒了个谎,不顾一切地想要帮助莉娜,"她想要和你生活在一起。"拉维最后说了几句他认为有用的话,"夫人本来可以在英国生下她的女儿,但她相信,你会抚养她,善待莉娜。她留在印度是为了和你在一起,而且,她为自己的不忠已经付出了生命的代价。"

拉维站在小型聚会的外围。奥米不愿为婚礼多花一分钱。她在不到三天的时间里就计划好了婚礼,只邀请了一位直系亲属。帕雷什邀请拉维参加婚礼,但提醒他奥米不知道。拉维答应保持距离,他只想看着阿米莎的女儿出嫁。

祭司说着印地语,宣告莉娜和她的新婚丈夫将共度今生。他给他们洒上玫瑰花瓣和圣水。祭司把莉娜的纱丽边缘系在新郎的衣服上,然后让这对新人宣誓七次,之后环绕圣火。

典礼结束时,响起了一阵小小的掌声。拉维闭上眼睛,默默地企望他的朋友能在这里见证她女儿的婚礼。

莉娜先走到帕雷什面前，他把她拉过来，紧紧地拥抱了一下。帕雷什吻了吻妹妹的头顶，祝她一切顺利。因为婚礼太仓促，萨米尔和杰伊都没能及时赶回来。莉娜弯下腰，摸了摸奥米的脚以示敬意。奥米只是点点头，便退了回去，不愿拥抱她鄙视的继女。接着，莉娜走近迪帕克，同样摸了摸他的脚表达敬意。

"要幸福，"他对那个不是他亲生的女儿说，"为了你的生母。"

莉娜的目光飞向他，拉维看到她的眼里噙满了泪水。她用力点了点头："我会的，爸爸。"她看了一眼静静地站在她旁边的丈夫，然后又面向她的父亲，"谢谢您，"她深吸一口气，"为婚礼。"她注视着抚养她长大的那个男人，下巴颤抖着，轻声说，"谢谢您让我嫁给了我想要的男人。"

拉维看到莉娜的新婚丈夫伸出手来，迅速地握了握她的手。拉维笑了，这种行为在上一代人看来还是不得体的。他对她毫不掩饰的爱和支持定会让阿米莎快乐无比。

迪帕克点点头。拉维看到他在努力控制自己的情绪。他转向他的新女婿说："去美国，照顾好她。现在，她是你的了。"

"我会的，爸爸。"莉娜的丈夫出于尊重，叫他"爸爸"，"我保证。"

莉娜的丈夫一只手拥着她的后背，领着她走向他家租的那辆等候着他们的汽车。他打开车门，示意莉娜先上。当她低下头准备上车时，她的目光越过引擎盖与拉维的目光相遇。当她看到他泪流满面的样子，不禁停住了脚步，脸上充满了困惑。拉维举起一只手，向阿米莎的女儿表示祝贺和告别。

莉娜很可能不记得他了，但还是向他举手回应。她丈夫对她说了些什么，拉维听不清楚。莉娜点点头，转身上了车。她丈夫随后也钻进去，几秒钟后，汽车便开走了。拉维一直望着汽车离开的方向，直到它消失在视野里。

　　当他准备离开时,发现迪帕克正注视着他。拉维慢慢地把他的双手合在一起,鞠了一躬,表示感谢。不等回答,他便转身回家,他确信,阿米莎对女儿的愿望已经实现了。

嘉 雅

我的妈妈刚一出生,
命运就对她做出了判决。
她注定要过一种没有母亲陪伴和指导的生活。
虽然悲伤总是如影随形,
但她默默地承受着伤痛的重压。
她相信自己是个祸根,
自觉地与他人保持着距离。
她用她知道的唯一方式来爱我,
而她自己却始终背负着羞耻在生活。

五十二

  天气转凉，树荫下更加阴冷。花园里静悄悄的，动物们噤若寒蝉。花朵变得内敛，树上的叶子也耷拉着，仿佛在哀悼。

  "我妈妈是个不祥之兆，"听拉维讲完故事后，我轻声说，"她的继母把阿米莎的死归咎于她？"我强忍着眼泪。现在，我终于理解了妈妈的一切——她坚持遵守所有的规则，确保从不行差踏错。我失去孩子时，她悲痛欲绝。她拒绝接近任何人，担心她的负能量会伤害他们。她被迫相信，她的生活中出现的任何不如意，无论是发生在她母亲身上，还是我身上，都是她的错。"她认为自己是祸根。"

  "是的。"他筋疲力尽，两眼茫然地望着我，"她的继母警告过任何想娶她的男人，他们自己和孩子的生命都会受到诅咒。你母亲从儿时起到结婚，一直被人说成是个祸根，而迪帕克也从来没有对她说过不同的话，久而久之，她就信以为真了。"他的肩膀垂了下来，"而我也不能告诉她真相。"

  作为一名记者，有很多次，我耳闻目睹人类对彼此犯下的暴行。我们接受的训练是不受情感左右,中立地为读者复述事实。在职业生涯的早期,我也曾挣扎过,但很快就找到了节奏。不久以后,我就能够无比客观地讲述一个真实的故事,并因此得到了同行的羡慕和认可。

而现在,当我听到妈妈的遭遇,却义愤填膺,再也无法保持中立。如果当初面临选择的是我,我一定会改变她的道路。但我终究无法改变她的过去。她的命运便是默默地过着自己的生活,拒绝向我敞开心扉。也许,她早已学会,只有对自己的秘密守口如瓶,才能让自己接受它。

"迪帕克为什么叫她永远不要回家?"

"我不知道,"他说,似乎对此同样感到困惑,"可能有很多原因——也许奥米坚持这样,也许迪帕克担心一旦这个秘密曝光,他们的名声就会受损。"他的声音颤抖着,"他从来没有对我讲过让她许诺这事。"

"但是在他弥留之际,他想要见她?"我问道,试图理解外公的行为。

"也许,在临死之前,他希望纠正自己的错误。"他停顿了一下,"他爱阿米莎。我不知道,自始至终,他究竟有没有从她的背叛或死亡中完全恢复过来。"他深吸了一口气,"莉娜成了一个替罪羊。"

"她跟我爸爸在一起,生活得很好。"我平静地说。在我的人生中,我曾见过妈妈被自己的心魔折磨,但一想到她的人生差点就变成另外的样子,我便知道她是多么幸运。"这多亏了你。"

我还想说更多,告诉拉维,我多么感激他的介入,改变了我母亲的人生轨迹,但拉维摇头,制止了我。

"故事还没有结束。"拉维举起一只手,"我没有把一切都告诉你。"他紧紧地抓着拐杖,"我一辈子都在等着卸下我灵魂重担的那一天,现在时机已到,我却发现我害怕这个事实。"他的目光与我的相遇,他的恐惧让我感到退缩。我问他,他慢慢地说:"我骗了她。"

"骗了谁?"我不解地问道。

"他回来过。"一阵轻风吹过,树叶沙沙作响,花朵摇曳着抗议,令他的声音几乎听不见。他老泪纵横,说道:"阿米莎与中尉分别后,中尉又回来找过她。"

"斯蒂芬?"我既惊讶又困惑,想弄明白他在说什么,"她拒绝了?"

"她根本不知道。"他的身体开始颤抖,"就在她被那只蚊子咬到的三天前,中尉来找她。当时,她在河边,我一个人在家。我告诉他……"拉维喘了口气,"我恳求他离开。我告诉他,她很幸福。他相信了我的话,答应永远不再回来。"

"我不明白,"我低声说,心情沉痛,"你为什么要那样做?"

"如果他看到那个婴儿,他就全明白了。"拉维慢慢地说,"他一定希望女儿和他在一起。那样一来,阿米莎就必须在她的儿子和女儿之间做出选择。"他呜咽着说,"我以为我是在帮她,免得让她心碎。但实际上,我判了她死刑。"他抬起头,看着我的眼睛,"因为我,你的家人不得不承受痛苦。"他的身体悲伤地颤抖着。"我很抱歉,"他痛哭流涕地说,"她本可以还活着。"

我愣住了,望着这个一生背负着内疚和负担的男人。我一字一句地说:"你也不知道会发生什么。"我把手放在他的手上,眼泪不由自主地流了下来。我的外婆面临着一个没有人知道应该怎样做的选择——她的孩子或者她爱的人。"她根本无从选择。"我不能批评拉维,他一生正直,总是无条件地支持他的朋友。"她的死是一场悲剧,不是谁的错。"

我低下头,不可抑止地心痛。但我不能责怪眼前这个人,他唯一的过错就是试图做正确的事情。我亲历流产,来到印度,与帕特里克重聚——所有这一切都让我明白,人生路上,你的际遇永远都是无法保证的。

自从听这个故事以来,我第一次感应到外婆的低语。我停下来,仔细地听,确信能听到她的声音在鼓励着我。我看到山毛榉枝丫摇曳,我看到花朵盛开在眼前,这些都让我相信阿米莎就站在我们身边,她用温柔的话语引导我去帮助他。

"你是她的朋友。"我握着他的手,"阿米莎爱你,信任你。如果她知道你这样责备自己,她会伤心的。这不是你的错。也不是我妈妈的错。"

"阿米莎的孩子们和斯蒂芬需要她。他们爱她,不得不过着没有她的生活。"他捧起我的脸颊,"你的生活中本该有一个女人会无条件地爱你。"他拒绝我的宽恕,说,"为此,我会终生忏悔。"

拉维慢慢地站起来,拄着拐杖,往家走去。我望着他的背影,直到看不见为止。

下午剩下的时间里,我静静地凝视着阿米莎的花园,脑海里回放着故事的每一个细节。帕特里克花了一天的时间观光,给拉维和我留一些时间来讲完这个故事。当太阳终于落山时,我离开了外婆的世外桃源。我一看到黄包车便拦了下来,请车夫带我进城。一到那里,我就走进了熟悉的咖啡馆。拨完电话号码,我等待着大洋彼岸的铃声响起。

"你好。"妈妈刚从睡梦中醒来,声音沙哑。那里还是半夜。

"妈妈。"我说,然后停了下来。过一段时间,我会和她分享她的身世和当初的情境。但现在,我需要告诉她我的感受。"我爱你。"我轻声说。

"嘉雅?"她突然警觉起来。我能听到她在床上坐起来,我父亲在她旁边问是否一切都好。"孩子?"

"我很感激你,谢谢你给我的一切。"我说,泪水让我喉咙哽咽。

我的妈妈刚一出生,命运就对她做出了判决。她注定要过一种没有母亲陪伴和指导的生活。虽然悲伤总是如影随形,但她默默地承受着伤痛的重压。她相信自己是个祸根,自觉地与他人保持着距离。她用她知道的唯一方式来爱我,而她自己却始终背负着羞耻在生活。

我为妈妈需要把她童年往事隐藏起来而感到悲哀。但正因为如此,我横跨半个世界来到一个我一无所知的家。随着我的印度之旅——在人们的笑声中,在街头乞丐受伤的灵魂中,在伟大和悲哀中——我发现了我妈妈和外婆的真实故事,她们两个指引着我。虽然没有指引人生道路的剧本,但如果我带着上辈人的优雅和真心走下去,我的人生就会灿烂无比。

~

"老天给你的,必是你能承受的。"这是跨越文化和语言的共同信仰。作为一名年轻的记者,我报道过一位深受爱戴的小镇镇长的葬礼。他工作了二十年,留下了一大批忠诚的选民和一个年幼的儿子。前来吊唁的人不断重复着这句话,最后,寡妇转向她的朋友,问道:"如果我承受不了呢?"这个问题令人深思,却没有答案。

我的外婆爱上另一个男人,生了一个孩子,而那个男人并不知道这个孩子是他的。这种亲子关系和背后的故事,在我一无所知的情况下,塑造了我的未来。这一系列事实既定义了我,也给我设定了局限,创造了机会。

我的外婆风华正茂时,命运就向她伸出了魔掌,她尚未完整体验过人生,就离开了人世。直至今日,她的秘密才揭开面纱。她生前的挚友即使在她离世后也为她保守着秘密。但是,在这个故事中,他一直背负着沉重的内疚——他认为,自己应该为她的早逝负责。他曾为了保护她而擅自做了一个决定,而这个决定却引向她的死亡。无论我们说什么,都无法减轻他的负罪感。我不禁想——是他的决定让她走上了这条路,还是那个决定本身就是她命中注定无法改变的一部分?

我经历过三次流产。每一次都不是我的过错。日复一日,我竭尽全力想要改变我的处境,但事实证明,命运比我更强大。诚然,无法生育自己的孩子令我心灰意冷,不堪重负,而同样沉重的问题是:我能否做些什么来改变我的命运?

人生是一个拼图,每一片似乎都在不断地变换着形状,并因此改变着最终的结局。我曾对自己的道路充满信心,结果却选择了一条不同的路。十六岁时的灵魂伴侣在十七岁时却变成了跟踪狂(这只是个玩笑——在某种程度上)。我以为会热烈欢迎我的那所大学却把我拒之门外,我不得不接受另一所大学。有些转折是我自己选择的,而有些却是被迫绕道而行,每一步都指引着我走到今天的位置。

这是我最后一次在印度撰文。我已做好准备,要启程回家了。

这意味着我将会直面那令我逃离的绝望。待我归来之时,我已经有了新的目标感和理解力。也许,生活就是一系列的决定,其中包含了命运的安排。也许,我们应该接受:上帝为你关了一扇门,必会为你留一扇窗。也许,这意味着,在人生的至暗时刻,你必须坚强挺立。我内心的那团黑暗并未消失,但它已渐行渐远。怀着对拥有之物的感恩,带着对未来的一线希望,我放下过去,展望未来。

"你在写什么?"帕特里克的头从我的肩膀后面探过来,问道。

我转过头,看见他拎着从村里的商店买的一袋袋纪念品。

"你买了不少东西。"

"是的,"他不好意思地说,举起手里的袋子,"镇里的孩子很会卖东西。"

"你被宰了。"我拖着长声取笑他。他听出了我语气的变化,立刻放下了袋子。

"一切都好吗?"他用一只手捧着我的脸颊,"故事讲完了?"

我把手覆在他的手上,点了点头:"我了解了我妈妈和她的遭遇。"

前一天晚上,我把帕特里克介绍给拉维和他的曾孙。不出所料,他们一见如故。当他和阿米特、米莎以及一群邻居的孩子在街上踢球时,我望着他，心中涌起久违的快乐。拉维望着我的神色，靠过来轻声说："他是个好男人，对吧？"见我点点头，他说，"他能得到你的爱，真是太幸运了。"

"拥有他，我也很幸运。"我低声说。

"她的成长——她所经历的一切……"我滔滔不绝地对帕特里克说着，然后停下来喘口气，"解开了我一直以来的困惑。"她害怕离我太近，因为她认定我生活中的任何差池都是她的错，她只是想通过与我保持距离的方式来保护我。"拉维还告诉我，他做过的一个选择，从那以后他一直背负着这个选择带来的伤痛。"我把电脑递给他，"选择。命运与抉择之战。"

"如果回到过去，你会做出什么不同的选择吗？"他浏览了那篇文章后问道。

"我不知道。我永远不会选择失去他们，但如果有机会重来，我会选择怀孕吗？"我停顿了一下，想起了这些年来，希望一次次变成绝望，"如果我没有努力过，我就不会甘心。"这是我第一次正视自己，承认我确实有一种控制欲，"你呢？"

他思索了好一会儿才回答："也许会不同吧。失去他们以后，又失去了我们的爱，这太难以承受。"他抚摩着我的脸颊。我用我的手盖住他的手，享受着他的触摸。"上次在公寓里，你怎么了？"

他问的是我短暂失去意识的事。当时我看出了他的担忧，但即使他当时问了我，我也不知道答案是什么。

"我想是因为悲伤。我不知道怎么处理这种强烈的情绪，所以在潜意识里，昏过去似乎是更容易的选择。"在其他任何时候，这些症状都是可怕的，但当时，魂不守舍的我没有意识到事情的严重性。"我一来到这里，情况就开始好转，很快就不再发作了。"我指着电脑，"这可能是我在这里最后一次写稿。"

他凝视着我:"你准备好离开了吗?"

"我准备回家了。"我握住他的手,"我一直在考虑一件事,我想和你谈谈。"他点点头。接下来,我花了一个小时详细地对他讲阿米特和米莎的事。最后,我提到了孤儿院。"我想收养一个孩子,"我犹豫着说,"我知道,走流程要花上一段时间,但……"我的声音越来越小,等着看他对此事的反应。他望着我笑了,我心上的重负终于卸了下来。

他把我揽进怀里。"好的,"他柔声说,"带上我们的孩子,咱们回家吧。"

五十三

拉维一大早就到了。帕特里克今天与米莎和阿米特在一起,两个孩子想把帕特里克介绍给他们的父母。当我打开门时,拉维看起来又老了些,一脸疲惫。他微笑着拿出一叠文件。

"根据遗嘱,你外公想把这个留给你妈妈。所以当初,我让你留下来听故事。"

我翻了翻那摞纸,吃惊地抬起头来:"这是斯蒂芬给阿米莎的信?"

"你外公想让你妈妈知道,她是被深爱过的。"他的声音颤抖着,"他知道她不相信。"

我强忍住眼泪,紧紧抓着那些信:"他为什么还留着这些?"

"我觉得,起初,他保留这些信无异于一种自我惩罚,提醒自己不要忘记阿米莎的背叛。"拉维停顿了一下,盯着地板,眼神忧伤,"后来,他继续留着这些则是为了你妈妈,他在去世前告诉我,他无法弥补过去的错误,只希望这些信能让事情向对的方向发展。"

我浏览着这些信——读着斯蒂芬对外婆无条件的支持和深深的思念。在那个他们只能做朋友的时代,他的字里行间都流露出彼此间的爱。当他们被迫分开的时候,那些爱的表露则更加炽热。

"我会把这些给妈妈。"我擦了擦情不自禁流下的眼泪,"谢谢你。"

拉维欢迎我回家的情景仿佛就在昨天,而从那以后,已经发生了太多事情。他对我讲述的往事,是我得到的宝贵遗产和礼物,也会让我的母亲得到救赎。为此,我此生都对他感激不尽。

"怎么了,孩子?"拉维看出我在努力压抑着感情,便问道。

"我要走了。"听到我的话,他的脸上掠过一丝悲伤和无奈,"我已经待了太久了。"

"和你丈夫一起回家,"他抢先说道,会心地笑着,"自从他来了以后,你一直很快乐。"

"是的,"我承认道,"我知道我能拥有这样的爱是多么幸运,你讲的我外婆的故事,让我明白了坚守的意义。"

"那么,这个故事就太值得讲了,"他温和地说,"什么时候走?"

"过几天,"我说,"但是有件事,你一定要答应我。这个家……"我停了下来,环顾了一下这个小房子,寻找着合适的字眼。虽然曾经住在这里的人也只是平凡的人,但他们的故事和精神比生命更宏大。他们改变了我,对于他们和他们的历史,我将永远心怀感激。"我想让你和你的家人搬进去。"

"嘉雅,不。"拉维举起手,表示拒绝,同时摇了摇头。

"听我说,"我努力说服他,"我已经把这所房子、学校和磨坊都所以转移到你的名下了。"由于其他家庭成员全都来信放弃了他们的所有权,所以转移这些财产只花了几百美元。"你履行了你的承诺,拉维。现在,请你收下它们,我外婆一定也愿意把它们留给你。"

"我告诉了你我犯下的错误,"拉维盯着文件,"你怎么还把这些给我?"

"你曾经告诉我,我的外婆并不完美,但她总是用心去善待他人。

我想,如果她在这里,也会对你说同样的话。"我寻找合适的词语,"你只是想保护她,她一定知道。"

"在她活着的时候,生活充满了幸福和快乐。"拉维环顾四周,话语中充满了悲伤,"她走后,这里变成了一座坟墓。"

"从那以后,你一直关心和爱护着它,这应该成为你的家。"我说。不等他继续推辞,我又说:"凝聚起一个家庭的不是血缘关系,而是爱。"我握住他的手,"如果今天问我外婆拉维是谁,她会说你是我们的家人。"他深深地咽了一下,"你可以把学校租给商人,甚至可以让磨坊重新开业。拉维,为了她,为了你的家人,请答应我。外婆一定也愿意把这些给你。"

"你给了我们一份伟大的礼物。"拉维低声说。他双手合十,鞠了一躬:"谢谢你。"

"还有一件事,"我平静地说,"我的提议不是……"我停顿了一下,思考怎样说才能不让他为自己和自己的生活方式感到羞愧。

"说吧,孩子。"他困惑地说。

我斟酌着用词:"我在纽约有一套宽敞的公寓。帕特里克是个很善良的人。"我想起了往事,想起了把我带到这里来的所有事情。长久以来,我第一次对未来充满期待。"我不知道是否能帮上忙,但我想试试看。"一想到妈妈和我的童年,我就有了继续说下去的勇气,"我妈妈用她的行动告诉我,你能给孩子的最重要的东西就是支持和爱。我向你保证,我会全力给予这一切。"

"给谁?"拉维困惑地问道。

"你的曾孙,"我很快地说,"让米莎和阿米特来美国。米莎可以在美国治疗,两个孩子都可以在美国接受教育。如果能成行,我会非常高兴。"

"嘉雅?"拉维看着我说。

"写作是上天送给我外婆的礼物,这给了她一扇门,让她进入了另一个天地,在那里,她找到了斯蒂芬和真爱。"我再也不会把命运对我的馈赠视为理所当然,"你的故事告诉我,生活并不总是围绕着我想成为什么样的人,而是我能成为什么样的人。阿米特和米莎有一个爱他们的家庭,这里是他们的家,但我很乐意能和他们分享另一个世界,哪怕只是一小段时间。"

"你会是他们进入另一个世界的那扇门吗?"拉维问道。

"不,"我缓缓地说,"我想,他们会成为我的那扇门。"

番外

拉维

拉维合上小册子,内心充满骄傲。他看到曾孙们在和罗基一起跳舞,罗基友好地叫个不停,泪水模糊了他的眼睛。他们准备去美国。嘉雅给阿米特和米莎寄来了机票,还附上了她家附近一家儿童医院的信息,这家医院的专长是骨科和小儿麻痹症。

拉维把那些亮闪闪的资料抱在胸前,慢慢地向后面的房间走去。他推开门的瞬间,所有的记忆扑面而来。就是在这个房间里,阿米莎多年来一直在创作她的小说,现在,它在召唤着他。他慢慢挪动着脚步,不急于去任何地方。他关上身后的门,让他的家人尽情庆祝。

"谢谢你。"阿米莎站在床脚对他说。

拉维凝视着她,这样的见面已经有过很多次。然而,她从来没有像现在这样栩栩如生。

"那故事本该由你来讲。"拉维轻轻地说,像往常一样,他希望,她才是讲述那个故事的人。

"我不会讲得比你更好,"阿米莎肯定地说,脸上仍然挂着微笑。

当她调侃他时，连眼睛里都会含着笑。"这让你成了英雄，是吗？"

"你一直是我的英雄。"拉维说，他的心无比轻松，压在心头多年的重负已经卸下，"你好吗？"

"我很快乐。"她向他保证，看到他眼里噙满了泪水。

"斯蒂芬？"当他看到她的微笑，他的希望便绽放开来。

"是的。"她简单地告诉他，她已经和她的真爱团聚了，"我又写了一些故事。"她伸出胳膊，张开手邀请他，"你愿意读读吗？"

"一如既往。"拉维把手伸向她。阿米莎握着他的手，握住她一生的挚友，他知道，他终于获得了自由。

嘉雅

孩子们来美国的前两周,我收到一封邮件,通知我所有的计划都安排好了,孩子们已经收拾好行李,准备出发。在信的最后,拉维的孙子提到拉维已经离世。

我和帕特里克曾给他们寄去了一些照片,有我们家的,也有我父母帮孩子们找的学校的。他们收到后不久,他就去世了。

拉维的儿子说,在他们仔细阅读学校和医院设施的目录时,他一直在笑。然后,他就去睡觉了,第二天早上,他们发现他静静地躺在床上,已经悄然逝去。

听到拉维去世的消息,我没有流一滴眼泪。

我遇到的那个人,在风烛残年依然努力活着,只是为了履行他多年前对朋友许下的诺言。

他向我讲述了阿米莎的故事,并要求自己尊重她的遗产。因为他,我和妈妈找到了靠近彼此的路。我把这个故事讲给她听,为那段失去的爱。我们一起悲伤,也一起庆祝,因为正是这爱让她重获新生。当我告诉她,我们打算从孤儿院领养一个孩子时,她热泪盈眶地拥抱了我,告诉我,她迫不及待地想见到她的外孙子。

拉维完成自己的使命后,终于安心地与世长辞。我知道,阿米莎在等他,等着欢迎她最真诚的朋友回家。